ブリーダーズ・ロマン

島田明宏

集英社文庫

ブリーダーズ・ロマン　目次

ブリーダーズ・ロマン

プロローグ

三沢《みさわ》空港を左に見ながら太平洋側へ車を走らせ、十字路を左折する。そのまま県道一七〇号線を北上すると、「寺山修司《てらやましゅうじ》記念館」と「三沢オートキャンプ場」までは左へ二キロ、「斗南《となみ》藩記念観光村」までは直進して七キロという表示が見えてきた。アクセルを踏み込んでトラックと軽自動車を追い越し、さらに北へと向かう。

電信柱の住所表示が「根井《ねい》」になった。目的地は近い。このあたりが、かつて存在した廣澤《ひろさわ》牧場の敷地の南端だった。往時の廣澤牧場は、現在の青森県三沢市の五分の一ほどを占める広さだったというから、「牧場」という概念を超越している。

今は見通しがいいこの道に、昔は杉の街路樹が隙間なく植えられていた。両側から張り出した枝がトンネルのようになっており、晴れた日でも道に陽《ひ》が射《さ》すことはなく、じめじめしていたという。

その街路樹に隠れるように、廣澤牧場で働く者たちの住まいが並んでいた。みな同じつくりで、土間を挟んで二つの馬房《ばぼう》と人間たちの居住空間があった。春になると、生まれた仔馬《こうま》を市場に連れて行って競りに出した。売上げの一部を廣澤牧場に上納し、残りが住人の取り分になった。戦後の農地改革が行われる前の話である——。

今、田畑の切れ目に現れる住宅に、昔の面影はない。

配合飼料の大きなタンクのある農場を過ぎたところで左折した。真《ま》っ直《す》ぐ行くと、小《お》川原《がわら》湖に突き当たる。

五、六〇〇メートル進むと住宅地が途切れて、両側に大きな木々が現れ、急に暗くなった。このあたりだけ切り通しのようになっている。

アクセルを緩めて左手の藪《やぶ》に目を凝らした。少し高くなったところに木製の立て札が見えた。

〈斗《と》南藩士　廣澤安任《やすとう》之墓〉

路肩に車を停め、踏み分け道を上った。藪を抜けて林に入ると、背の高い木々に守られるように、墓地がひろがっている。

一番手前に廣澤安任の大きな墓碑がある。

廣澤安任は、会津《あいづ》藩士時代、京都の公用方として新選組《しんせんぐみ》のフィクサーをつとめた。戊《ぼ》辰《しん》戦争で敗れたのち、ここ下北《しもきた》の地に下り、斗南藩をひらいた中心人物である。

安任は青森県の成立に尽力し、一八七二（明治五）年、日本初の民間洋式牧場である廣澤牧場を創設した。

墓地の下草は綺麗《きれい》に刈られている。木々の枝もほどよく剪定《せんてい》され、木漏れ日が風で小さく揺れている。

廣澤安任の墓前で一礼し、手を合わせた。

隣にある、安任の養嗣子《ようしし》の廣澤弁二《べんじ》の墓の周囲も、さらに奥の、廣澤家とともに廣澤牧場を支えた佐久《さく》家の墓がある一角も、きちんと手入れされている。

昔は廣澤牧場の従業員やその子供たちがここの草刈りをした。このあたりで「旦那様」といえば、廣澤家の当主のことだった。廣澤安任が没してから百三十年以上、廣澤牧場が閉場してからは四十年ほど経《た》った今なお、こうして誰かの手によって綺麗に保たれているという事実が、この地に生きる人々の、安任に対する畏敬の念の強さを示しているように思われた。

ここで風と光を感じていると、次第に気持ちが静まっていく。足の裏に伝わる土のやわらかさも、ここに眠る人々の優しさのように思われ、心地よい。

鳥の声が少しずつ大きくなり、木漏れ日が明るさを増していく。

車に戻り、小川原湖の湖畔に出た。

湖面は、初夏の澄んだ青空と、ところどころに浮かぶ雲の姿をはっきりと映し、かすかに揺れている。

汽水湖だからなのか、小川原湖の水の色は、ほかのどの湖とも違っている。

廣澤家の屋敷と牧場事務所は、ここよりも北、湖に向かって右へ少し行った「谷地《やち》頭《がしら》」というところにあった。

輝く湖面に、亡くなった母の面影が浮かんできた。

母は、子供のころ、縁戚関係にあった廣澤安任、弁二直系の子供たちと一緒に、よくこの小川原湖で湖水浴をしたという。ずっと沖まで遠浅で、子供たちは、泳ぐことより、シジミを採ることに夢中になった。大量に採れたシジミの身を取り出すのも子供たちの仕事だった。それを大人たちがシジミカレーにしてくれた。ほかでは食べたことのない、まろやかな美味《おい》しさだったと母から何度も聞かされた。

四月下旬から五月上旬にかけて、廣澤安任が会津から持ち帰った八重桜や、ツツジ、レンギョウ、桃の花などがいっせいに咲き盛った。ハイカラな白壁が眩《まぶ》しかった牧場事務所の周辺が、大勢の花見客で賑《にぎ》わった。ちょうど愛らしい仔馬が続々と生まれる季節だった。仔馬を眺めているだけで母は幸せだったし、一歳馬に青草やすり下ろしたリンゴを食べさせたことも思い出になっていた。

毎年五月二十七日に行われた廣澤牧場の開牧記念日のパーティーも、母の楽しみだった。全国から集まった廣澤家の人間たちのほか、近隣の農家が総出で会場を設営し、県知事や市長や地元の役人や実業家に加え、テレビや新聞でしか見たことのない代議士や俳優などが列席するほどの、村を挙げての一大行事だった。分厚いステーキや、自家製のハム、マダイやサヨリ、アイナメの刺身など、普段は食べられない豪華な食事も出たが、最後にメインとして出されたのは、いつも決まって田楽《でんがく》だった。串刺しにした豆腐に山椒《さんしょう》の実と味噌《みそ》を塗って囲炉裏で焼いたものだ。明治時代の初め、安任らが会津から北奥羽《きたおうう》のこの地に入植した当初、食べるものに困り、会津の人間たちは草まで食う「ゲダカ（毛虫）」と笑われた。そのころの、最高のご馳走《ちそう》がこれだった。

開拓のために流した血と汗を忘れてはならないという戒めと同時に、何もなかったこの地に近代文明の息吹をもたらしたのは廣澤家なのだという矜持《きょうじ》を持つようにとの思いが、その田楽に込められていた。

パーティーは、村を南北に貫く大通り、現在の県道の西側にあった廣澤家の武家屋敷と、その前庭で行われた。

屋敷は、端から端まで見渡せないほど大きく、住まう人の格式の高い順から居住空間が三段に分かれていた。最も高い一段目には、廣澤安任が起居した奥座敷や洋間などがあった。そこから階段を五段ほど降りた二段目には、広々としたホールと、安任直系の子孫が住まう空間があった。ホールには、安任の大きな写真と、勝海舟《かつかいしゅう》や松方正義《まつかたまさよし》らによる直筆の扁額《へんがく》が飾られており、書棚にはブリタニカの百科事典が並んでいた。さらに五段ほど階段を降りた三段目には、大きな土間と台所、女中部屋などがあった。トイレも三カ所それぞれにあった。

開牧記念日には、廣澤家の当主と付き合いのある上客だけが奥座敷に通され、それ以外の者たちは、土間や前庭で料理を食べたり酒を飲んだりした。数十人が飲み食いできるほど、土間は広かったのだ。田楽は、土間の奥の大きな囲炉裏で焼かれた。

また、この日だけは、敷地内の高台にあった開祖堂の扉が開けられ、神官が祝詞を唱えた。開祖堂は、廣澤弁二が父の安任を祀《まつ》るために、開牧五十年を記念して建てた霊《れい》廟《びょう》である。

開祖堂の前から見下ろすと、廣澤家の屋敷がいかに大きいかよくわかった。「御殿」という言葉を聞くたびに、母はこの武家屋敷を思い出したという。

母は、「谷地頭のお嬢様」と呼んでいた、廣澤安任の玄孫《やしやご》にあたる三歳年上の又従姉《またいとこ》妹《こ》に手を引かれ、安任が書斎として使っていた部屋に上がったことがあった。二人とも、まだ小学生だった。

「ここが安任おじいちゃまのお部屋」

お嬢様がささやくように言った。

古い部屋だったが、すべてのものがあるべき場所に整えられて磨き込まれ、塵《ちり》ひとつ落ちていなかった。

襖《ふすま》には、安任宛ての書簡が折り重なるように貼られ、窓際には、頑丈そうな文机《ふづくえ》が置かれていた。

母ももちろん廣澤安任のことは知っていた。廣澤家で一番偉い人で、安任が谷地頭に廣澤牧場をつくって近代農業を始めたおかげで近隣の人々の暮らしは豊かになり、その影響力は国全体にまで及んだという。

しかし、安任はずっと昔の人だから、お嬢様のおじいさまではないはずだ。

母が首を傾《かし》げていると、お嬢様が微笑《ほほえ》んだ。

「あなたは頭のいい子ね。そう、本当は、安任おじいちゃまは、私のおじいさまのおじいさま。それでも、この家の女たちは『安任おじいちゃま』と呼んでいるの」

「安任おじい……」

母はそう言いかけ、途中で言葉を止めた。安任の直系の子孫ではない自分には許されないように思ったのだ。

お嬢様がつないでいた手を離し、その手で母の頭を撫《な》でた。

「あなたもそう呼んでいいのよ。廣澤家の娘なのだから」

「はい」

母は文机のほうに顔を向け、こう呼びかけた。

「安任おじいちゃま、ご機嫌よう」

胸が痛いくらい高鳴った。やがて、自分でもどうしてなのかわからないほど、ゆったりと落ちついた気持ちになった。

お嬢様がまた手をつないでくれた。

「私はこのお部屋が一番好きなの。また一緒に来ましょうね」

母は黙って頷《うなず》いた。

お嬢様と母は、屋敷の三段目へと降りた。そこで立ち働く近隣の農家の嫁たちを、お嬢様が「かっちゃん」と呼んでいた。

「かっちゃん？」

母がどういう意味かとお嬢様に訊《き》いた。すると、自分がそう呼ばれたと思ったのか、女のひとりがすごい顔で母を睨《にら》みつけた。

母は慌てて両手で口を押さえた。「かっちゃん」は「母ちゃん」から来たと思われ、普通の子供がなれなれしく大人に発してはいけない言葉らしかった。やはり、同じ廣澤家の子供でも、お嬢様は違うのだ。

このあたりには「織笠《おりかさ》」や「新堂《しんどう》」という名字が多く、廣澤牧場に働きに来ている男たちにも何人もいた。だからお嬢様は、男たちを「イサオさん」「トキオさん」といったように名前で呼んでいた。自分より二十歳も三十歳も上の男たちを名前で呼んで笑っているお嬢様が眩しく見えた。

その日、母はお嬢様から宝物をもらった。

「大切にしてね。私も同じものを持っているの」

そう言ってお嬢様が、銀の細い鎖のついたペンダントを差し出した。ペンダントトップの部分は、小さくていびつな鉄の固まりにしか見えなかった。

「これは何？」

「前にあなたが来たとき、一緒にリンゴをあげた馬、覚えてる？」

母は頷いた。お嬢様が一番好きだという牝馬《ひんば》だった。

その牝馬が天国に逝ったので、競走馬時代に履いていた蹄鉄《ていてつ》を溶かしてペンダントトップにしてもらったのだという。

ペンダントを受け取り、お嬢様の話を聞いた母は涙を流した。

教育は東京で受ける――それが谷地頭の廣澤家代々の方針になっていた。お嬢様は小学校を卒業したあと東京の学校に行ってしまった。以後、母とお嬢様は会うことはなくなり、また一緒に安任の書斎へ行く、という約束は果たされなかった。

廣澤牧場は一九八五（昭和六十）年に閉場した。厩舎《きゆうしや》や放牧地などは人手に渡り、屋敷の北にあった白壁の牧場事務所も取り壊された。

母が三沢の高校を卒業し、父と出会ったころのことだった――。

湖岸に立っていると、背中に感じる風が強くなってきた。

六月になると吹きはじめる、東よりの季節風「やませ」である。親潮の上を渡るやませが冷気と湿気を運んでくるため、このあたりは昔から稲作に適さないと言われている。

その代わり、海風に乗った天然のミネラルを含む上質の草が育った。かつてこの地に広大な木崎野牧《きざきのまき》がひろがり、室町時代には八千頭もの野馬がいたと伝えられている。どれだけ多く、立派な野馬を持っているかで、その土地の豪族の権勢がわかった。昔から、馬は力の象徴だった。それは今も変わっていない。

現代社会では、事業に成功した者が競走馬の馬主となり、ビッグレースを勝つことによって自身のステイタスをさらに高めようとする。勝てば富も得られる。ジャパンカップや有馬《ありま》記念の一着賞金は、実に五億円。だが、それとて世界一ではない。賞金の多寡とは別に、日本のホースマンにとって、そこで勝つことが最大の栄誉とされているレースはフランスの凱旋門《がいせんもん》賞だ。百回以上を数える歴史で、日本調教馬はもちろんのこと、ヨーロッパ調教馬以外は勝ったことがないという、高く、険しい世界最高峰の頂である。

廣澤牧場もサラブレッドを生産していた。最盛期には三十頭ほどの繁殖牝馬がいた。毎年八割ほどが仔を産んだので、当時の年間出産頭数は二十数頭だった。そうして生まれたうちの半数ほどが牝馬で、競走馬を引退したあと廣澤牧場に帰ってくる馬もいれば、ほかの牧場で繁殖牝馬となる馬もいた。そのほか、乗馬や研究用の使役馬となる馬や、処分されて食肉となる馬もいた。

廣澤牧場でつながれてきた牝系《ひんけい》は、明治・大正時代から繋養《けいよう》されていた繁殖牝馬の子孫のほか、欧米から輸入した牝馬や、ほかの牧場から購入するなどした牝馬の子孫を含め、ほとんどの血脈が、閉場後に途絶えてしまった。

しかし、僅かながら、今なおつながれている血脈もある。

廣澤牧場には開牧当初からサラブレッドがいた。第一号として繋養されたのは、ローザという名の種牡馬《しゅぼば》であった。日本初の洋式競馬場として賑わった、横浜の根岸《ねぎし》競馬場にいた馬だ。在来和種とは比べ物にならないほど大きく、しなやかな筋肉を持ち、誰も見たことのないほどのスピードで走り、人の背丈ほどの障害物を軽く跳び越えた。ローザや、そのほかの馬たちの厩舎や放牧地は、県道より東側、つまり、小川原湖側とは反対の太平洋側にあった。安任が招いた英国人技師の住まいや、馬たちの墓所も、牧場事務所から一キロほど太平洋側に行ったところにあった。

ヨーロッパで生まれたサラブレッドが、この地で初めて蹄音《ていおん》を響かせ、素晴らしい走力と跳躍力で人々を魅了してから百五十余年。

長い年月をかけて廣澤牧場で育まれた血が「故郷」のヨーロッパに帰り、ビッグレースで躍動する日が、いつか訪れるだろうか。

沖合に見えていた漁船が近づいてきた。進路を変え、舳先《へさき》を浮かして加速する。小川原湖には、太平洋の水位が湖面より高くなる時期に、北東の高瀬川《たかせがわ》から海水が流れ込んでくる。シジミのほか、シラウオ、ワカサギなどの豊かな漁場になっている。

この湖水も、外海に、すなわち、世界中につながっているのだ。

運転席のドアを開け、もう一度小川原湖に目をやった。

傾いた陽が、湖面を朱色に染めはじめている。

向こう岸から空へと、赤みを帯びた筋状の雲が吹き上げられているかのようだ。

やはり、世界中の湖で、ここが一番美しいと思った。

一　背の高い女

レースが終わり、出走馬が続々とコースから戻ってくる。静かだった検量室の前が、蹄音と馬の呼吸音で急に賑やかになる。

馬たちは全身を汗で濡《ぬ》らし、背中や腰からうっすらと湯気を立てている。鞍上《あんじょう》で微笑む騎手もいれば、顔をしかめて首を横に振る騎手もいる。騎手は、一着なら「1」と表示された脱鞍所《だつあんじょ》に騎乗馬を入れ、馬から下りる。迎える調教師や厩務員の表情もさまざまだ。

検量室の前は、ホースマンとマスコミ関係者の動線が交差する、いわゆる「ミックスゾーン」になっている。ここは東京競馬場のメインスタンド「フジビュースタンド」内の一角で、ファンが自由に出入りできるエリアからは隔離されている。

スポーツ紙「東都日報《とうとにっぽう》」に所属する競馬記者の小林真吾《こばやししんご》は、レース直後の、この場所の雰囲気が好きだった。

戻ってくる人馬は、喜びや充足感、悔しさや怒りなど、勝負にまつわるさまざまな感情をまとめて持ち帰ってくる。そうした熱気の渦のなかに身を置くことができるのも、競馬記者という職業の特権だ。

検量室を背にすると、脱鞍所の向こう側の馬道と、その奥の壁面に、赤い枠で囲まれた大きなガラスが見える。ガラスを隔てた向こう側は「ホースプレビュー」と呼ばれるファンエリアだ。ホースプレビューにいるファンからは、水族館の巨大な水槽の底で馬と関係者が蠢《うごめ》いているように見えているのだろう。

今戻ってきたのは、牝馬《ひんば》クラシックのオークス（優駿《ゆうしゅん》牝馬）に向けてのトライアルレース、フローラステークスに出走した馬たちである。上位二頭にオークスへの優先出走権が与えられる。

トナミローザという本命馬が、人気に応えて勝利をおさめた。牝馬らしいしなやかな筋肉を持ち、小さく、整った顔をした鹿毛《かげ》の馬だ。

十五頭の出走馬の最後に、トナミローザが戻ってきた。興奮して首を大きく上下させたり、小走りになったりする馬が多いなか、呼吸を荒くすることもなく、ゆったりと落ちついた歩様《ほよう》で脱鞍所に入った。

トナミローザに乗っていた、騎手の今宮勇也《いまみやゆうや》が下馬して鞍を外した。そして、同馬を管理する調教師の原宏行《はらひろゆき》と並んで歩いてくる。今宮が、鞭《むち》を持った右手をダラリと下げたまま、肩を二度、三度と回した。あの癖のおかげで、遠くにいたり、後ろ姿だったりしても今宮だとわかる。

小林を含むマスコミ関係者は体をずらして検量室への道を開け、今宮と原のやり取りに耳を澄ました。

「前進気勢」「馬銜《はみ》受け」「手前」など、厩舎関係者がよく使う言葉が断片的に聞こえてくる。が、詳細はわからない。記者たちは首を傾げたり、苦笑して首を横に振ったりし、検量室に入って行く二人を見送った。

騎手の今宮は、勝ち鞍のほとんどが障害レースで、平地レースを含めたリーディングでは下位に低迷している。小林より少し年上で、今年四十歳になる。

では障害レースに出走する馬と、それに騎乗する騎手の大半は、望んで障害に進んだわけではない。競馬の「本流」である平地のレースでは芽が出なかったので、やむを得ず障害に進んだのだ。障害は平地より下に見られており、実際、レースの数も少ないし、重賞の賞金も低い。ひとつの競馬場で一日に行われるレースは平地と障害を合わせて十二レースが普通で、障害は、客の少ない昼ごろに一、二レース行われるかどうか。まったくない日もある。それが「障害界」の立ち位置である。

一方、調教師の原は、管理馬が日本ダービーをはじめ、春秋の天皇賞や有馬記念など数々の平地のGIレースを制し、毎年リーディング争いをする超一流だ。今年五十五歳になる。

なぜ、障害専門と言っていい今宮が、超一流調教師の原が管理するオークスの有力候補、トナミローザの鞍上として起用されているのか。

このレースを含め、新馬戦からすべて今宮が乗って五戦四勝、二着一回と結果を出していることがその答えとも言える。が、力のある馬ほど、ビッグレースに向けて、外国人騎手をはじめ、実績のある一流騎手に乗り替わるのが日本の競馬界では常識になっている。「今度こそ乗り替わるだろう」とマスコミやファンの間で言われながらここまで来て、ついにオークスの出走権を獲得してしまった。

成績の冴《さ》えない騎手でも、調教師と姻戚関係や師弟関係があると、その厩舎の強い馬に乗りつづけるケースがままある。しかし、今宮の身内に厩舎関係者はいない。

厩舎がらみでないとしたら、今宮の起用は、馬主の意向なのか。

「なあ、コバちゃん。トナミローザの馬主には当たったんだろう」

同じことを考えていたのか、他社のベテラン記者が小林に訊いてきた。トナミローザを所有しているのは個人ではなく法人で、株式会社斗南という会社である。

「連絡はついたんですけど、取材拒否です」

「そうか。うちもだよ。馬主がNGで、調教師と騎手があれじゃあ、誰からこの馬のローテーションを教えてもらえばいいのか、わかんねえよな」

最後のほうは小声になっていた。彼は、自身の腹立たしい気持ちを、誰かにぶつけようとしているわけではない。競馬サークルのヒエラルキーで頂点にいる馬主や調教師の機嫌を損ねて情報をもらえなくなると、マスコミ関係者は飯が食えなくなる。

主催者のＪＲＡ（日本中央競馬会）は、競馬の公正な運営を最重要事項にしており、そのための手段として、出走馬に関する情報を、メディアを通じてファンにひろく伝えていかなければならない――という方針を打ち出している。

にもかかわらず、トナミローザの陣営は、馬主だけでなく、調教師の原も、騎手の今宮も、マスコミに対してまともにしゃべろうとしない。

原は、それが主義なのか、ＪＲＡから義務づけられているＧⅠ優勝後の共同会見以外では、記者に対して一切口をひらかない。

今宮はどうなのかというと、とにかく、恐ろしいほど口下手なのである。

その今宮が検量室から出てきた。地上波のテレビ局による勝利騎手インタビューに応えるためだ。

ＪＲＡ広報部の職員がロゴの入ったスクリーンを引き下ろし、その前に今宮が立った。今宮の周りをマスコミ関係者が囲む。新型コロナウイルスがパンデミックを引き起こしたころ行われていた入場制限や取材規制はほぼ解除され、競馬場もかつての日常を取り戻しつつあった。

今宮がハンドマイクを右手に持ち、いつもの癖で肩を小さく回した。

脇に立つアナウンサーが、今宮に顔を向けた。

「放送席、放送席、オークストライアルのフローラステークスをトナミローザで勝ちました今宮騎手です。おめでとうございます」

「どうも」

「中団馬群から抜け出す強い内容でした。道中の手応えはいかがでしたか」

「まあ、よかったです」

「思っていたとおりの位置取りだったのでしょうか」

「まあ、はい」

「どのあたりで勝利を確信しましたか」

「まあ、そうですね」

アナウンサーの質問を聞いていないのか、目が泳ぎ、あらぬ方向を見つめている。

「勝ったと思ったのは、どのあたりでしたか」

「まあ、はい、よかったです」

答えながら右肩を回し、マイクを握る手が少しずつ下がっていく。近くにいないと、何を言っているのかほとんど聞き取れない。

「トナミローザの本番オークスに向けての可能性は?」

「まあ、頑張ります」

制限時間が来た。

「どうもありがとうございました。今宮騎手でした」

そう締めくくったアナウンサーのほうが、レースを終えたばかりの今宮より汗をかいていた。

今宮が報道陣にぺこりと頭を下げ、勝ち馬と、その関係者による口取り撮影と表彰式が行われるスタンド前へと向かって行く。

それを見送った記者たちがこぼす。

「悪い人じゃないんだけど、『まあ君』には困ったな」

「ほんと、これじゃあ記事にならねえわ」

今宮は「まあ」しか言わないからと、一部で「まあ君」と呼ばれているのだ。

トナミローザを所有する、株式会社斗南の関係者は今日も来ていないようだ。

小林は、ホースプレビューからガラス越しにこちらを見ている観客ひとりひとりの顔を確かめた。

さっきは確かにこちらを見ていた「彼女」の姿が消えている。

口取り撮影と表彰式を終えたトナミローザの関係者が検量室前に戻ってきた。

小林は、調教師の原に「おめでとうございます」と声をかけた。

原が小さく頷いた。小林は、原が挨拶を返す唯一の競馬記者として関係者に珍しがられている。数年前、小林は、原が管理していたジェメロという馬に惚《ほ》れ込《こ》み、その悪徳馬主を追いかけたことがあった。以降、ごく短くではあるが、言葉を交わすようになったのである。

遅れて騎手の今宮が戻ってきた。小林は今宮の横に並びかける。そして、周囲には聞こえないよう小声で訊いた。

「ガラスの向こうにいたのは知り合いですか」

今宮が驚いたように顔を上げ、立ち止まった。そして、恐る恐るといった感じで、ホースプレビューのほうに目をやった。

「な、何を……」

「今宮さん、この馬に乗ったあと、いつも観客のほうを気にしているじゃないですか」

「いや、それは」

今宮が目を瞬《しばたた》かせた。勝利騎手インタビューのときに目を泳がせていたのも、ホースプレビューに気を取られていたからだろう。

「馬主の関係者でも来ていたのですか」

今宮が答えなかったので、小林は質問を変えた。

「トナミローザの馬主の斗南というのは、どんな会社なのですか」

この質問を今宮にぶつけるのは二度目だった。

株式会社斗南は、トナミローザ以外には有力馬を所有しておらず、競馬サークルではほとんど名を知られていない。経営者のプロフィールも、経営規模も、社員がどのくらいいるのかも謎だ。それらは個人情報でも機密事項でもないはずだが、ＪＲＡも馬主会も詳しいことは教えてくれない。輸入雑貨を扱う会社で、本社が青森の三沢にあるというところまでは調べることができた。しかし、その後、直接取材を申し込むとあっさり断られてしまった。三度目の電話でも断られてから、電話という安易な形が礼を失していたのかと思い、書面で取材依頼をしたのだが、それも無視された。

そうなると、競馬場やトレーニングセンターで接触できるトナミローザの関係者に当たるしかなくなり、切り崩しやすそうな今宮に訊いたのだった。しかしそのときは、得意の「まあ」を連発され、とぼけられてしまった

小林はホースプレビューを指さした。

「帽子を被《かぶ》っていた女性、前にもいましたよね」

モデルのような長身で、顔のつくりも服装も派手な女を、トナミローザのレースのあと、何度か見かけていた。ファンエリアより、馬主やタレントなどもいるこちら側のほうが似合うタイプだ。どう見てもただのファンとは思えないあの女が、トナミローザと株式会社斗南とをつなぐ存在のような気がするのだ。

「い、いや、あの人は関係ない」

今宮がブルブルッと首を横に振った。

「今宮さん、その言い方じゃあ、逆に関係があるって言ってるようなもんですよ」

今宮が口をパクパクさせて下を向いた。何秒くらい黙っていただろう。ゆっくりと顔を上げ、小林を睨みつけた。

「来週、トレセンで話す」

「じゃあ、水曜の追い切りのあとはどうです」

追い切りとは、レースが近づいた馬に課す、強めの調教のことを言う。

「わかった。十一時には終わっているはずだ」

「では、十一時に。場所は、調教スタンドでいいですか」

「いや」

と手で制した今宮が、少し考えてからつづけた。

「馬頭観音《ばとうかんのん》の駐車場でいいか」

「どうしてそんなところで」

今宮はそれには答えず、右肩を回しながら検量室に入って行った。

二　血統の記憶

小林は、東京競馬場のスタンド上階にある記者席でフローラステークスのレースリポートを書いてから芝浦《しばうら》の東都日報本社に戻った。

すっかり陽が落ちている。

レース部に残っている記者はほとんどいない。

自席に荷物を置き、廊下の自販機で缶コーヒーを買ってからバルコニーに出た。

東京湾に架かるレインボーブリッジが、今夜はブルーにライトアップされている。昼間は近くの倉庫やコンテナなどの汚れまで見えて興醒《きょうざ》めするが、それらが闇に隠される夜の芝浦は幻想的で、眺めていると時間を忘れる。

レインボーブリッジを行き交う車も、ヘッドライトやテールランプが見えるだけで、車種はもちろん、色も形もわからない。そうして近未来的なパノラマの彩りのひとつとなっているものを、ただ「綺麗だな」では終わらせず、例えば、一台だけ金色の光を放っている車を見つけたらとことんまで追いかけ、車種や年式、傷の有無やドライバーの素性、出発地と目的地まで明らかにして、輝いている理由を突き止める――自分の仕事はそれと同じようなものだ。抜きんでて鋭い末脚《すえあし》を使う馬がいたら、血統的背景や、生産牧場の放牧地の広さや土壌、仔馬のときに食べた飼料や育成馬時代に使用していた施設、さらに、調教で騎乗した人間たちの技術水準や馬づくりの理念などを徹底的に調べ上げる。競馬を楽しむだけなら「強い馬だなあ」で済ませてもいいのだろうが、強さの理由を突き詰めていく過程と、その先にしか「ネタ」はないのだ。

小林は、検量室前での今宮とのやり取りを反芻《はんすう》した。

やはり、トナミローザに乗ったあとはいつも、今宮の様子がおかしいように感じていたのは気のせいではなかった。

今宮は、待ち合わせ場所に、診療所の向かいにある馬頭観音の駐車場を指定した。調教スタンドや厩舎だと必ずほかの誰かがいるが、あそこなら人目につかない。ということは、人に聞かれたくない何かを話す気になったのか。

口をパクパクさせたところまではいつもの今宮だったが、「来週、トレセンで話す」と言ったときの目には、強い光があった。

そう感じたのは気のせいだろうか。

レインボーブリッジが、新型コロナウイルスの感染拡大を防止すべく発令された「東京アラート」の一環として、真っ赤にライトアップされたことがあった。二つの主塔が赤くなると、こうも不気味な印象になるものかと驚かされた。

あれから年単位の時間が経過しても、ここに立つと、血に染まったような主塔と、それを映して赤く滲《にじ》んだ海面を思い出す。

喫煙所にもなっているこのバルコニーで、以前は美味《うま》そうにタバコを吸う記者が何人もいた。しかし、定年で退職したり、禁煙したりと年々来る者が少なくなり、支柱の曲がった灰皿もどこか寂しそうに見える。

禁煙組のひとりである小林は、缶コーヒーが空になったところで自席に戻った。

水曜日、今宮に会って何が得られるかわからないが、資料を元にしたリサーチは進めておかなければならない。

まず、先輩記者から譲り受けた東北地方の牧場地図を引っ張り出した。三十年以上前に発行された古いものだ。ここに載っているサラブレッド生産牧場の多くが閉場してしまったのだが、今も牧場が点在する青森県の太平洋側、いわゆる「南部地方」が机の真ん中に来るよう地図をひろげた。

その上に、資料となる書籍や、取材先で入手したコピーなどを重ねた。資料のなかには、牧場地図に負けないほど古いものもある。

さらにパソコンを立ち上げ、キンドルリーダーにも参考文献のカバーを表示させた。

こうして資料の山を前に腕を組み、取材や資料調べをしたときのあれこれ——自宅を出たときの天気や、利用した飛行機が混んでいたか、取材先で何を食べ、誰と会ってどんな話をしたか、ＪＲＡの図書室には自分のほかに誰がいたか、といったことを思い出す。いつもこうしているうちに、次に連絡すべき相手や、行くべき場所が浮かんできて、一気に動き出すことができるのだ。

しかし、どうも集中できない。

理由はわかっている。左側から、刺すような視線を感じるのだ。

隣の席にいる後輩記者の高橋皓太《たかはしこうた》が、こちらの様子を窺《うかが》っている。普通は気づかれないようにするものだが、そういう器用なことのできない男なのだ。

小林はゆっくり顔を左に向けた。高橋と目が合った。

「どうした。お前も残業か」

「はい」

「早く帰らないと、働き方改革担当の課長から、また小言を食らうぞ」

「先輩こそ。ここんとこずっと遅くまでいるじゃないっスか」

高橋の視線は、小林の顔と手元の資料とを行ったり来たりしている。

「ちょっと気になることがあってな」

「何スか、気になることって」

高橋が身を乗り出した。

「それより、歴女の何ちゃんだっけ。会いに行かなくていいのか」

「い、いや、それは……」

「何だよ、また振られたのか」

「はあ、そんな感じっス」

そう言って頭を掻《か》く高橋は、自分から女を追いかけることはないのだが、新しい彼女をつくってはすぐ別れ、またつくる、ということを繰り返している。今年二十九歳になるとは思えない童顔だ。母性本能をくすぐるタイプだと、男の小林でも思う。しかし、母性本能というのは取っかかりのときだけ作用して長つづきしないのか、小林が相手の名前を覚える前に、いつも高橋は振られてしまう。

「ぼくのことはいいから、何を調べてるのか、教えてくださいよ」

高橋が唇を尖《とが》らせた。

「ちょっと前から、廣澤牧場について調べているんだ」

小林は、机上の資料を指さした。

「廣澤牧場？」

「そうだ。『廣澤』は、旧字体で表記することが多い。日本で初めての民間洋式牧場だ。聞いたことないか」

「ないっス。競走馬の生産牧場ですか」

「馬の生産だけじゃなく、もともとは牛や豚や鶏もいて、米や野菜もつくっていた青森の総合農場だ」

「青森？　北海道じゃなくて……」

「ああ。昔は青森の牧場からも大きなレースを勝つ馬がたくさん出ていたんだ」

高橋がタブレットの電源を入れた。

「あった、この『開牧社』というのが廣澤牧場のことですね。一八七二（明治五）年に開牧した日本初の民間洋式牧場。廣澤安任っていう人が創業者か」

「そう、三沢市の北部にあったんだ」

「三沢って、米軍基地のある三沢ですよね」

「全盛期は、三沢市の五分の一ほどを占める広さだったそうだ」

「えっ？　それって、すごくないっスか」

高橋の声が少しずつ大きくなってきた。

「この廣澤安任って人物は、世が世なら一万円札の肖像になっていたかもしれない大物だぞ」

「そんなにすごい人なんスか」

高橋は、タブレットに表示された廣澤安任の写真をスワイプして拡大した。

「それに、安任の跡を継いだ廣澤弁二がいなければ、大正時代に競馬法は成立していなかったかもしれない」

明治時代の終わりに政府が黙許する形で売られていた馬券の発売が禁止され、競馬関係者は苦難のときを過ごしていた。それが一九二三（大正十二）年、のちにＪＲＡ初代理事長となる安田伊左衛門《やすだいざえもん》や、廣澤弁二らの尽力によって競馬法が可決、施行されたことで馬券が復活。その後の隆盛につながっていく。

「つまり、跡継ぎの廣澤弁二は競馬界の恩人ということですか。あれ、この牧場、一九八五（昭和六十）年に閉場してるんスね。ぼくが生まれる前だ」

高橋がタブレットを操作し、廣澤牧場と廣澤安任について記されたサイトを次々と表示させ、ふと顔を上げた。

「で、この廣澤牧場がどうかしたんスか」

「ここだけの話だぞ」

「は、はい」

「実は、廣澤牧場を起点とする、時空を超えた人馬のリンクを見つけたんだ。廣澤牧場が創設された明治時代の初めから、今に至る百五十年の物語をな」

「時空を超えた人馬のリンク、ですか」

「ああ。その時代から、現在の競馬界に息づく『血統の記憶』は、つながっているんだ」

高橋が首を捻《ひね》った。

「血統の記憶？　あのう、先輩の言っていることが、よくわからなくなってきたんですけど」

「ちょっと待ってくれ。今、廣澤安任の簡単なプロフィールをメールするから」

小林は、パソコンの「シリーズ企画」と名前をつけたフォルダ内の「廣澤牧場」というフォルダに格納した文書ファイルをメールに添付し、高橋に送った。

それは、次のような内容だった。

江戸時代末期から明治時代にかけて活躍した、廣澤安任（一八三〇―一八九一）という旧会津藩士がいた。

安任は、京都守護職《しゅごしょく》となった会津藩主・松平容保《まつだいらかたもり》を公用方として支えた。新選組のフィクサー、つまり調整役でもあり、安任が「池田屋《いけだや》事件」で新選組の出陣を遅らせたがゆえに桂小五郎《かつらこごろう》（木戸孝允《きどたかよし》）は命拾いした、とも言われている。

安任はまた、兵学者の佐久間象山《さくましょうざん》に私淑し、洋式の砲術や軍制を学んだほか、欧米の肉食文化を教えられ、牧畜業へ思いを馳《は》せるようになる。

会津藩は、幕府とともに、戊辰戦争で敗れた。のちに再興を許されたが、二十八万石だった領地は三万石に減らされ、猪苗代《いなわしろ》か北奥羽のどちらかを選ぶことになった。

安任は、北奥羽の地を取るべきだと主張した。

かくして旧会津藩は、一八六九（明治二）年の十一月三日、北奥羽の「斗南藩」に生まれ変わった。

安任は、青森県の成立に尽力したのち、谷地頭（現在の青森県三沢市）に日本初の民間洋式牧場「廣澤牧場」を創設。一八七二（明治五）年五月二十七日を開牧記念日とした。旧知の英国外交官のアーネスト・サトウの紹介で二人の英国人技師を雇い入れ、開牧初年度にサラブレッドの「ローザ」を種牡馬として導入した。

一八七七（明治十）年の八月、東京で開催された第一回内国勧業博覧会で、ローザ産《さん》駒《く》の牡馬《ぼば》、ボンレネーが最優秀賞の「龍紋褒賞《りゅうもんほうしょう》」を受賞。ボンレネーは競走馬となり、東京の戸山《とやま》、横浜の根岸などの競馬場で優秀な成績をおさめた。

安任は一八九一（明治二十四）年に死去。養嗣子である廣澤弁二の長男、廣澤春彦《はるひこ》は日本軽種馬協会の初代会長をつとめた。

黙って小林からのメールを読んでいた高橋が、タブレットから顔を上げた。

「こんな人がいたんですね」

「ああ。『会津に廣澤あり』と言われたほどの男だ。本当に北奥羽でおとなしくしているのかと、新政府の大久保利通《おおくぼとしみち》が廣澤牧場まで様子を見に来たり、松方正義、原敬《はらたかし》といった、のちに首相となる人間が訪ねてきたりしていたんだ」

高橋がタブレットに廣澤安任を紹介するサイトを表示させ、何度も小さく頷いた。

「この人、下北半島を東西に貫く運河を掘って、北奥羽に長崎のような港をつくろうとしていたんですね」

「実現できなかったけどな。安任は、戊辰戦争で薩長《さっちょう》に敗れた、いわば『敗軍の将』なんだが、発想にも行動にも枠がなかった」

「敗軍の将かあ。それも、維新三傑の大久保利通がマークするほどの存在、っていうのがカッコいいっスね」

「で、廣澤牧場についてだけどな」

小林は高橋を手招きし、北海道の日高《ひだか》地区の地図をパソコンに表示させた。

「安任が廣澤牧場を設立したのと同じ一八七二年に開拓使次官の黒田清隆《くろだきよたか》らが日高の広大な土地を買って、次の年から牧場をつくりはじめたんだ。それが日本初の官営洋式牧場の新冠《にいかっぷ》御料牧場になる。黒田は旧薩摩藩士だ。つまり、会津に先を越されては国のメンツが立たないからと、薩長が慌てて新冠に手をつけたとも考えられる」

「だとしたら、薩長は、どうやって安任の動きを察知したんですかね」

「察知も何も、安任は、牧場をつくるための土地を払い下げてくれるよう新政府に申請しなきゃならなかったんだ。で、開牧する前の年、安任に牧畜業を行うのを許可したのは、大蔵卿《おおくらきょう》の大久保利通と大蔵大輔《たいふ》の井上馨《いのうえかおる》だった。安任の動きは薩長側に筒抜けだったのさ」

「なるほど」

「安任は牧場をつくることによって、旧会津藩士の雇用を確保しながら、日本に肉食の習慣を定着させようとしたんだ。日本の国力を高めるには、日本人の体格を向上させなければならない。そのためには肉を食わなきゃダメだ、と考えてな」

「でも、廣澤安任は敗軍の将でしょう。いわば、『賊軍』とされた側の人間が、そんなふうに国全体のことを考えられるものですかね」

「おれも最初はそう思っていたんだけど、安任は、若いころから外国語に堪能で、幕府がロシアとの国境問題解決のため派遣した正使に随行したり、維新前から開国論者だったりと、グローバルな視点で日本を見ていたんだ。大久保利通がわざわざ様子を探りに行ったのも、安任が会津の枠にとらわれず、日本のために身を捨てる覚悟があり、大きなことをやってのける知恵と力のある男だとわかっていたからこそ、新政府にとって危険人物ではなくなっているかどうか、確かめたかったんじゃないか」

「つまり、大久保は、安任を恐れていたってことですね」

「そうだ。大久保が帰ったあと、廣澤牧場にいた、新政府の隠密《おんみつ》か刺客ではないかと疑われていた何人かが姿を消したらしい。危険人物ではなくなった、と大久保が判断したんだろう」

「うわあ、スパイに命を狙われてたんスね」

小林は頷いた。

「もうひとつ。安任たちが中心になってつくった斗南藩の領地は、北の下北半島と、南の十和田湖《とわだこ》に接する内陸とに分かれた飛び地になっていたんだ。多くの会津藩士が一挙に集まることのないようにと新政府がそうしたのさ」

「すごい警戒のされ方ですね」

「実際、会津は強かったからな。新政府に幕府以上の難敵だとビビらせるだけの軍事力を先頭に立って強化したのも安任だったんだ」

そう聞いて何度も頷いた高橋が急に動きを止め、首を傾げた。

「廣澤安任がいかにすごい人物だったかも、先輩が安任に惚れ込んでいることも、よーくわかりました。とてもよくわかったのはいいんスけど、その廣澤安任や廣澤牧場から、先輩の言う『時空を超えた人馬のリンク』が、今の時代にどんなふうにつながっているのか、さっぱりわかりません」

小林は東都日報の競馬面をひらいて、高橋に見せた。

「今日のフローラステークスに、その答えがあった」

「フローラステークス？　トナミローザがあっさり勝ちましたよね。ぼくは内勤だったから、取材に行けなかったけど」

「そう、答えは『トナミローザ』なんだ」

「え? どういうことっスか」

「トナミローザの馬柱の、馬主のところに何て書いてある?」

「株式会社斗南。あれ? この斗南って……」

「どこかで見ただろう。本社は三沢にある。何か気づかないか」

「何かって、これはクイズですか」

小林は、高橋のデスクに置かれたタブレットを指さした。

「さっきおれが送った文書ファイルをひらいてみろ」

「はい、ひらきました」

「そこに、安任が中心になって、会津を再興させるために北奥羽につくった藩が出ているだろう」

「ええっと……あっ、斗南藩! 株式会社斗南は同じ字だ」

「斗南藩は、廣澤牧場のあった三沢市の谷地頭からは離れていたが、同じ青森県の東部にあったんだ」

高橋が立ち上がった。

「そっか、株式会社斗南の本社も三沢にあるんですよね! わかりました、廣澤牧場とトナミローザのつながりが」

「トナミローザという馬名の『トナミ』は冠のようなものだろう。馬名の下半分の『ローザ』にも大切な意味があってな」

「ローザにですか？」

「データベースでトナミローザの五代血統表を見てみろ」

五代血統表とは、その馬の父方・母方双方の五代前の祖先までの計六十二頭を一覧できる血統表のことを言う。小林はつづけた。

「トナミローザの五代母をクリックして、その五代血統表を表示させてから、もう一回同じことをして、トナミローザの十代母より前の先祖を表示させたらどうなる」

馬は母方の祖母を二代母、曽祖母《そうそぼ》を三代母と数えていく。

「ちょっと待ってください。ん、あーっ！」

「いただろう、ローザが」

「はい、いました。トナミローザの十二代母のカイという牝馬の交配相手がローザなんですね」

そこまで言った高橋が、しばらくの間黙って血統表を見つめ、不服そうにまた口をひらいた。

「でも、それのどこがすごいんスか。先輩が言ったローザという馬名を見つけたから思わず声を出しちゃいましたけど、トナミローザにローザという馬の血が入っているからといって、何がスペシャルなのか、わかりません」

小林は、わざとらしく咳払《せきばら》いをしてから言った。

「このローザというのは、廣澤安任が廣澤牧場を開牧した年に、横浜の根岸競馬場から購入したローザのことなんだ。お前にメールした文書にも書いてある」

「ちょっと待ってください、もう一回見てみます」

高橋が、小林から送られた廣澤安任に関する文書を再度表示させ、頷いた。

「ホントだ、ローザって書いてありますね。さっきは読み飛ばしていました」

「おれが調べた限りでは、日本で馬名が記録に残っている最古のサラブレッドは文久年間（一八六一－六四）にフランスから徳川幕府に贈られた馬たちなんだが、このローザはそれらとほぼ同世代なんだ。『伝説のサラブレッド』と言ってもいい存在さ。安任は、ローザの走力と跳躍力にすっかり魅せられたらしい」

高橋が小さく唸《うな》りながら頷いている。

「なるほど。先輩の言う『血統の記憶』は、この『伝説のサラブレッド』ローザから始まっているわけか」

「で、トナミローザは、廣澤安任が中心になってつくった斗南藩と、血統表に出てくるこのローザにちなんで名付けられたと思われる。『トナミ』も『ローザ』も、明治時代の初めに存在していたから、百五十年の物語、というわけさ」

「廣澤牧場ができたのは、西暦で言うと、一八七二年でしたっけ。確かに、百五十年くらい前ですね」

小林は、高橋のタブレットを操作し、もう一度トナミローザの血統表の、十代以上遡ったところを表示させた。

「ほら、ここ。今さっきお前も気づいた、ローザと交配した繁殖牝馬、つまり、トナミローザの十二代母は『カイ』だよな。安任の母の名前もカイなんだ」

「えーっ⁉」

「な、つながっているだろう。百五十年の時を超えた人馬のリンク。現代の競走馬の血統が廣澤牧場の存在を浮き上がらせ、そこにいた人馬を蘇《よみがえ》らせる」

「百五十年前の三沢への水先案内人、いや、水先案内馬はトナミローザか」

小林は頷き、JRAの公式サイトのトナミローザのページを表示させた。「馬名意味」のところには「地名+馬名」と記されている。

「斗南という地名と、ローザという馬名を組み合わせて、トナミローザ。シンプルだけど、こめられたものはいろいろあるはずだ」

「そうっスね」

「廣澤牧場にいたローザからつながる血を大切にしていくのだという強い思い。そして、廣澤牧場に関する記憶を呼び覚ましたいという願いも」

トナミローザの血が、斗南藩と廣澤牧場の記憶を蘇らせ、「伝説のサラブレッド」ローザの存在を浮き彫りにする。

高橋が呟《つぶや》いた。

「つまり、トナミローザという馬名自体が、トナミローザと廣澤牧場のリンクを見つけさせるためのサインでもある、ということか」

「ああ。ただ、それを声高に喧伝《けんでん》するんじゃなく、こうして気づかせようとするところに、『仕掛け人』の意図があるようで、気持ち悪いんだけどな」

「でも、とにかく、面白そうっスね」

「もっと面白くするために、水曜日に追加取材をする。そのあと、どう展開できるか詰めていこう」

「はい！」

三　障害騎手

フローラステークス翌週の水曜日、茨城のJRA美浦《みほ》トレーニングセンターで朝の追い切り取材を終えた小林真吾は、トレセン内の競走馬診療所の向かいにある馬頭観音の駐車場に愛車のフォルクスワーゲン・ゴルフを停めた。

これから、トナミローザでフローラステークスを勝った、騎手の今宮勇也から話を聞く。

競馬記者になって十五年ほどになるが、こんなところで関係者と待ち合わせるのは初めてのことだ。ほかに車は停まっていない。誰にも邪魔されずに話をするにはもってこいの場所ではある。

小林は運転席の窓を細く開け、今宮を待った。

十一時を回ったとき、ハイブリッドシステム特有のモーター音とともに白いアルファードが現れ、駐車場の端に停まった。

小林がそちらに行くと、運転席の後ろのスライドドアが開いた。

四、五年前、原宏行調教師が管理していたジェメロという馬の悪徳馬主を追いかけていたとき、似たようなワンボックスカーに引きずり込まれたことがあった。頭にずだ袋を被せられ、いいように殴られたことがトラウマになっており、この手の車を見るたびに思い出してしまう。だが、トレセンの敷地に入ることができるのは、ゲートで乗員の所属と氏名をチェックした車だけだ。この車は「安全」だろう。

小林はアルファードに乗り込んだ。二列目シートに腰を下ろすと、電動スライドドアが閉まった。後部座席側のウインドウはサングラスのようなプライバシーガラスなので、外からは後部座席に人が乗っているのかどうかもわからないはずだ。

尻をずらして助手席の後ろのシートに移動すると、バックミラー越しに、運転席の今宮と目が合った。

「ここなら誰かに話を聞かれる心配はない」

今宮が言い、エンジンを止めた。

「第三者に聞かせたくないネタを提供してもらえるなんて、嬉《うれ》しいです」

サイドウインドウの向こうに、人を乗せた馬が歩いて行くのが見える。

その馬が厩舎に姿を消してから、今宮が再び口をひらいた。

「噂《うわさ》どおりだな」

「何が？」

「あんたのことだよ、小林さん。優男に見えるけど、狙われたら最後の〝スナイパー〟だって」

「人聞きの悪いことを言わないでください」

「あの堂林《どうばやし》を追い詰めたのも、あんたなんだろう」

堂林というのは、例のジェメロを所有していた国際詐欺師のことだ。最後は有印公文書偽造などで逮捕され、馬主資格を剝奪された。

話しながら、小林は小さな違和感を覚えていた。すぐにその正体がわかった。バックミラー越しに目元だけで表情を変えて見せる今宮が、口下手な「まあ君」とは別人のように感じられるのだ。ひょっとしたら、普段見せている「まあ君」の顔は、勝負師としての顔を隠すための仮面なのかもしれない。

今宮がわざわざ人目につかないところを指定したのは、この「素顔」をほかの人間に見られたくなかったからか。

小林は、運転席の今宮の横顔が見えるよう、さらに体を左側に寄せた。

「日曜日に検量室前で訊いた質問を繰り返します。トナミローザを所有する斗南という会社について、知っていることを教えてもらえませんか」

今宮が小さく舌打ちした。

「前にも言っただろう。あの会社の持ち馬に乗るのはローザが初めてだし、どんな会社かも知らないって」

声が苛立《いらだ》っている。何かを隠しているようには感じられない。

「じゃあ、あの背の高い女性は？」

今宮がフーッと息を吐き、しばらく間を置いてから答えた。

「それが、おれもよくわからないんだ」

運転席のシートからガサッと衣擦《きぬず》れの音がした。車に乗っているときも肩を回す癖は
そのままのようだ。

「でも、面識はあるんでしょう」

「ああ。外厩《がいきゅう》で原のテキと話しているのを何度か見た」

テキとは厩舎用語で調教師のことを言う。

「原先生と話していたということは、関係者でしょうね」

「たぶんな。見かけるのは、ローザのレースあとと、おれが外厩でローザの調教に乗る
ときだけだから、斗南の関係者かもしれない」

「それで今宮さんはトナミローザが勝ったあとのインタビューや口取り撮影のとき、彼
女の様子を気にしていたんですね」

「そうだ。いつクビを宣告されるか、気になってよ」

やはり、今宮自身も、平地を主戦場とする一流騎手への乗り替わりの危機を感じなが

ら乗っていたのか。

「彼女、トレセンに来たことはないですよね。あんな派手な美人がいたら目立つはずだ」

「ないと思う。少なくとも、おれは見たことがない。逆に、あんたは何か、あの女について知ってることはないのか」

「いや、何も」

「そうか。あの様子だとお忍びで来ているわけでもなさそうだし、綺麗なだけに、不気味なんだよなあ」

原厩舎が外厩として最も頻繁に使っているのは、美浦トレセンと同じ茨城県内にある常総《じょうそう》ステーブルだ。

トナミローザ、障害騎手の今宮、原厩舎、外厩、常総ステーブル、謎の女——。

キーワードを羅列した小林の頭のなかで、細い糸がつながりかけている。

株式会社斗南は、法人馬主として複数の競走馬を所有しているが、もっかのところ、トナミローザのほかに、これといった活躍馬はいない。

今宮は、中山大障害を三勝するなど障害騎手としては一流だ。が、平地での実績はゼロに等しい。そんな今宮が、謎めいた法人馬主が所有し、百五十余年の血のドラマを持った馬に乗り、オークストライアルを完勝した。

「今宮さんがトナミローザの騎乗を依頼されたのはいつですか」

「新馬戦の一週前追い切りのときだ」

「依頼は原先生から？」

「ああ」

「どうして今宮さんを指名したんでしょう」

「さあな。こっちから『どうしてですか』なんて訊けるわけねえだろう」

ガサッと今宮が肩を回す音が、静かな車内に響く。

今宮がこうして話に付き合っているのは、彼自身、株式会社斗南をはじめとするトナミローザをめぐるものに疑念を抱き、気持ち悪さを感じているからだろう。

小林は、もう一度、トナミローザ、障害騎手の今宮、原厩舎、外厩、常総ステーブル、謎の女といったキーワードを頭のなかで組み合わせた。

——そうか、わかったぞ。

糸がつながった。

答えは案外シンプルだった。

「見たことはないのですが、最近、常総ステーブルに、障害練習用のコースが新設されたそうですね」

「さすがに情報が早いな」

「原調教師は、平地でしか走らない馬にも、調教で障害を跳ばせることがあります。ひょっとして、トナミローザも障害練習をしているのですか」

今宮の口元がゆるんできたことが後部座席にいてもわかった。小林はつづけた。

「でも、原調教師が障害練習をさせるのは古馬《こば》だけのはずです。三歳馬には負荷がかかりすぎて、鍛えるメリットより傷めるリスクのほうが大きくなるから、と」

質問には答えず、今宮が挑むように言った。

「あんた、どうして平地のレースに出る馬にわざわざ障害を跳ばせるのか、わかってるよな」

競馬記者にとっては簡単な質問だった。

「はい。まず、飛越することでトモの筋肉を鍛えられるからです。それに加えて、成績が頭打ちになった馬の場合、普段と違った刺激を与えてメンタルに作用させる部分もあると思います」

トモとは馬の後ろ脚のことを言う。

「五十点だ」

今宮が吐き捨てるように言い、つづけた。

「障害を跳ばせる一番の目的は、人と馬とのつながりをつくることなんだ。障害を跳び越えながら、人と馬とを何より強く結びつけるのは何だかわかるか？」

少し考えてから小林は答えた。

「相手への信頼、ですか」

「違う。恐怖心だ。初めて障害を跳ぶ馬に乗る人間が恐怖を覚えるのは、説明しなくてもわかるだろう。人間だけじゃなく、馬だって、障害の向こう側に何があるのかわからないのに跳び越えるのは怖いんだ。ジャンプする前、障害に向かって走っていくだけでも恐ろしく感じる。それでも、デビュー前に人を背中に乗せてからずっと教え込まれた指示に体が自然と反応する部分もあって、障害に向かって走り、跳ばざるを得なくなるのさ。障害の向こう側は谷底かもしれないし、天敵の捕食動物がいるかもしれない。それでも、背中に乗っている人間も一緒なのだから、そう簡単に命を落とすようなことはしないだろうし、自分には見えないものが人間には見えていると信じるしかない。そうして恐怖心を共有しながらジャンプして無事に着地することによって、人と馬は、大きな安堵《あんど》感と達成感を共有する。障害を越えることによって、心身ともに人馬一体になることができる、というわけさ。それに加えて、馬はどうして人間がこんなことをさせるのか、扶助の意味を考えて、人間の気持ちを察しようとする。人間も、馬が何を感じているのか考えながら、ひとつひとつの反応を確かめる。そうして、互いに探り合うことによって、つながりがより強くなるんだ」

扶助とは、馬に動きを促す騎手の動作のことだ。

「例外的に、恐怖心を感じない馬もいるんじゃないですか」

「まあ、百頭に一頭くらいはな」

「トナミローザはどうなんですか」

「ふっ、その手には乗らねえよ」

「独り言ならいいんじゃないですか」

小林がそう言うと、今宮は顔をこちらに向けた。

「すげえよ、ローザは。普通、障害を跳ばせるときは、手綱を引いて首を高くさせて準備することを教えるんだが、あいつは首を低くしたまま簡単に跳んじまうんだ。おそらく恐怖なんて感じていない。面白い遊び、くらいにしか思ってないんじゃないか。それに、飛越しているとき、おれの視界にトモが入ってくるんだぜ」

馬上にいる騎手の顔は前を向いている。その視野に入るほどに、トナミローザは体を弓なりにし、後ろ脚を前に出してくるということか。

「これまでもそういう馬はいましたか」

「いや、いなかった。あんなに体のやわらかい馬は初めてだ」

「トナミローザはトレセンでは障害練習をしていませんよね。どうして外厩だけでやるんですか」

「それは原のテキに訊けよ。おれが知っていることは全部話した」

そう言って、今宮が顔を前に向けた。

アルファードの電動スライドドアが開いた。

小林が降りると、スライドドアが閉まり、今宮のアルファードは滑るように厩舎地区の奥へと消えた――。


トレセンを出て常磐《じょうばん》自動車道の守谷《もりや》サービスエリアで昼食を済ませ、芝浦の東都日報本社に戻ったときには午後二時を過ぎていた。

自席につくと、隣席の高橋が声をかけてきた。一昨日の月曜日は、厩舎が全休日になるのに合わせて二人とも休みで、昨日は別々の場に取材に出ていた。なので、会うのはフローラステークスが行われた日曜日以来になる。

「お疲れさまっス。あれからぼくなりに廣澤安任についていろいろ調べてみたんですけど、安任って、業績の大きさのわりに、不当なほど扱いが小さいですよね。会津出身の知り合いも、学校では習わなかったと言ってました」

「まあ、今の政権は戊辰戦争に勝った薩長連合の延長線上にあるとも言えるわけだから、敗者の歴史が埋もれようがどうしようがお構いなしなんだろう」

「でも、安任が書いた『開牧五年紀事』には福沢諭吉《ふくざわゆきち》が序文を寄せてますよね。他人の著作の序文を書かない主義の諭吉がそうするほどの人だったわけでしょう。賊軍になった会津のヒーローの存在には蓋をしたいのかもしれませんね」

「おれの周りでも、安任のことを知っていたのはひとりしかいなかった。ずいぶん前、NHKの大河ドラマになった『新選組！』に嵌《は》まったから知っていたらしくてな。『新選組に好意的な役人だったので好きでした』って笑っていたよ」

かく言う小林も、安任の存在を知ったのはつい最近のことだった。

春先、小林が担当した東都日報の特別企画で、一九九九（平成十一）年に他界した著名な競馬評論家、大川慶次郎《おおかわけいじろう》の功績を振り返った。大川は、一九六〇年代の初め、競馬専門紙の予想で全レースを的中させ、「競馬の神様」と呼ばれた。ベレー帽の似合う温和な風貌と独特の語り口で、民放テレビ局の競馬中継のゲスト解説者としても人気を博した。その大川が「日本資本主義の父」と言われる渋沢栄一《しぶさわえいいち》の曽孫だと知り、渋沢の交友関係を調べたら、廣澤安任の名前が出てきた。安任らがつくった斗南藩を、最初は「となんはん」と読んでいたのだが、「となみはん」と読むことを知って初めて、小林の頭のなかでトナミローザとつながり、興味を抱くようになったのだ。

もともとトナミローザには、そのローテーションや、レース後の今宮の様子、背の高い謎めいた女の存在など気になるところがいくつかあった。同馬と安任とが頭のなかでつながってから、安任に対するリサーチにさらに熱が入り、その実直な生きざまに憧憬の念を抱くようになった。そして今では、紙面で特集を組むだけではなく、ライフワークとして書きつづけてもいいと思うほど特別な存在になっている。

「で、先輩、今日の追加取材は首尾よく終わったんスか」

「ああ、今宮に話を聞いてきたんだ」

小林はアルファードの車内で聞いた話を伝えた。高橋が目をぱちくりさせた。

「あの『まあ君』が、そんなにしゃべったんスか」

「おれも驚いたよ。普段の『まあ君』は完全に演技だ」

「口下手なふりをしている、ってことですか」

「それが今宮なりの処世術なんだろう。ま、トナミローザが今宮を饒舌《じょうぜつ》にさせた、という部分もあったのかもしれない。走りそのものより、障害の飛越が相当衝撃的だったみたいだからな」

名馬は騎手を雄弁にさせる――と言いかけて、言葉を呑《の》み込んだ。三歳牝馬限定のGⅡレースを勝ったばかりの馬を「名馬」と言うのはどうかと思ったからだ。

「障害練習かあ。原調教師は、障害練習を取り入れた、新たな調教メソッドでも考えているんでしょうか」

「かもな。それも、秘密裏に」

「だから、マスコミの目に触れづらい外厩だけでやっているのか」

「ただ、あの厩舎はもともと障害練習を取り入れているだろう。なのに、どうしてトナミローザの練習だけ隠すのかな。それを確かめようにも、あのテキがしゃべるわけがない。谷岡《たにおか》がいたときなら情報を引き出すことができたんだけどな」

　小林は、原厩舎の番頭をしていた谷岡という元調教助手と親しかったのだが、谷岡は調教師として独立してしまった。

「今、原厩舎に残っているスタッフは原イズムに染まり切って、全員マスコミと距離を置いてますものね」

「切り崩すとしたら、今宮以外では、馬主か生産者ということになるな」

「生産者」とは、その馬が生まれた牧場や、牧場の経営者のことを言う。英語では「ブリーダー（breeder）」だ。「生産牧場」と言われることもある。

　牧場で生まれた馬は、当歳《とうさい》（ゼロ歳）や一、二歳のときに、競りや、「庭先取引」と呼ばれる直接売買で、馬主（オーナー）に購入される。馬主は個人の場合もあれば、株式会社斗南のように法人のこともある。生産馬を売らずに自分で所有して走らせる生産者を「オーナーブリーダー」と言う。

　仔馬は生後半年ほどで離乳し、母馬とは別の放牧地で同い年の馬たちと過ごすようになる。一歳の夏ごろ、「育成場」とか「育成牧場」と呼ばれる施設に移動し、鞍や人を背中に乗せる「馴致《じゅんち》」を経て、人を背中に乗せて走る「調教」を始める。

　早ければ二歳の春、ＪＲＡの場合は美浦か、滋賀の栗東《りっとう》にあるトレーニングセンターの厩舎に入厩する。それぞれの厩舎のボスが調教師だ。調教師は、馬の世話をする厩務員、日々の調教に騎乗する調教助手らを雇用する。人件費や飼料代などの費用は、馬主が払う一頭につき月額七十万円ほどの預託料と、賞金の十パーセントに相当する調教師への進上金でまかなっている。なお、その馬を担当する厩務員（調教助手の場合も）と、騎乗した騎手にもそれぞれ賞金の五パーセントに相当する進上金が支払われる。それらを差し引いた賞金の残り八十パーセントを馬主が受け取る。

競走馬がレースの合間に過ごす施設を「外厩」と言う。外厩には、厩舎と、周回コースや坂路《はんろ》コースなどの調教施設がある。外厩で調整することを「放牧に出す」と表現するが、放牧地で草を食べているわけではなく、トレーニングをつづけているのだ。

競走馬として優秀な成績をおさめた一部の馬は、種牡馬や繁殖牝馬となる。ほかに乗馬や使役馬という「第二の馬生」もあるのだが、多くは食肉となるのが現実だ。

牡馬は、種馬所（スタリオンステーション）で種牡馬となり、牝馬は生まれた牧場か馬主が希望する牧場で繁殖牝馬となる。繁殖牝馬の所有者は、種牡馬のオーナーかシンジケートに種付料を支払ったうえで種付けをする。「史上最強」と言われたディープインパクトの種付料は最高で四千万円だった。

サラブレッドの生涯のスタート地点は生産牧場になるわけだが、日本の生産牧場の九割以上は、北海道の日高地区に集中している。

トナミローザも、日高の牧場で生まれた。

高橋が、トナミローザのデータをタブレットに表示させた。

トナミローザ　牝《めす》三歳　鹿毛
父クロフネ　母ハイローゼス（母の父ダンスインザダーク）
美浦・原宏行厩舎　株式会社斗南所有　浦河《うらかわ》・デリーファーム生産
戦績　五戦四勝
獲得賞金　一億三百十万円

トナミローザの生産者は、日高のなかでも南東の襟裳岬《えりもみさき》に近い、浦河町のデリーファームである。

「先輩、このデリーファームにもコンタクトしたんスか」

「ああ、でも、肩すかしを食ってさ」

これほど古い牝系の血をつないでいるのだからこだわりを持った生産者だろうと思って電話したのだが、そうではなかった。トナミローザの母ハイローゼスも株式会社斗南の所有馬で、デリーファームはそれを預託馬として預かっているだけなのだ。牧場サイドとしては、特に牝系を遡って価値を確かめたことはなく、交配する種牡馬も馬主が選んでいるとのことだった。

デリーファームの経営者はインド人の実業家だという。小林が電話で話したマネージャー、日本流に言うと場長も、デイビッド・シンという名のインド人だった。

平成の終わりごろから北海道の馬産地ではインド人の乗り手が急激に増えている。インド人は馬の扱いが上手《うま》く、高い騎乗技術を持っていながら日本人より賃金が低いので、歓迎されているのだ。

しかし、宗教や生活習慣の違い、インド人同士の派閥争いなどで職場を離れる者も少なくない。母国の首都の名を冠したデリーファームは、そうしたインド人にとって、駆け込み寺のような存在にもなっているようだ。

「そもそも、デリーファームって、トナミローザが活躍するまで聞いたことがなかったけど、先輩は知ってました？」

「いや、知らなかった」

「浦河にあるのか。ここ、ほとんど生産はやってないんですね。軽種馬登録協会のサイトによると、繁殖牝馬は三頭しかいないし、今年の生産馬は今のところ一頭だけみたいですよ。トナミローザのお母さんのハイローゼスの名前もリストに載ってないっス」

ハイローゼスは今年二十歳になる。

「高齢だから繁殖牝馬を引退して、功労馬としてのんびり過ごしているか、あるいは、死んでしまったのかもしれないな」

個人牧場にいる繁殖牝馬の動向は、例えば、経営者や従業員がSNSでこまめに発信するなどしない限り、把握するのは難しい。

「やっぱり、インド人の乗り手を集めたということは、メインは育成牧場としてやっていくつもりなんでしょうね」

「だろうな」

「ここは取材拒否っていうわけじゃないんスよね」

「ああ。ただ、電話に出たシンというマネージャーもそうだが、みんな、あまり日本語が話せないらしい」

「なるほど。だから、どの媒体でも取り上げられていないのか」

「ま、いずれ、あらためて連絡するつもりだ」

「それにしても、こうしていろいろな角度から見ると、トナミローザって、不思議なことだらけですね。そもそも、ローテーションからして訳がわからない」

高橋がトナミローザのこれまでの戦績をタブレットに表示させた。

二〇二×年
九月十×日　中山ダ一八〇〇M 二歳新馬戦　一着　二馬身

十二月×日　中山芝二〇〇〇Ｍ　葉牡丹《はぼたん》賞　一着　一馬身
二〇二×年
一月十×日　中山芝二〇〇〇Ｍ　京成《けいせい》杯　二着　クビ
三月二十×日　中山ダ一八〇〇Ｍ　伏竜《ふくりゅう》ステークス　一着　一馬身半
四月二十×日　東京芝二〇〇〇Ｍ　フローラステークス　一着　二馬身半

競馬場名の下の「ダ」はダートコースを意味する。着順の下は、勝ったときは二着馬との、負けたときは勝ち馬との着差である。

マスコミ関係者のみならず、ファンの間でも、トナミローザの奇妙なローテーションは話題になっている。「なぜ今宮を乗せるんだ？」という疑問の声以上に、「なぜこんなおかしな使い方をするんだ」という怒りの声のほうが大きいくらいだ。

「ダートを使われたり、わざわざ男馬相手のレースを使われたり、なぜか中山ばかりだと思っていたら、東京のオークストライアルを使われたり、だもんな」

「何が狙いなのか、いろんなパターンが想像できちゃうだけに、気になりますよね」

ＳＮＳでのファンの書き込みなどで、当初は、芝とダートの「二刀流」を目指しているのではないか、という声が多かった。原は、クラシックの日程に無理に合わせて調整するより、馬の成長を待ち、強い負荷に耐えられるようになってから古馬の大舞台に使っていくことをよしとする。三月下旬の伏竜ステークスを使い、牝馬クラシックの桜花《おうか》賞をパスしたのは、その時期は高速馬場でのマイル決戦より、脚元に優しいダートを使うほうが、馬の将来にプラスになると判断したからだろう。このように、タイトルより馬の適性を優先させてレースを選ぶ「馬優先主義」は、サラブレッドを経済動物と割り切って使おうとする馬主の方針と嚙《か》み合《あ》わないことが多い。だから、毎年リーディングを争うほどの好成績をおさめているのに、所有馬を預託する馬主はほぼ固定された数名の個人馬主と数社の法人馬主に限られている。原はまた、日本で使えばそれなりに好走しそうな馬を、賞金が半分にも満たない海外のレースに使うこともままある。そうして「世界の原」と言われるほど結果を出しているわけだが、管理馬にとっての「適鞍」を選ぶ感性が独特なので、ローテーションを読むのが非常に難しい。

それでも、トナミローザがオークストライアルのフローラステークスを完勝したことで、二刀流へのチャレンジはひとまず置いておき、このままオークスに向かうのだろう、という見方が大勢を占めている。

「原のテキのことだから、海外の可能性もゼロではないよな。六月のフランスのディアヌ賞なんかは、右回りの二一〇〇メートルだから、あの馬の適性にピッタリだ」

「ディアヌ賞って、フランスのオークスですよね。ローテーション的にはキツくなるけど、五月上旬の、アメリカのケンタッキーオークスはダートの一八〇〇メートルですから、こっちでも面白いと思います」

「ただ、今のところ、どちらにも登録はしていないようだな」

「ええ。さすがに次走は日本のオークスでしょう」

「だと思うけどな」

もうひとつの可能性もゼロではないと思ったが、口には出さなかった。

「それにしても、読み込んでますね。付箋だらけじゃないっスか」

高橋がそう言って、小林のデスクに置かれた資料の書籍を手に取った。

「付箋を入れすぎて、どこが重要なのか、自分でもわからなくなってるよ」

「ほかに何か、下調べしておくべきことはありますか」

「あるさ。ごっそりと。閉場する一九八五（昭和六十）年まで、廣澤牧場に、どんな血統の、どんな生産馬がいたのかは、ほとんど調べられていない。トナミローザが出た牝系以外に、ローザの血が入った牝系があるのかどうかもわかっていないんだ。父系のつながりではローザの血が途絶えていることは確認できたんだけどな」

父系とは、その種牡馬の息子の、そのまた息子の……と、種牡馬としての血のつながりのことを言う。

「そっか。四十年近く前に閉場した牧場で繋養していた馬がどこに行ったかなんて、調べようがないですよね」

「まだデータベースがない時代だったしな。紙の資料はＪＲＡの図書室に残っているんだが、あのころ主催者が発行した成績表を見ただけじゃ、出走馬の生産牧場まではわからないんだ」

廣澤牧場が存在した当時の成績表には、出走馬名や着順、勝ちタイム、厩舎名、馬主名などは載っているが、生産者名は記されていないのだ。

「じゃあ、調べるにはどうしたらいいんスか」

「あの時代に血統登録された馬のデータを全部見ていくしかない」

「えっ、それ、すごい数になるでしょう」

「ああ、何千、何万という数になる。廣澤牧場があったころの中央競馬や、それ以前の国営競馬、さらに前の日本競馬会時代、競馬倶楽部《くらぶ》時代の馬の競走成績は、『競馬成績公報』でしか見ることができないんだ。そこに載っている出走馬の母親のプロフィールを血統書で見て、どの牧場でどんな仔馬を産んだのかを一頭ずつチェックして、探し出すしかない。産駒《さんく》のプロフィールに『廣澤牧場』と書いてあればビンゴというわけさ」

小林の言う血統書は、一枚の『血統登録証明書』のことではなく、イギリスで発行されている『ジェネラルスタッドブック』の日本版だ。『競馬成績公報』も血統書も、国語辞典より分厚い。

「ぼく、血統書をちゃんと引いたことがないんですけど、その時代に日本にいたすべてのサラブレッド繁殖牝馬の名前と、それらが何年に、どこで、どの種牡馬の仔を産んだのかという履歴が載っているんですよね」

　血統書は、四年ごとに新しいものが、前号のつづきとして発行される。その繁殖牝馬が、前号に掲載されたあとの四年間、どの牧場に繫養され、どんな種牡馬の仔を産んだのかが年ごとに記載されているのだ。

「まず、ダービーや天皇賞など八大競走の勝ち馬の母親のプロフィールを血統書で見て、勝ち馬の生産者を調べる。そのなかに廣澤牧場の生産馬がいれば万々歳。いなければ、調べる範囲を、八大競走の上位入着馬や、メジャーな障害レースの勝ち馬にまでひろげていく、という形かな」

　あるいは、血統書のすべてのページを見て、「青森県上北郡《かみきた》三沢村　廣澤牧場」という文字を探すことになる。

　次第に高橋が、遠いところを見るような目つきになった。

「そうやって見つけたとしても、その繁殖牝馬が何らかの理由で廃用になるまで追っていき、廣澤牧場で産んだ仔馬だけをピックアップしていかなきゃいけないんですね」

「そう、これは無限の掃討作戦であり、壮大な逆引きだ」

「掃討作戦と逆引きか」

「気が遠くなるだろう」

「いや、逆に、面白そうです」

高橋がポキポキと指を鳴らした。

「おれも以前、探していた牧場名に行き当たったときは宝物を掘り当てたような気分になったけど、その仔馬の名前が競走馬名とは別の幼名だったり、競走馬名を見つけてもまったく活躍していなかったりすると、どっと疲れるぞ」

「それ、ぼくがやります！　ぼくもその疲れを味わってみたくなりました」

「大丈夫か。ただでさえ春のクラシックシーズンで忙しいのに、こんなイレギュラーのネタまで背負《しょ》い込んで――」

言い終わらないうちに、高橋が席を立った。血統書を閲覧するため、ＪＲＡの図書室に行ったのだろう。


翌週の火曜日、小林のデスクの隣に、目を真っ赤にした高橋が座った。

「少しですが、見つけました」

「見つけたって、ひょっとして、廣澤牧場の生産馬か」

「ほかに何があるっていうんスか」

高橋にしては珍しく、怒ったような口調になった。

「いや、すまん。で、どうだった」

「まず、トナミローザの牝系以外にローザの血を引く牝系の馬ですけど、それは見つけることができませんでした」

「そうか。じゃあ、生産馬で、大レースを勝った馬は」

小林の問いに、高橋が自信なげに答えた。

「八大競走の勝ち馬はいませんでしたが、中山大障害を勝った馬はいました」

「おいおい、大収穫じゃないか」

青白かった高橋の顔にさっと赤みが差した。

「そ、そうっスか。自分でもすごいものを見つけたような気がしてはいたんでけど、ほかにもいろいろチェックしているうちに、価値がよくわからなくなってきて」

中山大障害は一九三四（昭和九）年十二月に創設された伝統あるレースだ。障害競走のなかで最も難易度が高く、そのぶん賞金もステイタスも高い。創設時の一着賞金一万円は、その二年前に創設されたばかりの東京優駿大競走、すなわち日本ダービーと同額であった。ダービーより馬券が売れていた時期もあったほどの人気レースだ。かつては毎年、春と秋に行われていたのだが、一九九九（平成十一）年から春は中山グランドジャンプと名称を変え、秋のみに中山大障害の名が残されている。平地のレースより格の劣る障害レースにあって、このレースだけは特別なのだ。

「で、いつの大障害だ」

「一九五四（昭和二十九）年の中山大障害・春を勝ったギンザクラが、廣澤牧場の生産馬でした」

「そうなのか。ちょっと待ってくれ」

小林はデータベースでギンザクラのプロフィールを表示させた。父ミナミホマレ、母豊城。産地には「青森」とだけ記されている。通算成績は九戦三勝とあるが、これはデータの誤りだろう。中山大障害を勝った旧五歳時、つまり、数え年で五歳だった年だけに九戦したと記されているからだ。もしこのデータが正しいとしたら、ギンザクラは旧五歳でデビューし、その年の六月に行われた中山大障害を勝ったことになる。普通は旧三歳か四歳でデビューし、平地で何戦かしてから障害に転向する。仮に何らかの事情でデビューが遅れたとしても、初出走から半年で障害のスペシャリストが集う中山大障害を勝つなど、常識的にはあり得ない。なお、馬齢は二〇〇一（平成十三）年以降、日本でも欧米に合わせて生まれた年を当歳（ゼロ歳）とする数え方に変わっている。

ギンザクラの母系をあらためて見た小林は、思わず「おっ」と声を出した。

「この馬、ハクチカラの従兄弟《いとこ》なのか。ギンザクラの母の妹の二番仔がハクチカラだ」

ハクチカラは、一九五六（昭和三十一）年に日本ダービーを勝ち、二年後、日本馬として戦後初の海外遠征に出た歴史的名馬だ。ともにアメリカに渡った主戦騎手の保田隆《やすだたか》芳《よし》が、帰国後、「モンキー乗り」と呼ばれる、馬の首に張りつくようなアメリカ流の乗り方をひろめたことでも知られている。保田の帰国後もハクチカラはアメリカに滞在し、一九五九（昭和三十四）年二月、ワシントンバースデーハンデキャップを制覇。日本馬初の海外重賞制覇をなし遂げた。

　廣澤牧場の生産馬を調べている過程でハクチカラの名が出てきたことに小さな引っ掛かりを感じたが、その正体を探り当てる前に、高橋が、馬名と血統を表示させたタブレットを差し出してきた。

「廣澤牧場の生産馬で、競走成績が残っている馬、ギンザクラのほかに十六頭見つけました。リストの黒い四角は繁殖牝馬で、その左がそれぞれの仔です」

　画面には「■年妙（一九四〇、父トウルヌソル、母山妙）」といったように繁殖牝馬の名と生年、血統が表示され、さらに「アケタエ（牝・一九五三、父月友）三十八戦七勝」といった、産駒のプロフィールもある。

　高橋の目がさっきよりさらに赤くなっている。ほとんど寝ていないのだろう。

「すごいじゃないか」

「え？　そ、そうっスか」

「ああ、よくここまで調べたな」

「本当はこの何十倍も生産馬の記録が残っているはずなのに、これしか見つけられなくて、情けなく思っていたんです」

「何を言ってるんだ。これだけ考える材料が増えたんだから、十分以上の収穫さ」

「先輩にそう言ってもらえると、嬉しいっス」

高橋が目をこすった。

「データがこれだけ集まったら、次は足を使った取材だ。忙しくなるから、とにかく寝て、体力を回復させといてくれ」

高橋が「ふぁい」と、アクビなのか返事なのかわからない声を出した。

四　ターゲット

水曜日は、週末のレースに出る馬たちの追い切りが行われる。美浦トレーニングセンターが最も活気づく曜日だ。競馬記者も忙しくなる。小林真吾は前日からトレセンの寮に泊まり、陽が昇る前から動いていた。

美浦トレセンには百名近い調教師が厩舎を構え、各々十頭前後から数十頭の競走馬を管理している。ここは、二千頭ほどの競走馬と、馬を世話する厩舎関係者とその家族五千人ほどが集まる巨大コミュニティなのである。

競馬場のコースと変わらぬ大きさの周回調教コースがあるほか、全長一二〇〇メートルの坂路コース、馬用のプール、森林馬道などもあり、厩舎地区を含めると、東京ドーム約四十八個分という広さである。

オークストライアルのフローラステークスを制し、オークスへの優先出走権を手にしたトナミローザが所属する原宏行厩舎は、正門から敷地を東西に貫くメインストリートを左に折れ、南側の周回調教コースに向かう途中にある。

トナミローザの次走と目されるオークスまでは二週間半ほどだ。今日追い切って、今後も水曜と日曜に追い切れば、本番まで五本時計を出すことができる。競馬用語の「時計を出す」は、速いタイムで走らせることで、「追い切る」とほぼ同じ意味だ。厩舎にもよるが、GIを狙う馬は五本ほど時計を出して本番に臨むのが標準的だ。とはいえ、トライアルから本番まで中《なか》三週と比較的間隔が詰まっているので、今朝は追い切らない可能性もある。だとしても、常歩《なみあし》の運動や、馬場入りの様子を見て、状態をチェックしておきたかった。

五月とはいえ、北関東の朝は肌寒い。晴れていても空気がしっとりしているのは、霞《かすみ》ヶ《が》浦《うら》という大きな湖に抱かれるような立地ゆえか。

「お、出てきたぞ」

待ち構えていた報道陣から声が上がった。

原厩舎の馬たちが、担当厩務員や調教助手に曳かれ、厩舎前の馬道に出てきた。これから調教前のウォーミングアップを行う。

調教師の原は、報道陣に会釈すらせず腕組みし、管理馬が常歩の運動で隊列を組む順番や、前後左右の間隔、スタッフが持つ曳き手綱の長さ、馬の首の上下動のさせ方にまで指示を出している。

「相変わらず細かいなあ」

「ほかの厩舎の迷惑も考えず、十頭以上でゾロゾロと馬道を占領してよ」

記者たちはみな原を嫌っている。普段はマスコミの取材に一切応じないからだ。それなのに成績はよく、何頭ものＧＩホースを管理しているのだから始末が悪い。

トナミローザはいつも、「一番乗り」と呼ばれる、午前六時の馬場開門に合わせて調教コースに入るグループの最後尾を歩く。一番乗りの馬たちが出てくるのを見届けた小林は首を傾げた。

――トナミローザはどうした？

一番乗りのグループにトナミローザがいないのだ。

厩舎の奥に消えた原と入れ違いに、吉川《よしかわ》という調教助手が出てきた。原の代わりに調教後のコメントなどを発表する役割をこなす男だ。

「トナミローザは二番乗りか三番乗りになったのか」

小林が訊くと、吉川は首を横に振った。

「放牧に出ました」

「いつ」

「先週の金曜日です」

「どこに」

「常総ステーブルです」

やはり、放牧先は常総ステーブルだったのか。

それにしても、この吉川という調教助手はたいしたタマだ。原から話を聞けない苛立ちを記者からぶつけられることも多いのだが、詰め寄られても表情ひとつ変えず、淡々と応じる。サービス精神という概念は持ち合わせていないようで、質問には答えるのだが、前もって自分から情報を伝えてくることはほとんどない。

吉川と小林のやり取りを聞いていた他社の記者が舌打ちをした。

小林は、次の担当厩舎に向かいながら常総ステーブルの電話番号を調べ、代表番号を呼び出した。横柄な話し方をする中年とおぼしき男が電話に出た。これからトナミローザの取材をさせてほしいと言うと、あっさりオーケーしてくれた。誰にも確認を取っていなかったので、代表者か場長など、決定権のある立場なのか。ともあれ、原厩舎の取材規制は、外厩にまでは及んでいないようだ。

残りの担当厩舎の取材を済ませ、マイカーのゴルフに乗り込んだ。美浦トレセンから常総ステーブルまでは二十分もあれば着く。

道路脇に、馬のイラストと「常総ステーブル入口」という文字と矢印が記された小さな看板がある。これほどトレセンから近いのに、常総ステーブルに来るのは初めてだった。日本のスポーツマスコミは「コメント至上主義」で、書き手の視点や切り口より、取材対象の言葉をどれだけ引き出せるかが勝負とされている。関係者はさほど頻繁に外厩を訪れるわけではないので、そこでコメントを得られるチャンスは少ない。自然と新聞記者の足も遠のく。盲点だったと言えばそれまでだが、自分も無意識のうちに右へ倣えの流れに乗っていたことを苦々しく思いながら、牧場事務所のドアを開けた。

「おはようございます。先ほど電話した東都日報の小林です」

「はーい」

明るい茶髪の女が立ち上がった。

女は手鏡を片手に眉を描きながら、小林から見て左奥の部屋を顎で指し示した。

開いたままのドアから覗《のぞ》き込むと、パンチパーマをかけた中年男がソファに腰掛け、水虫の薬でも塗っているのか、素足をテーブルに乗せて電話で話している。どこかで見た顔のような気もするが、思い出せない。

男は電話を耳に当てたまま小林を睨みつけ、右手でピースサインを出してから人指し指を立て、親指を自分の後方に向けた。

――ん？　二番の厩舎の一番の馬房、という意味かな。

すぐにリアクションを返さないと、キレてその後が面倒になるタイプかもしれない。

小林は頷いて部屋から離れた。

「厩舎までは車で行ったほうがいいわよ。結構距離あるから」

茶髪の女が、今度はサンドイッチを片手に言った。

態度はどうかと思うが、必要な情報を、的確に、素早く与えてくれるのはありがたい。事務所を出るとき振り返ると、女がサンドイッチをくわえたまま、パソコンのキーボードを叩《たた》いていた。

――案外、こういうところが、原のテキに合っているのかもしれないな。

無愛想で神経質な原は、上辺の丁寧さより実務における効率を優先しそうだ。

車寄せにはゴミひとつ落ちていないし、植え込みも綺麗に刈り込まれている。二棟ある木造の厩舎にもこだわりが表れていた。一見、レンガやコンクリートのほうが豪華に思われるが、馬が蹴ったり、暴れてぶつかったりしても、木造のほうが怪我《けが》をするリスクが小さいのだ。

手前の厩舎には「1」、奥の厩舎には「2」と記されたプレートが貼られている。それぞれに二十ほどの馬房があるようだ。

二番厩舎に入ってすぐ右の馬房に、トナミローザが入っていた。

「おう、やっと会えたな」

小林が声をかけると、トナミローザはカイバ桶《おけ》に差し入れていた顔を上げ、何度か咀《そ》嚼《しゃく》してから、またカイバ桶に顔を入れた。ゆっくりと、小さな音を立ててカイバを食べ、また少し経つと横の水桶から水を飲み、またゆっくりと食べつづける。

これが牡馬なら、カイバ桶に突っ込んだ顔を激しく動かして喧《やかま》しい音を立て、そこらにカイバをこぼしながら勢いよく食べるのだが、いかにも牝馬らしい食べ方だ。

「お前、案外女らしいキャラなんだな。あの厩舎にいると、そんなこともわからないから、困っちゃうよ」

もっと繊細な馬だと、こうして見慣れない人間が近くにいるだけで食べるのをやめたり、こちらに尻を向けて馬房の奥に引っ込んだりすることもある。

トナミローザの左隣と、その向こうの馬房に入った馬が、首を通路に突き出してこちらを見ている。二頭とも耳をピンと立てているので、警戒したり、不快に感じたりしているわけではない。好奇心を抑え切れないか、構ってほしいようだ。

小林は二頭に近づき、手前の馬の鼻面を撫でた。目を細め、鼻先を下に伸ばす。気持ちいいのだろう。少し経って奥の馬を撫でていると、右腕を横から押された。手前の馬が鼻先で突ついたのだ。やきもちなのか。愛玩動物としてなら可愛《かわい》いが、こういうタイプは得てして走らない。ボードに記された馬名を見ると、手前の馬は未勝利、奥の馬は一勝クラスだった。トナミローザはすでに一億円以上の賞金を得ている。が、これら二頭の稼ぎは、その十分の一にも満たない。

小林はトナミローザの馬房の前に戻った。カイバ桶に顔を入れたトナミローザは、そのまま左耳を動かしてこちらを確認しただけで、小林のことなど気にせず、マイペースで食べつづけている。いや、実は気にしているのかもしれない。ただ、気にしているかどうかを、こちらにわからせないようにしているだけなのだ。

簡単には本音を表に出さない。見せている部分より、隠している部分のほうがずっと多い。そうして秘めた内面の激しさが、レースに行くと爆発力に転ずる。

一流の競走馬に共通する部分である。

走る牝馬にはこういう「お嬢様タイプ」が多い。ネコのようにおとなしく見せておきながら、一部の人間にしか体を触らせなかったり、慣れ親しんだ人間でも、お腹《なか》の近くを触られた瞬間、怒りが沸点に達して暴れ出したり、と。沸点に達するスイッチが、いつも同じところにあるとは限らず、日によって、時間によって変わることもあるので難しい。今は小林が首筋と胸前を軽く撫でても、まったく反応しない。

「ローザがお気に入りなんだね」

突然、後ろから女の声がし、飛び上がりそうになった。振り返ると、キャップの後ろから束ねた茶髪を出した若い女が、曳き手綱を手に立っていた。女がつづけた。

「特定の馬を好きにならないようにしているって聞いたけど、考えを変えたの？」

確かに小林は、読者の気持ちを動かす文章を書くには、冷めた視点を持つべきだと考えている。芸人が笑いながら漫才をしてもウケないのと同じ理屈だ。だから馬に思い入れを持たないよう意識しているのだが、それをコラムなどに書いたことはない。なのに、どうしてこの女が知っているのだろう。そう考えているとき、別の事実に気がついた。

「君は、さっき事務所で化粧をしていた……」

「今ごろわかったの？　女を見る目が曇ってるっていうのも本当だね」

「誰がそんなことを」

「美紗《みさ》だよ。あなたの元カノ」

彼女の言う「美紗」とは、美浦トレセンで厩務員をしている山野《やまの》美紗のことだ。馬を好きにならないよう気持ちにブレーキをかけていた小林が惚れ込んでしまったジェメロという馬を担当していたので親しくなった。

「美紗と知り合いなのか」

「うん、彼女、競馬学校に行く前、ここで働いてたから」

「そうなんだ」

「知らなかったの？　そんなんだから、付き合っても長つづきしないんだよ。ちょっとどいて」

と、女がトナミローザの馬房の扉を開け、頭絡に曳き手綱をつないだ。

「これから乗るのか」

「いや、トレッドミルに連れて行く」

馬道の向こうの建物から乾燥機を回すような音がして気になっていたのだが、あれはトレッドミルだったのか。馬のランニングマシーンである。

「君は、トナミローザの、というか、原厩舎の担当なのか」

トナミローザを曳いて厩舎を出た女の横を歩きながら小林が訊くと、横目で睨まれた。

「あのね、偉そうに『君』って言うの、やめてくんない。私には川瀬由衣《かわせゆい》っていう立派な名前があるの」

「そうか。川瀬由衣、略すとカワユイ。いい名前だな」

名前を褒められ照れているのか、顔を背けて黙っている。吊《つ》り気味の二重の目はいかにも気が強そうだが、美人の部類に入るだろう。

若い男女を背にした馬たちが周回コースに入って行く。

「ここに騎乗スタッフは何人いるんだ」

「私を入れて八人」

「八人で四十頭の調教と手入れをするのか」

ひとりで五頭を受け持つ計算だ。ひとり二頭しか担当しないトレセンの従業員に比べると、作業量は倍以上になる。

「周回コースは一周一〇〇〇メートルで、坂路は五〇〇メートル。どっちもトレセンより短いけど、周回コースの直線と向正面《むこうじょうめん》は坂になっているし、坂路の傾斜もトレセンよりきつくしてあるんだよ」

と、由衣が立ち止まり、南側にひろがる楕円形《だえんけい》の調教コースと、その奥にある坂路コースを指さした。

「さらにトレッドミルもあるわけか」

「うん、三台ある」

「え、この規模で三台も？」

「うち二台は原先生の自腹。人が乗ったあとすぐトレッドミルで運動させたいからって、一昨年買ってくれたの」

馬用のトレッドミルは、最低でも数百万円、オプション機材によっては一千万円を超えることもあるはずだ。

「まさか、最近できた障害練習用のコースも、原のテキが金を出したとかいうんじゃないだろうな」

「よくわかったね。五百万円出してくれた。周回コースの内馬場《うちばば》に障害が並んでいるのが見えるでしょ？」

管理馬全体で毎年十億円以上を稼ぐ原の年収は、その十パーセントの一億円以上になる。確かに高額所得者ではあるが、だからといって、それほどの私財を外厩の調教施設に投じる調教師など聞いたことがない。由衣はつづけた。

「トレッドミルも障害コースも、もちろん原厩舎の馬を最優先に使っているけど、原先生からは、ほかの厩舎の馬にも使わせていいって言われてるの。太っ腹だよね」

トナミローザは右耳を由衣に向け、じっと立っている。こうして話しながら、由衣が立ち止まったり歩いたりする、そのストップ・アンド・ゴーの指示に、実に素直に従っている。

由衣とトナミローザにつづいてトレッドミルのある建物に入ろうとすると、止められた。

「ごめん。トレッドミルをどんなふうに使うかは企業秘密だから、外で待ってて」

建物の外にいても、馬の四肢がベルトを叩く音で、どのくらいの速度で走らせているのかはわかる。が、ベルトをどんな角度に設定し、何を基準に速度を変えているのかまではわからない。

二十分ほどで由衣とトナミローザが出てきた。

馬体はうっすらと汗ばんでいるが、息は上がっていない。人を背中に乗せる運動とは、負荷の掛かり方がずいぶん変わるらしい。

「レースで走ったばかりだから、今日はこれでお終《しま》い。今週はトレッドミルだけ、って原先生から指示されてるの」

そう言ってから、「おーい、工藤《くどう》！」と、由衣が洗い場に向かって呼びかけた。すると、小柄だが、がっちりした男が小走りで近づいてきた。帽子を被っているが、間違いなく、さっき事務所にいたパンチパーマの男だ。

「ローザを洗って、馬房に戻してくれる？」

「はい。カイバはどうします」

男がかしこまった口調で訊いた。

「青草だけ足しておいて」

「それと社長——」

二人のやり取りを聞いた小林は、軽い目眩《めまい》を覚えた。由衣と、パンチパーマの男との上下関係は、思っていたのとは逆らしい。厩舎脇に停めた車に向かいながら、由衣に訊いた。

「さっき、あの男の人、由衣さんのことを『社長』って呼んでなかった？」

「うん。だって、社長だもん」

「ここの……経営者？」

「そうだよ。トレーダーとのダブルワークだけどね。彼は場長の工藤。昔、地方競馬のジョッキーだったの」

「ああ、工藤良二《りょうじ》か」

岐阜の笠松《かさまつ》競馬場に所属するトップジョッキーだったのだが、十年ほど前、八百長の嫌疑をかけられ、真偽が明らかになるのを待たずに競馬場を去った男だ。どうりで見たことがあるような気がしたわけだ。

事務所に戻り、先刻由衣がいたデスクの隣に座らされ、驚いた。三つのデスクをつなげて由衣が使っており、ひとつのデスクに二台ずつ置かれた大型モニターには、株価を示す折れ線グラフと、細かな数字が表示されている。

「これを見ながらだけど、今から二十分、大丈夫だよ」

由衣がモニターを指し、アールグレイのティーバッグが入ったカップを小林の前に滑らせた。小林は言った。

「ありがとうございます。で、今回うかがいたいのは――」

「待って」と由衣は遮り、つづけた。

「そのバカ丁寧な言葉づかい、やめてよ。気持ち悪いから」

そう言われても、彼女がこの常総ステーブルの経営者だと思うと、さっきと同じように話すのは難しい。

「はい……いや、わかったよ」

「その調子」

由衣が初めて笑顔を見せた。が、すぐにモニターの表示に反応して真顔になり、椅子のキャスターを滑らせて小林から離れた側のデスクに移動し、マウスとキーボードを操作してから、またシャーッと椅子を滑らせて戻ってきた。

小林は、常総ステーブルの創業年や、現在の敷地面積、取引のある調教師などをひととおり訊いてから、本題を切り出した。

「トナミローザを所有する株式会社斗南について、知っていることがあれば、教えてほしいんだ。由衣さんなら、預託料のやり取りなんかで、接点があるんじゃないか」

由衣が首を傾げた。

「どんな会社かまではわかんないなあ。預託料は馬主さんにではなく、まとめて厩舎に請求しているから。個々の馬主さんとやり取りすると、数が多くなって事務処理が大変になるのよ。もちろん、ここに所有馬を見に来て、親しくなる馬主さんもいるにはいるけどね」

確かに、ひとつの厩舎で預かる馬の所有者は、個人と法人を合わせると二十や三十を下らないのが普通だろう。その請求先が厩舎だけで済むのなら、馬主それぞれに請求するより遥《はる》かに効率がいい。原厩舎に預託する馬主は平均より少ないが、ほかの厩舎と同じ方法で請求している、ということか。

「じゃあ、原のテキと一緒にときどきトナミローザの調教を見に来る、背が高くて、派手な帽子を被った、三十代くらいの女性は知らないか」

「知ってるけど、話したことはない」

「彼女、斗南の関係者じゃないのかな」

「かもしれないけど、コバちゃん、やっぱり女を見る目がないね。あの人、軽く四十は超えてるよ」

「そ、そうか」

「そんなに気になるなら、直接声をかけてみたらどうなの」

と、由衣がまたマウスに手をかけた。

「おれがどうして斗南について質問するのか、由衣さんには理由を話しておくべきだな」

小林は、株式会社斗南について自分なりに調べ、取材を申し込んだが断られたこと、トナミローザの主戦騎手の今宮勇也にも当たり、生産者のデリーファームにも問い合わせたことなどを話した。さらに、その背景にある、トナミローザの血統と、日本初の民間洋式牧場である廣澤牧場とのつながりについて説明すると、由衣の表情が変わった。

「それを最初に言ってよ」

「すまない。東都日報の独占でやりたいから秘密裏に進めている部分もあって、伝えるべきか迷っていたんだ」

小林が言うと、由衣は机の引き出しを開けた。

「はい、これ私の名刺。コバちゃんのもちょうだい。何かわかったら連絡する。今日はもうタイムオーバー」

と、由衣が指さしたモニターのひとつに、オンライン会議でもするのか、五、六人の顔が映し出されている。ほとんどが外国人のようだ。

小林は常総ステーブルをあとにした。

小林は、美浦トレセンのマスコミ寮の食堂で、朝昼兼用のラーメンをすすりながら後輩記者の高橋と向かい合っていた。今夜は小林に替わって高橋がここに宿泊して明朝の取材に備える。

「え、フローラステークスからオークスまで中三週しかないのに、トナミローザは外厩に放牧に出てるんスか」

高橋が首をひねった。

「今週はトレッドミルだけだってよ。つまり、馬場入りはしないってことだ」

「それでオークスに間に合わせる気ですかね」

規程では、レースの十日前までにトレセンや競馬場などのＪＲＡの施設に入厩していれば出走できる。これは「十日ルール」とも言われている。このルールを最大限活用し、レース前週の木曜日に外厩から帰厩し、トレセンでは日曜日とレース週の水曜日に追い切るだけ、つまり、二本時計を出しただけで出走する馬もいる。ただし、そうする場合は外厩でも強めの調教を行っていなければならない。トナミローザはトレッドミルだけなので、事情が異なる。

「来週早めにトレセンに帰厩させたとしても、その週の水曜と日曜、翌週水曜の本追い切りと、三本しか時計を出すことができないな」

はたしてその程度の調教で仕上がるのか。次は本番のオークスだ。GⅢやGⅡより格式も賞金も数段上のGⅠには、どの馬も極限まで仕上げられて臨んでくる。

「うーん、いくら牝馬は仕上がりが早いとはいっても、もう一、二本は追い切りたいっスよね」

例えば、国内最大手の生産者ノースファームグループの所有馬が、福島にあるノースファーム天栄《てんえい》など、グループの外厩から厩舎に戻るのは、その厩舎を束ねる調教師にさしたる実績がない場合は「十日ルール」を一杯に使ったレースの十日ほど前であることが多い。ノースファームが、自分たちの施設とスタッフで調整するほうが上手く仕上げられると見ているからだ。逆に、管理調教師が一流であれば、レースの三週間前やひと月前など、早めに帰厩させる。つまり、「十日ルール」をどう使うかは、馬主や生産者と、調教師との力関係によっても変わってくるのだ。

原は、ノースファームでさえ一目置くトップトレーナーだ。ほかの管理馬を見ても、自身の手元で調整する時間を比較的長く取っている。今回、原がトナミローザを放牧に出したのは、同馬がリフレッシュを必要とする性格だと見ているからか。それとも、トレセンの調教施設にはないトレッドミルを使いたいと思ったからか。いずれにしても、オークスに使うのなら、もう少し余裕をもって帰厩させるはずだ。「十日ルール」ギリギリでトレセンに戻し、手元で二、三本時計を出しただけでＧⅠに使うというのは、これまでのやり方からしてまず考えられない。

となると、可能性はひとつに絞られる。

「オークスの次の週なら、時計四、五本でドンピシャだぞ」

「次の週って、ちょっと待ってください。もしかして、トナミローザをダービーに使うっていうことですか⁉」

「しっ、声がでかい」

離れたところで他社の記者連中が駄弁《だべ》っている。

その可能性に気づいている他社の記者もいるかもしれないが、わざわざ教えてやる必要はない。

九十回ほどのダービーの歴史で、過去に牝馬は三回しか勝ったことがない。うち二回は戦前と戦時中で、直近はウオッカによる二〇〇七（平成十九）年だ。牝馬同士のオークスよりはるかに相手は強くなり、勝つのは至難の業である。そのぶん、勝ち馬とその関係者は大きな栄誉を得られて競馬史に名を残す。一着賞金もオークスが一億五千万円なのに対してダービーは三億円と、倍になる。

「何年かに一頭はダービーに挑戦する牝馬はいますけど、オークストライアルを勝った牝馬がオークスをスキップしてダービーに出るのは初めてですよね」

「そうだな」

と答えながら、トナミローザの過去の戦績を思い返した小林は、何かすっきりしないものがこみ上げてくるのを感じていた。

「次はダービーで間違いないと思うんだが……」

「え、なんスか」

「ちょっと、トナミローザの成績を見せてくれるか」

「はい」

高橋は、新馬戦からフローラステークスまでの五戦の成績をタブレットに表示させた。

これまで何回も、何十回も見直してきた成績表ではあるが、先々のローテーションを読むうえでの唯一のエビデンスなのだから、自分たちの読みが誤った方向に行かぬために、これを見ながら考えるべきだと思ったのだ。

トナミローザの過去五戦のうち、四戦が中山競馬場だ。東京競馬場で走ったのは、前走のフローラステークスが初めてだった。

日本ダービーは五月の終わりに東京競馬場の芝二四〇〇メートルで行われる。コース幅が広く、直線の長い東京は、力どおりに決まりやすい。それに対して、同じ関東圏でも中山競馬場のコースは小回りで直線が短い。ゆえに、本命馬が力を発揮し切れず、紛れることが多い。

「一八〇〇メートル以上ばかりを使われているということは、ハナから一六〇〇メートルの桜花賞は距離不足と見て、使う気はなかった。この見方は正しいはずなんだが、どう思う」

「それは間違いないでしょうね。ただ、先輩の言うように、本当の目標がダービーだとすると、そこから逆算して桜花賞を使う、という選択肢もありだったと思います。直線の長い阪神《はんしん》外回りの桜花賞で好結果を出せる馬なら、同じく直線の長い東京にも高い適性があるはずですから」

「そうだよな。でも、キャリア五戦のうち二戦がダートって、ダービーを最大目標にした馬の使われ方じゃないよな」

平地のレースより障害レースが下に見られているのと同じように、ダートのレースは芝より格下で、スピードのない馬が活路を見出《みいだ》すために使われることが多い。

「ダートを使ったのは血統的な理由なんでしょうか。それとも、脚元に負担をかけたくなかったのかな」

ダートは芝より脚部への衝撃が軽くなる。

「おれが調教師で、ダービーを最大目標とする馬を管理するとしたら、東京の芝を中心に使う。馬場が荒れることの多い冬の中山では一戦もさせない」

「なのに、どうして原調教師はこんな使い方をしたんですかね」

「本当の大目標は、ダービーとは別種のレースだからじゃないか」

「〝競馬の祭典〟と呼ばれているダービー以上に目標になるレースなんてあります？」

賞金では有馬記念やジャパンカップのほうが上なのだが、日本のホースマンが何より欲しがるのは、馬の生涯でたった一度しか出られない「オンリーワンチャンス」の日本ダービーのタイトルなのだ。

「おれはあると思っている。陣営はおそらく意識して牡馬にぶつけてきた。中山の芝とダートの両方でな。で、今後、距離を延ばしながら強い牡馬と戦わせるためにダービーを選んだ。フローラステークスを使ったのは、賞金を加算してダービーの出走権を確実にするためだろう」

「それはわかります。あ、ちょっといいっスか」

高橋がトナミローザの一戦ごとの戦績を表示させ、つづけた。

「京成杯で牡馬の強豪と差のない二着になったのに、次走はダートの伏竜ステークスを使った。ということは、ファンの間でも噂になったように、芝とダートの二刀流を考えているのかもしれないっスね。最終目標は、例えば、日本の芝のGI制覇と、ドバイワールドカップや、アメリカのブリーダーズカップのダブル制覇とか」

「たぶん正解だ。いや、半分正解ってとこかな」

「嫌な言い方だなあ」

「本当はお前だって、ひょっとしたらと思ってるんだろう」

　高橋がしぶしぶ、といった感じで頷いた。

「いや、実は、昨日調べた廣澤牧場の生産馬の成績を見直していて、ひとつ気がついたことがあるんです」

「何だよ」

「ぼくが見つけた十七頭の生産馬のうち、中山大障害を勝ったギンザクラを含めた六頭がですね」

　そこでいったん言葉を切ってから顔を近づけ、小声でつづけた。

「障害レースに出走しているんです。十七頭のうち六頭って、多くないっスか」

「確かに多いな」

「傾向というには標本数が少ないので、先輩に言おうかどうしようか迷っていたんですけど、今宮が主戦騎手になっていることといい、トナミローザに関しては、『障害』がキーワードになっていますよね」

「そうだな」

「キーワードであり、廣澤牧場の『血統の記憶』を呼び覚ますためのサインのひとつであるようにも感じられます。廣澤牧場の生産馬の一頭であるアケタエは、ギンザクラが中山大障害を勝った三年後に中山障害特ハンというレースを勝っていますしね」

「特ハン」は「特殊ハンデキャップ競走」を略した呼び方で、賞金も高く、人気もあったレースだ。高橋がつづけた。

「今宮がレースで乗って、さらに障害練習をしている、というだけでそう推測するのは競馬記者として安易かと思っていたんですけど、これまでの取材とリサーチの感触から、トナミローザは、障害レースに使われても不思議ではないと思います」

「おれもそう見ている。今、お前から廣澤牧場生産馬と障害の関係を聞いて、その見方にさらに自信が深まった」

「や、やっぱり、そうっスよね！」

「原のテキなのか、株式会社斗南なのかはわからないが、トナミローザ陣営は障害を見据えているに違いない」

「どうしてなのかなあ」

高橋が首を傾げた。障害レースは、言ってみれば、平地のレースで頭打ちになった人馬にとっての「逃げ道」であり「救済場所」である。トナミローザはこれからさらに強くなる期待馬だ。それも世代トップクラスの。障害は、そうした馬にふさわしくないばかりか、脚元への負担も平地とは比較にならないほど大きくなる。まだ若く、特に繊細な牝馬が、本来なら、進むべき道ではない。

「すべての可能性はゼロではない」

「な、なんスかそれ」

「以前取材したノースファームのスタッフが口にした言葉だ。どんな馬でも、あらゆることをやってのける可能性がある。脚が曲がって生まれてきたり、体が極端に小さかったりしても、レースで結果を出す可能性がある。だから、諦めてはいけない、人間が勝手に望みを捨ててはいけない――という意味で彼は言っていたんだが、要は、人間の常識や尺度だけで決めつけてはいけない、ということだ。常識にとらわれて、前例のあることや、受け入れやすいことばかりに目を向けていると、光るものを見失ってしまう」

「トナミローザの場合、今宮ジョッキーが飛越を絶賛しているわけだから、すでに光ってるわけですよね。ただ、障害レースは、平地のレースより遥かに落馬や転倒による故障の可能性が高くなるし、障害には障害のスペシャリストがいるし、そんなに甘くないと思うんですけど」

「それでも、障害レースを勝つための鍛練と見る以外に、この妙なローテーションの説明はつかないよな」

「そうっスね」

「おそらく最大目標は中山大障害だ」

中山大障害は「芝四一〇〇メートル」とされているが、スタートからゴールまで、何度もダートコースを横切って走る。また、ほかの障害レースには最後の直線がダートコースのレースもあるので、障害馬には、芝とダート両方での走力が求められるのだ。

トナミローザは、明治の初めに開牧した廣澤牧場にいたサラブレッド種牡馬ローザの血を引いている。しかし、のちの時代に廣澤牧場で生産され、障害で活躍したギンザクラやアケタエにはローザの血は入っていない。ギンザクラの牝系は千葉の下総《しもふさ》御料牧場が、アケタエのそれは岩手の小岩井《こいわい》農場が輸入した牝馬に遡る。ほかの牧場の生産馬を含めると、これらの牝系からは数え切れないほどの活躍馬が出ている。

それに対し、血統表にローザの名がある牝系から出て重賞を勝つほど活躍した馬は、トナミローザただ一頭だ。

いつ途絶えても不思議ではない、マイナーなこの牝系の血が、よくぞここまでつながれてきたと思う。細くて脆《もろ》い糸のような血筋ではあるが、下総御料牧場や小岩井農場といった大牧場から導入した牝系ではなく、廣澤牧場オリジナルの牝系である。閉場後、別の牧場で繋養され、その娘も、そのまた娘も、さらにその娘も二流以下の種牡馬との交配を繰り返してきたが、デリーファームで繋養されると、二代母がダンスインザダーク、母がクロフネという一流種牡馬と交配し、その娘、トナミローザという傑作を世に送り出した。

今ではオークスの最有力候補と見られるようになったそのトナミローザがダービーに

出走するというだけでもビッグニュースなのに、最大目標が実は中山大障害だと報じれば、大騒ぎになるだろう。しかし、もしガセだったら、小林は大恥をかく。小林個人のみならず、東都日報の体面にかかわる問題にもなりかねない。確証があるとは言えない中山大障害に関しては、まだ高橋以外には話さずにおくほうがいいかもしれない。

「ダービーの件、デスクとレース部長にはおれから話しておく」

「はい。面白いことになりそうです。記事を読んだ原のテキがどんな反応をするか、見物ですね」

「紙面に引っ張り出すための突破口がないわけじゃないんだ」

「原のテキを？　いやあ、『鉄の扉』と言われているあの口を開かせるのは、いくら先輩でも無理でしょう」

小林は、先刻取材してきた常総ステーブルの様子と、代表の川瀬由衣とのやり取りを簡単に話した。

「なるほど、外厩は取材オッケーなんスね」

「考えてみれば、トレセンの厩舎にも一応、先代の谷岡につづいて吉川というスポークスマンを置いているわけだから、原のテキ自身がしゃべらない、というだけのことなんだよな。マスコミが一方的に、鉄の扉で情報が遮断されていると思い込んでいるだけ、と言えなくないか」

高橋が首を大きく横に振った。

「いや、それは違います。だって、記者クラブ加盟社による重賞出走馬の撮影以外は、厩舎の敷地に立入禁止なんですから。先輩は、原のテキと挨拶ぐらいは交わせる間柄だから距離を感じないのかもしれないけど、やっぱり、あの厩舎は、遠くにある、閉ざされた厩舎ですよ」

「うーん、そうなのかなあ」

ため息をついて目を閉じると、常総ステーブルの厩舎で見たトナミローザの姿が瞼《まぶた》の裏に浮かび上がってきた。

目が合ったのはほんの数瞬だった。そのときは何も感じなかったのに、こうして思い出すと、澄んだ瞳に射すくめられたようになる。筆で描いたような細い流星、しなやかな首の動き、右手で軽く触れたときに感じた、胸前の沈み込むようなやわらかさ。それらが蘇ってきて、さっき会ったばかりなのに、また会いたくなってきた。

――まずいな。ジェメロのときと同じだ。

思い入れを持ちすぎると、取材対象との距離や視点がブレてしまう。そう自身に言い聞かせても、胸の奥が締めつけられるように感じる。

「そんなに気になるなら、直接声をかけてみたらどうなの」

常総ステーブル代表の川瀬由衣の言葉が思い出された。

——こうなったら、三沢にある斗南の本社に行ってみるか。

トナミローザのダービー出走を記事にするのは、原に挑戦状を叩きつけるようなものだ。どうせケンカを売るなら、先手必勝、斗南にも奇襲をかけてやればいい。あの背の高い女が斗南の関係者なら、三沢で接触できるかもしれない。

「高橋、ダービーが終わったら三沢に行くぞ」

「え、ぼくもいいんスか」

「もちろんだ。お前がつくった廣澤牧場の生産馬のリストが手土産になるかもしれないしな」

三日後の土曜日、常総ステーブルの由衣に連絡し、翌週までトナミローザが帰厩しないことを確認してから、記事を書いた。

「トナミローザ、ダービーへ」

翌日の日曜日、白抜きの大見出しが東都日報の一面トップに躍った。断定するような見出しはやめてくれとデスクに言っておいたのだが、無視された。他紙がみな、この日のNHKマイルカップに関する話題を大きく取り扱っているなか、東都日報の見出しはひときわ目を惹《ひ》いた。

記事はニュースサイトにも転載され、すべてのスポーツ記事のなかでアクセス数がトップになる時間帯もあったほどの反響だった。

「これは楽しみ」

「勇気あるチャレンジに拍手！」

「なんでダービー？　オークスなら勝てるのに」

「高い賞金に目が眩《くら》んだのか」

など、ネットやSNSの反応は、賛成派と反対派の真っ二つに分かれた。

これだけ大きなニュースになりながら、原厩舎からも、株式会社斗南からも、苦情などのコンタクトはなかった。

しかし、もし、この日の夕刻発表されるオークスの特別登録にトナミローザの名があれば、東都日報と小林にとっては大失態となる。始末書程度では済まないだろう。

検量室前で会ったJRAの広報担当者から、

「脆弱《ぜいじゃく》なソースをもとにした憶測記事で混乱を招いては困ります」

と言われたときにはペナルティーを受ける覚悟を決めたが、数時間後、その担当者が平謝りしてきた。

オークスの特別登録にトナミローザの名がなかったのだ。

翌週の月曜日、東都日報は、ダービー出走が事実上確定したトナミローザについてかなりのスペースで報じたが、他紙は、東都日報のスクープなどなかったかのように、その週末に行われるヴィクトリアマイルと、翌週のオークスに出走する馬の動向を中心に報じた。東都日報の後追い記事になるのを避けたのだろう。

「トナミローザは本当にダービーに出るのか」

「東都日報の誤報かもしれないぞ」

と、一部のファンは疑心暗鬼になっていたが、他馬の関係者やマスコミ関係者、すなわち競馬のプロは、少しずつ追い切りの強度を高めていくトナミローザを見て、同馬がダービーに向かうことをわかってきていた。にもかかわらず、東都以外のスポーツ紙が、ダービー出走予定馬にトナミローザを加えずに報じたのは、正式な発表前に推測で動くべきではないというマスコミの「良識」に従った、ということだろう。それはすなわち、「抜け駆け」をした東都日報に対する精一杯の皮肉でもあった。

日曜日、ヴィクトリアマイルが終わった数時間後、本当の答えが出た。

翌々週の日本ダービーの特別登録が発表され、そこにトナミローザの名があった。

小林は、賭けに勝ったのだ。

他紙も、ようやく、ダービー出走馬としてのトナミローザについてリポートするようになった。が、他紙の記者たちも、それらの新聞と契約している評論家たちも、申し合わせたように、トナミローザの参戦には否定的な論調が多かった。

翌週のオークスを制したのは、フローラステークスでトナミローザの二着に敗れた馬だった。

「トナミローザが出ていれば楽勝だったはず」

「何ともったいないことをしたのだ」

ファンの間でそうした声もチラホラ聞かれたが、トナミローザの強さがあらためて証明される結果になったということで、ダービー出走賛成派も勢いを失っていなかった。

五　競馬の祭典

スターターが台に上り、旗を振った。

陸上自衛隊の中央音楽隊による生演奏で、〝競馬の祭典〟日本ダービーのゲート入りを告げるファンファーレが流れる。

十万人を超える大観衆が手拍子をし、獣の唸り声のような歓声を上げた。コロナ禍が収束に向かい、声を出しての応援が認められるようになってから初めてのダービーだった。ネットで前売券を購入したファンだけが入れる形に入場を制限したのだが、それでもこれだけの人数が集まった。

東都日報の小林真吾は、自身の鼓動が急激に高まるのを感じていた。スタンド上階の記者席から見ると、強い陽射しを浴びた東京競馬場の芝コースは、巨大なスケートリンクのように輝いて見える。

主戦騎手の今宮勇也を背にしたトナミローザがスターティングゲートへと近づいて行く。出走馬十八頭中、ただ一頭の牝馬である。伸びやかな鹿毛の馬体はキャメルブラウンのビロードのように艶《つや》やかで、筋骨逞《たくま》しい牡馬たちに交じっても見劣りしない。

自身が入る六番枠の前で、トナミローザが立ち止まった。

スタンドがざわついた。

トナミローザはそのまま首を前に伸ばし、水浴びをしたあとのように全身をブルブルッと震わせた。「白い怪物」と呼ばれた芦毛《あしげ》の名馬オグリキャップがゲート入り前にしていた「武者震い」を小林は思い出した。

今宮が首を押して促すと、トナミローザはゆっくりゲートへと歩を進めた。

最後に大外十八番の馬がおさまり、係員が離れた。静寂が場内を支配した次の瞬間、「ガシャッ！」という金属音とともにゲートが開いた。

大きな拍手が場内を揺らす。

〈スタートしました！　逃げ宣言をしていたディープインプレスが出鞭をくれてハナに立ちます。十八頭の精鋭たちが正面スタンド前を駆け抜けて行きます〉

実況アナウンスが響く。

トナミローザは他馬と横並びのスタートを切り、中団馬群の内で折り合いをつけた。

「よし、いいぞ」

小林は小さく頷いた。

鞍上の今宮は、強く促すことも、抑えることもなく、ゲートを出たなりでトナミローザを走らせている。

トナミローザが牝馬同士のオークスではなくダービーに出走することが明らかになると、メディアやSNSのファンの声は、参戦支持派と否定派の真っ二つに分かれた。否定派の多くは、惨敗を予想していた。そのうえで、もし好走する可能性があるとしたら、序盤から思い切って前に行くか、後ろに下がるかの極端な競馬をして、それが嵌まったときだけだろうと見ていた。実力の劣る馬でも、ハナを切ってスローペースに落とすことができれば、そのまま流れ込んでしまうことがままある。流れが緩くなると、終盤にどの馬も速い脚を使うことができ、逆転が少なくなるからだ。

逆に、「超」がつくほどのハイペースになると、後方につけた格下の馬が、ゴール前で強い馬を差し切ってしまうこともある。速い流れを先導するように前に行った馬は、終盤にスタミナを切らせて失速するからだ。

参戦支持派の多くもそれに関しては同意見で、大逃げを打つか、最後方から行くかの極端な競馬で一発を狙うべきだ、という声が支配的だった。

しかし、小林はそうは思っていなかった。トナミローザは極端な競馬などする必要はない。強い馬が勝利を引き寄せるには、こういう正攻法の競馬をしたほうがいい。

小林と同じくこの馬の力を高く評価しているファンも多いのか、それとも、応援票も込みなのか、トナミローザは、単勝十倍ほどの四番人気に支持されていた。

〈先頭はディープインプレス、二馬身ほど遅れて二番手集団がつづきます。プラティニが乗る一番人気のイノセントストームは、三、四番手の外。紅一点のトナミローザは六、七番手につけています〉

出走馬は小林から見て左から右へと駆け抜け、第一コーナーを左に曲がって行く。

かつて「皐月《さつき》賞は速い馬、ダービーは運のいい馬、菊花《きっか》賞は強い馬が勝つ」と言われていた。二十頭以上の多頭数でダービーが行われていた時代は、殺気だった騎手を背にした馬たちが少しでもいい位置を取ろうと、凄《すさ》まじい勢いで第一コーナーに殺到した。他馬と接触したり挟まれたりというアクシデントも多く、運よくそこをすり抜けることができた馬にしか勝機はなかった。が、フルゲートが十八頭となった今はそうした事例が激減し、ダービーも強い馬が勝つ時代になった。

「何の不利も食らわず、一コーナーをクリアしましたね」

隣に座る後輩記者の高橋が、双眼鏡を覗きながら言った。

「ああ、折り合いもついている」

小林はそう答え、双眼鏡で今宮の手首と肘を注視した。伸縮性のあるゴムを握っているかのようにしなやかに見える。これまでは正直、今宮の平地での騎乗を見て上手いと思ったことはなかった。しかし、今は、トナミローザと完璧に呼吸を合わせていることが、離れていても伝わってくる。この大舞台で、二流、三流の騎手にできることではない。デビューから二十年以上経つのに、これがダービー初騎乗であることを不安視する向きもあり、実際、小林もそう感じていた。が、それは杞憂《きゆう》だったようだ。

第二コーナーを回り、向正面に入った。トナミローザは前後左右を他馬に囲まれている。それでもストレスは感じていないようで、リズミカルに首を上下させ、気持ちよさそうにストライドを伸ばしている。

〈先頭は変わらずディープインプレス。単騎逃げの形に持ち込み、二番手集団との差を四馬身ほどにひろげました。皐月賞馬ワンダーケン、一番人気のイノセントストームといった有力馬がここにいて、それらの直後の内にトナミローザがつけています〉

一番人気のイノセントストームは、デビューから無敗でGIのNHKマイルカップを勝ち、中二週でダービーに出走してきた。勝てば史上三頭目の「変則二冠（NHKマイルカップ、ダービー）制覇」となる。鞍上のクリス・プラティニは、フランスから日本に騎乗ベースを移して以来リーディングを独走している超一流騎手だ。

そういう大本命の近くということはすなわち、勝利に近づく好位置と言える。勝つときというのは、気がつけば有力馬が目の前にいたり、自然と前が開いて進路ができたりと、すべてが自分に都合よく運ぶものだと言われている。

しかし、プラティニの動きを見ているうちに、小林の胸にひとつの疑念が湧き上がってきた。

今宮が意識してイノセントストームの近くにつけたか、たまたまこの位置関係になったのならいい。

そうではなく、二頭がこの位置関係になったのは、プラティニの戦略なのではないか。強敵となるターゲットを定め、その馬の力を封じつつ、その馬に先着することが勝利につながる——というレースを、プラティニはしばしば見せつけてきた。

普通、マークというのは相手の後ろからするものだが、今はイノセントストームのほうがトナミローザより前に位置している。しかし、馬と同じくほぼ三百六十度周囲が見えていると言われるプラティニにとっては、マークする相手が後ろにいるほうが、外から蓋をしてブロックするなど、むしろコントロールしやすいのかもしれない。

そう考えると、スタート前に感じたのとは別種の動悸《どうき》と息苦しさに襲われた。

出走馬が第三コーナーに差しかかった。少しずつペースが上がり、縦長になっていた馬群が凝縮されていく。

先頭のディープインプレスが二番手集団を三馬身ほど引き離したまま第四コーナーを回り、直線に入った。

そのときだった。

高橋が立ち上がって何かを言った。その声はしかし、大歓声と実況アナウンスでかき消された。

〈おおっと、二番手グループの外を走っていたワンダーケンが急に内に切れ込んできたーっ！　これは危ない。進路が狭くなった後続の馬たちが次々とぶつかり合っている〉

小林は、胸を鈍器で殴られたような衝撃を覚えた。

前をカットされたうえに外から押圧され、馬体を激しくぶつけ合った馬たちのなかにトナミローザがいた。

今宮は馬上で立ち上がって手綱を引き、口を割ったトナミローザは首を振りながら減速し、後退して行く。

――これまでか。

最もスピードの上がるところでスローダウンせざるを得なくなった。少なく見積もっても七、八馬身、いや、十馬身はロスした。

トナミローザのダービーは終わった。

一方、イノセントストームは、第四コーナーを回りながらワンダーケンの外に進路を取っていたため、難を逃れた。

たまたま外に出したのではない。プラティニは以前ワンダーケンに騎乗したことがあり、この馬が左回りコースの直線で内に切れ込む癖があることをわかっていて、回避したのだろう。

プラティニと今宮の差が出てしまった。

イノセントストームはゴールを目指し、馬場の外目から悠然とストライドを伸ばす。トナミローザはその十馬身以上後ろにいる。急な減速によって馬体が故障していないことを祈るしかない。

——脚元は大丈夫そうだな。ん、おい、どうした？

小林は勢いよく立ち上がった。

「せ、先輩、痛いっス」

無意識のうちに、高橋の上腕を握りしめていた。

「お、すまん。それより、よく見ろ」

そう言ってトナミローザを指さすと、高橋は、イノセントストームに向けていた双眼鏡を後ろに向けた。

「よく見ろって、え？　えっ？　えーっ⁉」

今宮がトナミローザの首を激しく押して馬群の外に持ち出し、鞭を入れて走らせようとしているのだ。

普通、これほどの大きな不利を受けたら、勝負は諦め、馬に負担がかからないよう流すように走らせてゴールするものだ。

——バカヤロー。もういい。

奇跡でも起きない限り、逆転は不可能だ。

ゴールまでラスト四〇〇メートルを切った。ディープインプレスが先頭のままだ。脚《あし》色《いろ》に衰えは見られない。

ラスト二〇〇メートル地点でも、後ろとの差は三馬身ほどある。

その外からイノセントストームが凄まじい脚で差を詰めてくる。鞍上のプラティニが右ステッキを振るうと、もともと大きなストライドをさらに伸ばし、逃げ込みをはかるディープインプレスに迫る。イノセントストームはプラティニの豪快なアクションに応えてさらに加速し、ついにディープインプレスに並びかけた。

ディープインプレスとイノセントストームの二頭が馬体を併せ、激しく叩き合う。

〈ディープとイノセント、二頭のマッチレースになった！　両馬ともに譲らない。後ろを大きく離して叩き合う。内のディープか、外のイノセントか――〉

実況が不自然に途切れた。

次の瞬間、落雷のような歓声にスタンドが揺れた。

大外から一頭の馬が矢のように伸びてくる。

トナミローザだ。

今宮が右鞭を叩きつけると、トナミローザはそれに応えて重心を沈め、他馬を次々とかわして突き進む。

〈来た来た、トナミローザだ、トナミローザだ。これはすごい脚だ。しかし、ここから

届くのか⁉〉

ラスト一〇〇メートルを切ったところで、トナミローザは三番手に上がった。前にいるのはディープインプレスとイノセントストームだけだ。

――う、嘘《うそ》だろう。

トナミローザはダイナミックに首を上下させ、獲物を追う肉食獣のように四肢を伸ばす。

「ローザ！」「トナミローザ！」「頑張れトナミローザ！」

隣の高橋も、その向こうにいる同僚たちも、他社の記者たちも、トナミローザの名を叫んでいる。

奇跡は起きるのか。

「来い、ローザ、来い！」

小林も叫んでいた。

ラスト五〇メートル。

トナミローザは前を行く二頭との差を二馬身ほどまで詰めていた。

一完歩《かんぽ》ごとに二頭に迫り、ゴールまで残り五完歩ほどのところで、トナミローザの鼻先が、内の二頭のトモに並びかけた。あと四分の三馬身、半馬身。勢いはトナミローザが一番だ。

最内のディープインプレスが苦しくなったのか、やや内にもたれた。

真ん中のイノセントストームが、ディープインプレスより頭差ほど前に出た。

しかし、ディープインプレスがまた差し返す。

それらの外から、トナミローザは極限までストライドを伸ばす。内で叩き合う二頭との差は半馬身を切った。

届くか。差し切るか。

三頭が一団となってゴールした。

三年前に日本で生まれた七千頭ほどのサラブレッドの頂点に立ったのは――。

イノセントストームだった。

頭差の二着はディープインプレス。

トナミローザはそこから首差遅れた三着だった。

イノセントストームの馬上で、勝利騎手のプラティニが、鞭を持った右手を二度、三度と天に突き上げた。冷静な騎乗で「アイスマン」と呼ばれている彼にしては珍しいことだ。そのくらいダービーというのは特別なのだ。

ゴールを通過し、一コーナーに差しかかったトナミローザの背にいる今宮は、うなだれていた。

エレベーターで検量室前に向かった小林は、左手に痛みを感じた。無意識のうちに机を叩いていたのか。

「すごいレースでしたね。こんなに興奮したダービー、初めてっス」

　高橋の声は上ずっていた。

「勝負事にタラレバは禁句だが、あの不利さえなければな」

　小林も、自分の声が震えているのを感じた。

「いや、あれがあったからこそ感動的だったんスよ。ぼくもトナミローザに惚れちゃいました。廣澤安任や弁二にも、このレースを見てもらいたかった気分です」

　出走馬が、地下馬道から検量室前へと戻ってくる。ウイニングランをして、最後に戻ってくる勝ち馬を、他馬の関係者やマスコミ関係者、そして主催者までも拍手で迎えるレースはダービーだけだ。

「4」や「5」と着順が記された脱鞍所に、悔しそうに顔をしかめる騎手を背にした馬たちが入ってくる。

　小林は、脱鞍所の奥のグレーの壁に並ぶ大きな赤い枠の向こう側、すなわち、ホースプレビューに集まった男女のなかに、あの背の高い女の姿を探した。向かって右からひとりひとりの顔を確かめていたとき、周囲から拍手が沸き起こった。

　勝ったイノセントストームが帰ってきたのかと思ったら、そうではなかった。

　戻ってきたのは、今宮を背にしたトナミローザだった。

三着の馬に拍手が送られた場面に立ち会ったのは、競馬記者になってから初めてのことだった。

「よくやった」「頑張ったな」「いいレースだった」

そこここから声が上がる。

「3」と記された脱鞍所に入ったトナミローザは、これまで見たことがないほど発汗していた。

馬上の今宮は泣いていた。

好騎乗を讃《たた》えようとした小林は、下馬した今宮が、

「クソォ、クソォ……」

と呟きながら嗚咽《おえつ》していることに気づき、言葉を呑み込んだ。

勝利騎手インタビューが終わり、勝ち馬の調教師や馬主など関係者の囲み取材が行われている最中、敗れた騎手たちがひとり、またひとりと検量室から出てくる。

今宮が出てくると、勝ち馬関係者の囲み取材をしていた記者たちまで集まってきて、二重、三重の人垣ができた。

ずっと下を向き、誰とも目を合わせようとしなかった今宮が、

「勝てるレースだった。四コーナーで、あそこにいたおれのミスだ」

と、絞り出すように言った。

「もう一度イノセントストームと戦ったら勝てますか」

若い女性記者が質問した。男たちに挑戦した唯一の女戦士・トナミローザに共感を覚えた女性は多かったようだ。

「ローザにプラティニが乗れば、勝てるんじゃねえか」

今宮が顔を上げて皮肉な笑みを浮かべた。目は真っ赤に充血したままだ。質問した女性記者の表情が凍りついた。

ここにいる今宮は、「まあ」しか言わないので「まあ君」と呼ばれている障害騎手・今宮勇也の姿とはかけ離れている。隠していた勝負師としての顔を初めて見た記者たちは面食らったようだ。

「不利を受けたとき、もう追うのをやめようとは思わなかったのですか」

小林が訊くと、今宮は顔をしかめた。

「思ったよ。おれは諦めていた」

「でも、追いつづけましたね」

「ローザが勝負を捨ててなかったからさ。あいつは挟まれて怯《ひる》むどころか、怒って、ぶつかってきた馬に噛みつこうとしやがった。それで馬ごみの外に出したんだよ。ほら」

と、今宮が切り傷のできた手のひらを見せた。

直線入口で、トナミローザを制御しようとしたときに手綱で切ったようだ。鞭を入れたのは、他馬に噛みつくのをやめさせるためだったのか。今宮がつづけた。

「外に出たら、すごい脚を使った。鳥肌が立った。おれは、諦めた自分が恥ずかしくなったよ」

そう言った今宮の目から、また涙があふれてきた。

「レース後、原先生とどんな話をしたんですか」

小林が言うと、周囲の記者たちが聞き耳を立てる気配が高まった。

「おれは『すみません』しか言えなかった。先生は『ローザはもう怒ってないからいい』って笑ってたよ」

小林はそれ以上何も訊かなかった。ほかに質問しようとする記者もいない。

馬道のほうから、勝ったイノセントストームの関係者の笑い声や、ハイタッチをする音が聞こえてきた。

今宮が小さく頭を下げ、報道陣の輪から出て行った。

その背中を見送り、記者席に戻ろうとした小林の袖を誰かが引いた。

振り返ると、腫れぼったい目をした、濃紺のワンピースを着た女が立っていた。すぐには誰なのかわからなかったが、明るい茶髪で思い出した。

「由衣さんじゃないか。どうしたんだ」

常総ステーブル代表の川瀬由衣だった。常総ステーブルは、トナミローザを含む原厩舎の馬たちが、レースの合間の数週間を過ごす「外厩」のひとつだ。

「トナミローザの頑張りを見て泣いちゃった。私、泣くと瞼がすっごい腫れるの」

くっきりした二重瞼のはずだが、今は試合直後のボクサーのようになっている。その由衣がつづけた。

「午前中、厩舎にトナミローザの様子を見に行ったとき、原厩舎の部屋にコバちゃんが探している女のポーチがあったよ」

彼女の言う「厩舎」とは、競馬場内の厩舎地区に割り当てられる、出走馬用の臨時厩舎のことだ。

「あとで行ってみるよ。サンキュー」

「行くのは勝手だけど、年増の色香に惑わされないでね」

「その顔で言われると怖いな」

小林が言うと、由衣に腕を引っぱたかれた。

トナミローザが勝てば小林がメインの記事を書くことになっていたのだが、イノセントストームの担当記者がそれを担当する。残念だが、そのぶん早く上がって厩舎に行くことができる。

雑感コラムをまとめ、帰り支度をして厩舎へと向かった。

地下馬道を通って行くこともできるのだが、せっかく天気がいいのだからと、スタンドから外に出た。明るい陽射しとゆるやかな風が、トナミローザの敗戦を悔しく思う気持ちと、健闘を讃えたいと思う気持ちとを、ほどよくかき混ぜてくれる。

場内の競馬博物館の前を抜け、競馬場の東門を出て是政通《これまさどお》りを渡った先に厩舎地区がひろがっている。一般客は入場できず、マスコミ関係者でも、記者クラブのバッジを持っていなければ、その都度JRAの広報部に申請して一時的な通行証を受け取らなければならないなど、チェックが厳しい。

あの背の高い女はいつもファンエリアにいたので、厩舎地区を探そうと思ったことはなかった。迂闊《うかつ》だった。女が斗南の関係者で、馬主バッジを持っているなら自由に出入りできる。

レース後、上位に入線した馬は厩舎地区内の診療所で尿検査を受ける。それから曳き運動をしたり、洗い場につながれて馬体を洗われたり、脚元のケアを受けたり、馬房に入って青草を与えられるなどしてから、馬運車《ばうんしゃ》で美浦、あるいは栗東トレセンの厩舎に戻る。

人馬にとっていわば「仮住まい」となる競馬場の厩舎は、原による取材規制の網の外にある。美浦トレセンの厩舎には原の住まいもあるなど、プライベートエリアでもあるので、必要不可欠な撮影時以外マスコミの出入りは禁じられている。しかし、ここではそうした制限をかけることができない。

それに気づいていたメディアの人間もいたのかもしれないが、何度話しかけても無視されつづけると、そのうち声をかけるのが嫌になるし、気分が悪いのを通り越して恐怖に近い感覚を抱くようになるものだ。

原は誰かを怒鳴りつけるなど、威圧的な態度を取ることはない。が、一見、温厚そうな印象を与える眼鏡の奥の目は、鋭い。普段マスコミと口を利かないのは、調教助手時代に自身のコメントを意図とは異なる形で書かれることが重なったからだろうと言われている。

トナミローザは洗い場につながれていた。

「よっ、お疲れさま」

少し離れたところから、馬と、その脚元に屈《かが》んでいた若い厩務員と、横に立つ調教助手に声をかけた。トナミローザは小林のほうを見向きもしなかったが、厩務員が振り向いて笑顔を見せ、調教助手が帽子を取って頭を下げた。

彼ら原厩舎のスタッフは、マスコミを排除する原の手法に疑問を抱いている可能性もある。しかし、そうだとしても、競走馬の能力を見事に引き出す原の管理技術を普段から目にし、こうして他厩舎では扱うことのできない一流馬に触れることができるのだから、仕事が楽しくないわけがない。当然、原厩舎の一員であることに誇りを持っているだろう。原を裏切るようなことはしそうにないが、それでも、いざとなったら彼らから切り崩して、原厩舎に入り込むことができるかもしれない。

そう思って馬道に目をやると、漆黒の大柄な馬が曳かれてきた。先刻のダービーを制したイノセントストームである。曳いているのはよく知っている厩務員だ。脇を通ったとき、原厩舎の人間たちに聞こえないよう「おめでとう」と小声で言うと、厩務員は頷き、イノセントストームは小さく耳を動かした。

視線を感じて洗い場に目をやった。

トナミローザが顔を上げてこちらを見つめている。いや、彼女が見ているのは小林ではなくイノセントストームのようだ。

「この馬、イノセントストームを睨みつけていたな」

小林はそう言いながら、トナミローザのいる洗い場に近づいた。

厩務員と調教助手が同時に頷いた。

「こいつ、負けず嫌いだから」

今気づいたのだが、そう応じた厩務員の目も、一緒にいる調教助手の目も、赤くなっていた。

少しの間彼らの仕事ぶりを眺めてから、洗い場と斜めに向かい合う厩舎の入口に移動した。

大きな窓から室内が見える。入って右の部屋にデスクがあり、原が電話で誰かと話している。その横に、ワインレッドのワンピースに白いカーディガンを羽織った、あの女が立っていた。

由衣は「軽く四十は超えてるよ」と言っていたが、こうして間近で見ても、そうは思えない。単に若く見えるという意味ではなく、つくり物のような目にも鼻にも、年齢不詳の美しさと妖しさがあるのだ。

原は、小林に気づいていないのか、それとも気づかぬふりをしているのか、前を見て電話で話しつづけている。

女と目が合った。

――え？

小林は急に息苦しさを覚えた。

女が微笑んだのだ。そして、片方の眉を上げ、小首を傾げるように小さく頷いた。まるで、見知った人間に会釈でもするように。

小林は、女の笑みに引き寄せられるように厩舎の引き戸を開け、右手の部屋に入った。原がちょうど電話を終えたところだった。

スマートフォンをデスクに置くとき、それまで話していた相手の名前が画面に表示されているのが一瞬見えた。

「河原《かわはら》」という名字だけが表示されていた。

小林が知る「河原」という人間はひとりしかいない。小林が惚れ込んだジェメロという馬を所有していた悪徳馬主・堂林和彦《かずひこ》を追い詰めた、警視庁公安部のキャリアだ。原と北海道大学の獣医学部で同期だった知人がいるとかで、原が北大の落語研究会に所属していたことを教えてくれたのも河原だった。

ジェメロがデビューしたのは五年前の初夏のことだった。翌春、堂林が逮捕・起訴された。そこに至る過程で、公安の人間が原厩舎のスタッフとなって潜入捜査をするなどしていたのだが、それは一時的なものだと思っていた。

「ようこそ」

と、口元だけで笑う原は、今も公安とつながっているのだろうか。そのつながりは、小林がジェメロと堂林を追いかけはじめるよりずっと前からあったものなのか。原厩舎が公安のトレセン支署のような役割を果たしているのだとしたら、マスコミをシャットアウトして、外部の人間の立ち入りを制限するのも頷ける。

ＪＲＡは農林水産省が所管する特殊法人だ。ことに近年、登録品種の農作物の種子や和牛の精子などが、主に中国に密輸されていることに農水省と警察は神経を尖らせている。中国でも巨大産業となり得る競馬の主役、サラブレッドの精子などがいつターゲットになっても不思議ではない。

原が、マスコミ関係者のなかで小林とだけ言葉を交わすようになったのは、小林が公安と接触した唯一の記者だからなのか。

どのくらい考え事をしていたのだろう。むせ返るような香水の匂いで我に返った。

女の顔が小林の目の前にある。と思ったら、女は、滑るような動きで部屋から出て行った。唇が触れそうなほど顔が近づいたとき、女が口を動かして何かを言ったような気がしたが、聞き取れなかった。

「今は特に話すことはない」

原が表情を変えずに言った。

「そうですか」

「と、彼女が言ったんだよ。私も同じだ」

あの女は何者なのか訊こうと思っていたのだが、出端《でばな》をくじかれてしまった。少し間を置いて小林は言った。

「調教師会から原先生の携帯の番号を教えてもらったのですが、必要なときはかけてもいいですか」

「好きにしてくれ」

「じゃあ、馬房でトナミローザの様子をもう少し見せてもらってから引き上げます」

部屋を出ようとした小林を、原が手で制した。

「構わないが、ああ見えて、一本のニンジンを楽に嚙み切る顎の力がある。撫でるときは気をつけてな」

そう言ったときの原は、口元だけではなく、目も、そして声音も、ごく普通に笑っていた。小林は、原が笑うとえくぼができることを初めて知った。考えてみれば、原がこんなふうに笑ったのを見たのは初めてだった。

その夜、小林は、自宅の書斎で翌週の取材の準備を終えたあと、書棚に並ぶ競馬関連書籍の背表紙を眺めながら、しばらくボーッとしていた。

原は、おそらく意識してスマホの画面に表示された河原の名を見せた。ということは、女からも見えていただろうし、それ以前に、河原と何を話していたのかも女には丸聞こえだったはずだ。あの女は株式会社斗南の関係者だと思っていたのだが、そうではないのかもしれない。

女も原も「今は特に話すことはない」という。「今は」なくても、時が経てば話すことが出てくるのだろうか――。

目の前の書棚の下段には、ずいぶん前に買って、再読するかどうかもわからないが、どうしても捨てる気にはなれない本が並んでいる。

手に取りやすい中段に並んでいるのは、競馬記者になってから、資料として入手したものだ。レース結果などをまとめたものや名馬物語などの書籍のほか、競馬週刊誌や月刊誌、さらに競馬博物館で行われた特別展の図録などが並んでいる。廣澤安任の存在を知るきっかけとなった競馬評論家、大川慶次郎の著作もある。

小林は書棚の上段を見上げた。

左端から並ぶ緑色の背表紙の文庫は、ディック・フランシスの競馬ミステリーシリーズだ。三十冊ほどある。

その下の段には『競馬への望郷』『馬敗れて草原あり』『競馬無宿』など、寺山修司の著作が並んでいる。詩人・歌人・俳人・劇作家・演出家など幅広くクリエイティブな才能を発揮した寺山は、競馬コラムニストとしても名を馳せた。

ここにあるフランシスの競馬ミステリーや寺山の競馬エッセイを読んだのは、小林が大学生だったときだ。当時、東都日報のレース部のエースだった記者に、何のつてもないのに「自分もあなたのような競馬記者になりたい」と手紙を送ったら、これらを読んでみるといい、という丁寧な返事をもらった。その先輩は、小林がジェメロを追いかけている最中に自死してしまった。

小林の競馬観に大きな影響を与えたこれらの作品のなかでも、寺山の競馬エッセイとの出会いが、物書きとしての「構え」を決めたように感じている。

特に好きなのは、『馬敗れて草原あり』などに所収されている「二人の女」という掌編だ。「アケミ」と「みどり」という二人の女と、一九六六（昭和四十一）年の桜花賞に出走したワカクモとメジロボサツという二頭の牝馬を重ねて描いた、いかにも寺山らしい作品である。

寺山がこれを書いたのは昭和四十年代なかごろだった。それから十数年後の一九八三（昭和五十八）年五月四日、四十七歳で世を去った。小林が生まれた年だ。

自分は遠く寺山に及ばないが、寺山の享年までは時間があるから、まだ間に合う——と、何に「間に合う」のかは自分でもよくわからないのだが、ともかく、そう感じているくらい、寺山修司は特別な存在になっている。

——二人の女か。

競馬場で会った二人の女——川瀬由衣と、背の高い女の姿が思い出された。

あの背の高い女が関係していると小林が思っていた株式会社斗南の本社は青森の三沢にある。そして、トナミローザの母系、すなわち母方の血統を明治時代まで遡ると、三沢に旧会津藩士の廣澤安任が開場した日本初の民間洋式牧場である廣澤牧場にいたローザという種牡馬に行き着く。

寺山も三沢に住んでいたことがある。現在の青い森鉄道・三沢駅の向かいにあった、父方の伯父が営む「寺山食堂」の二階に間借りしていたのだ。確か、青森県近代文学館で寺山の没後三十年の特別展が行われたときに出された図録に詳細な記述があった。それを書棚から引っ張り出し、読みはじめた小林は、思わず「え？」と声を上げた。

〈寺山家のルーツは薩摩だが、剣術の達人だった祖父寺山芳三郎《よしさぶろう》はなぜか斗南藩士と共に十和田に入り、廣澤安任から古間木《ふるまき》の土地を譲り受けそこに寺山旅館を開業〉

文筆家の世良啓《せらけい》がそう書いている。

ここに記されている「寺山旅館」が、のちに「寺山食堂」になったのか。小林は、三沢市寺山修司記念館の学芸員に問い合わせのメールを送った。すると、この時間まで仕事をしていたらしく、ほどなく丁寧な返信が届いた。

答えは「イエス」だった。返信にはこう記されていた。

〈一八九四（明治二十七）年に古間木駅（現三沢駅）が開業したときには、すでに『寺山食堂』になっていたとのこと。あの場所で旅館を建てたときには会津藩から支援を得たそうです。その後、会津方の名士が集まる場所にもなりました〉

競馬記者になる前から憧れていた寺山修司と、久しぶりに惚れ込んだトナミローザという現役競走馬の血脈を生み出した廣澤安任が、こんな形でつながっていたとは。

――これは、いよいよ三沢に行かなきゃならないな。

小林は、高橋に、来週か再来週、二、三泊の出張に出る準備をしておくよう通信アプリのＬＩＮＥでメッセージを送った。

六　斗南藩の面影

小林は高橋とともに、羽田《はねだ》空港から三沢空港へと向かう機内にいた。

窓側に座る高橋がタブレットの電源を入れた。

「先輩が送ってくれた概要とは別に、これまで集めた情報を整理しておきたいので、間違いがあったら言ってくださいね」

「オッケー。時系列に沿ってやろうか」

「はい。まず、旧会津藩士の廣澤安任らが中心となって、北奥羽の地に斗南藩をつくった。廣澤安任は、一八七二（明治五）年、現在の青森県三沢市に日本初の民間洋式牧場である廣澤牧場を開牧。そこにローザというサラブレッドがやって来て種牡馬となる。ローザ産駒のボンレネーは一八七七（明治十）年の内国勧業博覧会で最優秀賞の龍紋褒賞を受賞。その後、競走馬として活躍する。で、廣澤安任の息子の――」

「息子でもいいんだが、正確には養嗣子の廣澤弁二だ。安任の兄の子だから、もともとは甥《おい》っ子《こ》だな」

「その廣澤弁二が牧場を継ぎ、大正時代になると、安田伊左衛門らとともに旧競馬法の制定に尽力する」

安田は、一九三二（昭和七）年に東京優駿大競走、すなわち日本ダービーを創設し、「日本競馬の父」と呼ばれた人物だ。ＪＲＡの初代理事長となり、今もマイルＧＩの安田記念に、その名が残されている。

「時間が前後するし、サイドストーリー的な情報だけど、ちょっと加えていいか」

「どうぞ」

高橋がタブレットにキーボードを表示させた。

「廣澤安任は、競馬コラムニストとしても活躍した寺山修司の祖父に三沢の土地を譲った。そこにつくられた『寺山食堂』に一時期寺山が住んでいた。そしてもうひとつ。安任の親戚筋が、三沢に近い八戸《はちのへ》にも廣澤牧場をひらいた。その八戸廣澤牧場は乳牛がメインで、馬の生産はしていなかったが、最年少ダービージョッキーの前《まえ》田長吉《だちようきち》が生まれ育った天狗沢《てんぐさわ》のすぐ近くにあった」

「え？　前田長吉って、戦時中に牝馬のクリフジでダービーを勝った騎手ですよね」

「そうだ。二十歳でダービーを勝ったんだが、次の年、旧満州《まんしゅう》に出征して、向こうで終戦を迎えてな。旧ソ連に抑留され、シベリアで終戦の翌年に戦病死したんだ。時代に翻弄された、悲運の天才騎手さ」

「そういう情報は、これから取材する土地の馬事文化について紹介するうえで大切ですよね」

「名前が出てきた人物の生年と没年を、生年順に整理しておくとわかりやすいぞ」

高橋が頷き、機内ワイファイでつないだネットで検索しながら次のように生没年を書き入れた。

廣澤安任（一八三〇―一八九一）
廣澤弁二（一八六二―一九二八）
前田長吉（一九二三―一九四六）
寺山修司（一九三五―一九八三）

「じゃ、次は馬について見ていきます」

高橋がタブレットに廣澤牧場の生産馬のリストを表示させ、つづけた。

「廣澤牧場の生産馬は、一九五四（昭和二十九）年の中山大障害・春を勝ったギンザクラをはじめ、障害レースでの活躍馬が多い。ギンザクラは、戦後初の海外遠征に出たダービー馬ハクチカラの従兄弟にあたる」

「そして時代は令和に飛び、廣澤牧場にいたローザの血を引くトナミローザという牝馬が活躍する」

「トナミローザのオーナーは、廣澤牧場のあった三沢に本社のある株式会社斗南。廣澤安任らがつくった斗南藩と同じ名称で、気になるところですが、取材拒否。管理する原宏行調教師も取材には応じない。トナミローザを生産したのはインドの実業家が経営する浦河のデリーファーム」

「トナミローザはオークストライアルを勝った。しかし、オークスではなくダービーに挑戦して三着に惜敗。主戦騎手は、障害では一流だが平地では三流の今宮勇也。トナミローザは外厩の常総ステーブルで障害練習をしている。さらに、それまで中山競馬場のレースを中心に使われ、複数のダート戦にも出走していることから、陣営は中山大障害を最大目標に据えている可能性もある」

「取材対象のリストと、トナミローザの簡単な血統表もつくっておきますか」

　高橋が、まず、「斗南藩記念観光村（三沢市先人記念館）」「株式会社斗南本社」「寺山修司記念館」と、取材対象となり得る場所や施設名などを入力した。それから、馬の名を書き出していく。

　一番上に種牡馬のローザ、その下に産駒のボンレネーの名を記した。ローザの横に、交配相手となった牝馬のカイの名を書き、そこから連なる牝系の末端として、ハイローゼスと、その仔のトナミローザの名を記した。

この文書は共有ファイルになっているので、小林の端末でもひらいて編集することができる。

「追加で入力していいか」

小林は、自分のスマホで共有ファイルをひらき、取材対象になり得る人間たちを書き込んだ。

原宏行　調教師
今宮勇也　騎手
デイビッド・シン　デリーファーム場長
川瀬由衣　常総ステーブル代表
背の高い女　斗南関係者？　レーシングマネージャー？

小林は、先週のダービーのあと、あの背の高い女と初めて接触したときのことを思い出した。競馬場内の厩舎で、原と一緒にいた彼女が部屋を出ていくとき、小林に何か言ったような気がしたが、聞き取れなかった。

「今は特に話すことはない」

彼女はそう言ったのだと原に教えられた。が、あのときのやり取りを反芻すればするほど、彼女はまったく違うことを自分に伝えたような気がしてくるのだ。「また会いましょう」だったか、「気をつけて」だったか、そんな意味の言葉だったような気がする。よく思い出せないのは、彼女に会えて頭に血が上っていたからか。

彼女は株式会社斗南の関係者なのか。それとも違うのか。確実に話の内容がわかるほど近くに彼女がいたのに、原は、警視庁の公安キャリアの河原とおぼしき相手と電話で話していた。彼女は公安の関係者なのか。

だとしたら、公安が動かなければならない事件か何かが、トナミローザの背景にあるということか。

いずれにしても、それはまだ高橋には伝えるべきではない。以前、ジェメロの背後を探ったとき、小林は、地下鉄駅構内のエスカレーターで突き落とされそうになったり、ワンボックスカーに引きずり込まれてボコボコにされたりと、散々な目に遭った。危害を加えられたのは、小林が相手の意図を察知し、相手に近づこうとしたからだ。逆に、何も知らず、自分から近づこうとしない限りは安全なのだから、高橋は知らずにいるほうがいいだろう。

黙ってタブレットをスクロールする高橋を横目でうかがった。高橋は、小林がジェメロを追いかけるプロセスを近くで見てはいたが、公安がどう動いたかなどの詳細は知らない。社内で小林以外にそれを知っているのは、当時専務で、現社長の篠田《しのだ》だけだ。

ジェメロのときは、堂林といういうきな臭い馬主を追いかけたがために、当初から黒い影の気配を感じていた。

今回は、あのときとは違う。株式会社斗南に近づこうとしていることは確かだが、それだけで襲われる理由にはならないだろう。

三沢行きの目的は、春のGIシリーズが終わって紙面が寂しくなるときに、派手な打ち上げ花火となる「独占企画」の取材である。

企画の概要は、こうだ。

ダービーで大きな不利を食らいながら三着と健闘し、多くの人々を感動させたトナミローザ。その体には、日本の競馬史にとって、いや、近代史においても大きな意味を持つ日本初の民間洋式牧場・廣澤牧場で育まれた血が流れている。特に障害レースでの活躍馬を多く送り出した廣澤牧場は、一九八五（昭和六十）年に閉場した。が、北奥羽の地で汗を流したホースマンの夢は、今なおつながれていた。斗南藩と種牡馬ローザの記憶を呼び覚ますかのように「トナミローザ」と名づけられた牝馬が、廣澤牧場開牧から百五十年の節目を迎え、飛躍しようとしている。その最大目標は実は中山大障害で、〝競馬の祭典〟日本ダービーでさえそのステップに過ぎなかったのだ――。

さらに、廣澤牧場の歴史や北奥羽の馬事文化を描くにあたり、寺山修司や前田長吉を登場させ、企画全体に厚みを出していく。

「だいたい、こんなところだろう」

高橋がタブレットをスクロールしながら頷いた。

「あとは、トナミローザが本当に障害レースに出走するかどうか、ですね。もし出るのなら、理由を陣営から聞き出したいところですけど、無理ですかね」

「今回の取材で、株式会社斗南の関係者から少しでも話を引き出せるといいけどな」

「取材に応じてくれることを祈りましょう。もし空振りしたら、あっ……」

高橋が話を途中でやめ、カバンから一眼レフを取り出した。会社から貸与されるものではスペック不足だからと、自費で購入したという最新型だ。レンズを窓の外に向け、ブツブツ言いながらシャッターを押す。

「ちょっと見たことのない感じの風景っスね。もう三沢の上空かァ」

高度がずいぶん下がってきた。眼下に小川原湖《おがわらこ》が青い水面を見せている。

「廣澤牧場があったのは、この湖の東岸だ」

「そういう先入観のせいか、それとも淡水と海水の汽水湖だからか、不思議な水の色に見えますね。まだワイファイがつながっているから、撮っても大丈夫かな。クラウドにダイレクトに保存できると、ＳＤカードの残量を気にしなくていいから楽です」

そう言って、外の風景を撮りつづける。

「それはいいけど、お前、さっき何か言いかけなかったか」

「何だっけ……ああ、思い出した。もし株式会社斗南にまた取材を断られて空振りに終わったら、どうするんですか。先輩のことだから、何か別の切り口なり、取材対象なりを考えているのかな、と思って」

高橋が話している最中に着陸した。

窓から米軍機やジープが見える。高橋は「おおッ」と声を上げ、嬉しそうにそれらの写真を撮っている。

三沢空港は、航空自衛隊とアメリカ空軍も使用しており、それらの基地の面積はかなり広い。が、旅客機用のターミナルは驚くほど小さく、飛行機が一機着けられるだけだ。

空港でレンタカーを借り、三沢の市街地とは反対方向へ向かった。小林は、運転席でステアリングを握りながら言った。

「さっきの質問に対する答えだけどな、株式会社斗南の取材で空振った場合の代替案は、特に考えていない。とにかく、記者の仕事っていうのは、現地に行って、そこに立ちさえすれば、何とかなるものだからな」

「へえ、そういうもんスかねえ。それはそうと、先輩、申し訳ないんで、運転代わりましょうか」

「いや、いい」

高橋の運転は車線の左に寄りすぎるので、助手席に座っていると怖いのだ。都市部に暮らす多くの二十代の例に洩《も》れず、高橋は車にあまり興味を示さない。だから愛着も湧かないのか、彼の車は傷やへこみだらけだ。彼女ができても長つづきしないのは、運転技術が低すぎるせいかもしれない。

その高橋が言った。

「先輩のなかで、廣澤安任とトナミローザが結びついたときって、どんな感じでした」

「鳥肌が立ったよ。そしてすぐ、自分が記者でよかった、と思った。仕事に託《かこつ》けて首を突っ込むことができるからな」

「いいなあ、その感覚」

「お前だって、今はそれを共有しているじゃないか」

「まあ、そうですけど、たまにはぼくが先輩をリードしたいっス」

一本道を北上すると、左右に畑がひろがり、ときおり住宅地に入る。

そこを抜けると、また林や畑が現れる。

三沢空港から二十分ほどで、最初の取材対象である「道の駅みさわ　斗南藩記念観光村」の入口に差しかかった。斗南藩の歴史を伝えるここは、名称のとおり道の駅と一体になっており、三沢市によって運営されている。

信号のない角を左折してすぐ右に入り、ゆるやかな坂を上り詰めた右手に「三沢市先人記念館」があり、左手には大きな駐車場と、その奥に「道の駅みさわ」がある。

かつてここに廣澤牧場があった。というより、廣澤牧場の広大な跡地の一部が斗南藩記念観光村になったのだ。

車を降りた小林は、レストランや土産物コーナーのある「道の駅みさわ　くれ馬ぱ〜く」の前の案内板を見ながら伸びをした。

「廣澤牧場があったころ、この駐車場のあたりは林だったそうだ」

「え、じゃあ、そこのパターゴルフができるところや、ポニーの乗馬施設も？」

高橋は、道の駅の裏手にひろがる平地を指さした。

「あのあたりは牧草地だったんじゃないかな」

涼やかな風が首筋を撫でていく。

「へえ。いずれにしても、三沢市の五分の一ほどの広さだったということは、きっと、今見えているところ全部が廣澤牧場だったんでしょうね」

「だろうな。で、さっき北上してきた県道をさらに進むと、三十分くらいで六ケ所村《ろっかしょむら》だ」

「再処理工場などの原子力施設のあるところですね」

「それだけじゃなく、ＪＲＡの競馬場のダートコースで使われている砂も、六ヶ所村の海砂なんだ。非常に上質で、民間ではちょっと買えないくらい高価らしい」

「へえ、このあたりって、意外といろいろな部分で競馬界につながっているんですね」

「もし廣澤安任が計画したとおり、下北半島を東西に横断する運河ができて、この近くに大きな船が停泊できる港がつくられていたら、どうなっていたと思う？」

「廣澤牧場は今もここにあったかもしれないっスね」

「この立地条件からすると、北海道の牧場と全国の競馬場やトレセンを行き来する馬の経由地となって、外厩なんかもできていたかもしれないな」

「なるほど、福島のノースファーム天栄みたいになっていた可能性があったんだ」

「そうなっていたら、競馬史も変わっていたんじゃないか」

そんな話をしながら駐車場を横切り、敷地内の先人記念館へと向かった。円形の近代的な建物に、廣澤安任をはじめ、この地域の発展に尽くした人物の足跡に関する品々やパネルなどが展示されている。

小林は、近くの寺山修司記念館には何度も足を運んでいるのだが、ここには昨年秋に下調べで一度来ただけだった。

記念館脇の、廣澤安任を祀《まつ》る開祖堂に一礼すると、高橋もそれを真似《まね》た。どこに何があるかは、調べて把握しているようだ。

吉井《よしい》という、三十代前半とおぼしき学芸員が館内を案内してくれた。

かつてこの地にあった木崎野牧という、数千頭の野馬がいたエリアについての話を聞きながら、小林は、東京競馬場内のＪＲＡ競馬博物館、根岸の馬の博物館、浦河の馬事資料館、そして寺山修司記念館などで会った学芸員たちのことを思い出していた。それぞれの専門分野の資料の読み込みの深さと、特別展などを開催するときの切り口を考える彼らの引き出しの多さには、いつも驚かされる。

別室に案内されると、段ボール箱が二つ、長机の上に置かれていた。その横に、プラスチックのファイルと、B4サイズの封筒がいくつか並べられている。

数日前に取材申請をしたとき、廣澤牧場における馬の生産に関する資料がもし残っていたら見せてほしいと伝えておいた。この短期間のうちに揃《そろ》えてくれたようだ。

「私があまり競馬に詳しくないものですから、お二人がどういった資料を望んでおられるのかわからず、統一性がなくて申し訳ありません」

吉井はすまなそうに言うが、競馬記者にとっては宝の山と言ってよかった。

大正から昭和の初めにかけて全国の競馬倶楽部をまとめる役割を果たした帝国競馬協会と、それを引き継いだ日本競馬会が発行した血統登録証明書が十数枚あるほか、「宮内省新冠牧場」の用箋に一頭の繁殖牝馬と交配した種牡馬と産駒、それらの生年月日が記されたものまである。ひとつひとつ見ていくと何時間もかかりそうなので、小林のスマホと高橋の一眼レフでそれらを接写させてもらった。

血統登録証明書のほとんどは繁殖牝馬のもので、廣澤牧場で生産した馬のほか、千葉の下総御料牧場や、岩手の小岩井農場で生産された良血牝馬の証明書も複数あり、廣澤牧場が盛んに新たな血脈を導入しようとしていた姿勢がうかがわれた。

　取材は三時間ほどで終わった。

　小林は資料をダンボールに戻し、学芸員の吉井に礼を言った。

「長時間すみませんでした。貴重な資料を見せていただき、大変参考になりました」

「これらの書類は、そんなに貴重なのですか」

　吉井が不思議そうに訊いた。

「はい、とても」

「そうですか。やはり、馬の血統に詳しい方にとっては価値のあるものなのですね」

　その言い方が引っ掛かり、小林は訊いた。

「ひょっとして、ぼくら以外にもこれらを閲覧した人がいるのですか」

「ええ、ちょうど去年の今ごろでした。廣澤家の縁戚にあたる方が、市役所を通じて申し込んでこられたんです。ご存知のように、この土地はもともと廣澤家のものでしたから、今でもときどき廣澤家の方がいらっしゃるんです」

　それで今回これだけの資料を短時間で揃えられたのか。

「個人情報保護の観点から難しいかもしれませんが、差し支えない範囲で、廣澤家のどんな立場の人か教えてもらえませんか」

「無断でお教えするわけにはいきませんが、連絡先はわかりますから、教えていいかどうか本人に確認しましょうか」

「いや、そこまでしていただかなくても結構です。どんな人か、ちょっと興味があっただけですので」

三沢市役所を通じてここにコンタクトすることができる立場で、連絡先が明らかな人物、ということがわかれば十分だと思った。

小林は、先人記念館を出ると、駐車場とは反対側に歩き出した。

「おっ、そっちは、六十九種草堂のあるほうですね」

両側に木立の迫る石畳の坂を下りながら、高橋が、一眼レフのレンズを付け替えた。

「そうだ。知っているだろうが、安任の住まいを復元したものだ」

「場所は変わってないんスかね」

「そのままらしい」

「うわ、でかっ」

高橋が声を上げた。

灰色の敷石がびっしり敷かれ、所々に大きな木が植わった広い庭の北側に、左右を見渡せないほど立派な屋敷がある。六十九種草堂だ。

「これでも、実際の屋敷よりはずいぶんスケールダウンさせたらしいぞ」

「ほんとっスか。これよりでかかったなんて、ちょっと想像がつきません」

屋敷の一室には勝海舟の直筆の扁額が飾られており、別の部屋には安任が英国人技師のマキノンを従え大久保利通と対面しているシーンを再現した人形がある。長押《なげし》にあるローザの産駒ボンレネーが明治十年の内国勧業博覧会で最優秀賞の龍紋褒賞を受賞したときの賞状も、廣澤家から寄贈された本物である。発行者のところには大久保の名が記され、「内務卿」としての落款が捺《お》されている。

外に出て、庭を歩きながら高橋が言った。

「ぼくらの前に廣澤牧場の馬について調べていた人って、誰なんでしょうね。何のために調べたのかも気になるし」

「吉井さんの口ぶりからして、安任の直系や、『本家』と言われている、安任の兄の安連の子孫ではなさそうだな」

「例えば、廣澤家の分家の人が家系図をつくるためにここに来る、というならわかりますけど、わざわざ廣澤牧場の生産馬の血統まで調べるなんて、気になるなあ」

石畳の坂を上り、先人記念館の前を通って駐車場へと向かった。

「廣澤牧場の事務所は、さっきの屋敷から一〇〇メートルくらい北に行った、今の県道沿いにあったそうだ。当時は珍しい洋風の白壁で、敷地には、廣澤弁二の銅像や、廣澤牧場が輸入した馬の記録が刻印された記念碑なんかもあったらしい」

弁二の銅像や輸入馬の記念碑を毎日見ていた男たちは、特別な牧場で働くことの誇りを、意識せずとも抱きながら、汗を流していたのだろう。

「その事務所、今はもうないんスよね」

「ああ。取り壊すのが大変だったくらい頑丈な建物だったと聞いたことがある」

「この駐車場も林だったわけでしょう。自然や、人が暮らした風景って、あっさり跡形もなくなって、別のものに変わっちゃうんですね」

「だからこそ、おれたちみたいな人間が、その土地の風景や人の営みを、記録として残していかなきゃいけないんだろうな」

小林はレンタカーのエンジンをかけて窓を全開にし、日光で熱せられた室内に風を入れた。助手席の高橋が言った。

「明日は寺山修司記念館ですよね。先輩は何度も行ってるでしょうけど、ぼくは初めてだから、楽しみすぎてドキドキします」

このまま寺山修司記念館に寄ってもいいのだが、館長と学芸員と「寺山修司五月会《ごがつかい》」副会長の三者にじっくり話を聞きたいので、明日一日かけて取材することにしていた。

先刻北上してきた県道を南下し、三沢川を渡った次の信号を右折する。三沢空港の前を抜けると、五分ほどで三沢市の中心部に入った。

米軍基地のメインゲートから市役所へとつながる道沿いに飲食店が立ち並ぶ。なかには店名が英字のカフェバーもあり、体の大きな外国人が談笑している。周辺にはビジネスホテルも多く、裏手には昔ながらの飲み屋街がある。

先人記念館で聞いた、吉井の説明が思い出された。

「三沢はまず漁港のあった東部の海岸沿いが賑わい、その後、廣澤牧場を含む北部、次に三沢駅周辺の西部が栄え、そして戦後は米軍基地周辺が中心部となったんです」

三沢は、人口四万人弱の小さな市だが、独特の発展を遂げてきたことに加え、米軍人や軍属たちが多いこともあってか、空気感がほかのどの街とも違う。

小林にとっては、憧れた寺山修司が多感な少年時代の数年間を過ごした街だと思うだけで、ちょっとした店の看板や街路樹までも特別なものに見えてくる。

ホテルにチェックインするには時間が早い。フロントに荷物を預け、近くのレストランで遅い昼食を済ませてから、また高橋と車で街に出た。

小林はこれまで何度も三沢に来ているが、メインの目的地が、八戸にある最年少ダービージョッキー・前田長吉の生家や、同じく八戸で行われるサラブレッドセールの会場だったり、プライベートで行く寺山修司記念館だったりすることが多かったので、三沢の中心部には案外土地鑑がない。

株式会社斗南の本社も、住所を見ただけではどのあたりなのかさっぱりわからなかったし、カーナビに入力しても、今ひとつピンと来ない。

自分がどんな街のどんな位置にいるのか、つねにわかっていないと居心地が悪い。斗南の本社を訪ねる前に、車で三沢市内をひととおり回ってみることにした。

まず、市域全体を見渡すため、坂道を上り、一帯で最も標高が高そうなところに行こうとすると、そこは米軍基地だった。ゲートのなかに入ることはできない。

「そりゃあ、基地をつくるなら、見下ろされる場所ではなく、周囲を見下ろす場所を選ぶよな」

小林はため息をついた。

高橋は窓の外を一眼レフで撮りつづけている。こうして撮った写真も、カメラとスマホをワイファイでつなぎ、東都日報のクラウドにアップしているのだという。

高台から俯瞰《ふかん》することは諦め、青い森鉄道の三沢駅に向かった。かつての古間木駅である。駅のすぐ西に、かつて寺山修司が間借りしていた「寺山食堂」の跡地がある。

「ちょっとこのへんを歩きたいんだけど、いいか」

少し前に駅に直結する複合施設が新設され、ロータリーが整備されたばかりの三沢駅の駐車場にレンタカーのトヨタ・プリウスを停めた。

寺山食堂跡地は道路になっており、寺山が暮らしたころの面影は残っていない。

それでも、かつて寺山の祖父が廣澤安任からこの土地を譲り受け、ここで「寺山旅館」を営み、それが「寺山食堂」になったという事実に変わりはない。

日本が戦争に敗れた年、一九四五（昭和二十）年の九月二十六日、九歳だった寺山は、古間木駅に千七百名の進駐軍が到着する様子を、母と一緒に、ここにあった「寺山食堂」の二階から見つめていたのだ。米兵がチョコレートやキャンディーやガム、タバコなどを放ると、近所の子供たちがそれに群がった。寺山もタバコを拾ってくるよう母に脇腹をつねられ、恥ずかしい思いをしながら持ち帰った。母は、物差しを鞭のように使って寺山を折檻《せっかん》することがよくあり、洋裁バサミで寺山と無理心中しようとしたこともあった。母はその後、寺山を置いて米兵とほかの土地に行ってしまった。そんな母を、寺山は、憎みながらも愛しつづけた——。

小林は、ゆるやかな坂道を西へと上った。教会の駐車場前を通りすぎてから右に曲がると、寺山がよくかくれんぼをした墓地がある。かくれんぼに夢中になった寺山は、隠れているうちに眠ってしまい、目を覚ますとみな大人になっている、という幻想を見たこともあったという。

その墓地を背にして真っ直ぐ南へ進んで陸橋をくぐると、寺山が通った旧・古間木小学校跡地が右手に現れる。正面には、そこも寺山の遊び場だった不動《ふどう》神社が、年季の入った居住まいを見せている。

小林は、古間木小学校跡地で「寺山修司ゆかりの地」と記された看板を撮影している高橋を残し、不動神社の境内に足を踏み入れた。

社殿を背に立つと、眼下に県道が見える。その向こう側の、線路の手前までの細長い土地にはリゾート施設がある。そこはかつて大きな製材所だった。製材所の前には木材を運ぶ馬車が何台も停まっており、いつも馬がいた。

寺山はおそらく、そこで初めて馬と触れ合った。

母の歪《ゆが》んだ愛情を受け、かくれんぼで時間の感覚を失い、読書やひとり遊びで空想の世界を浮遊した寺山は、すべてを静かに受け入れる馬という生き物と対峙《たいじ》し、触れ合って、何を感じたのだろう。

小林は、不動神社の石段から、製材所のあった一帯を見下ろした。

ここを駆け降りて馬たちに会いに行く「少年・寺山修司」の姿を思い浮かべると、寺山がこの地で過ごした終戦直後から今に至る八十年ほどの歳月が、不思議と、それほど長いものとは思えなくなってくる。

寺山の祖父が三沢駅前の土地を廣澤安任から譲り受けなければ、寺山が製材所で馬たちと触れ合うことはなかっただろう。

寺山がそうして馬たちと過ごす時間を持たなかったら、のちに数々の競馬エッセイを書いたり、名馬の詩を詠んだりすることもなかったのではないか。

そう考えると恐ろしい。

学生時代に夢中になって読んだ寺山の作品群がもし存在していなかったら、自分は競馬記者になっていただろうか。なっていたとしても、今とはまったく異なる競馬観を持っていたのではないか。

ここで物思いに耽《ふけ》るのが何度目かは忘れてしまったが、寺山の競馬作品がこの世になければ、自分がここにいる、今この瞬間も存在しなかったはずだ。

自分は、廣澤安任と寺山修司のつながりから生まれた言葉や思想を、幸運にも、胸のなかに持ちつづけることができた。それはローザの血が百五十年の時を経てトナミローザのなかで細くつながれてきたのと同じようなことであるような気がした。

今、ここで安任と寺山に思いを馳せることができるのは、奇跡と言っていいのかもしれない。

この奇跡の端緒をひらいた廣澤安任について、競馬記者として、後世に残る何かを書くことができれば、自分が寺山修司からひとつのバトンを手渡されたことになるように思い、小林は小さく身震いした。

七　アクシデント

小林は、青い森鉄道三沢駅ロータリーの駐車場に戻り、再びレンタカーを走らせた。三沢駅から北東に二キロほどのところに米軍基地がある。そこから東へ六キロほど行くと三沢漁港に着く。最初に栄えた漁港と、次に賑わった駅前、そして現在の中心部となっている基地周辺とがそれぞれかなり離れている。こういう街は珍しい。

さらにドライブしながら、もうひとつ、三沢がほかの地方都市とは異なっている点に気がついた。

それは、車の運転だ。例えば、同じ青森県内で、ここから近い八戸にしても、隣県岩手の盛岡にしても、小林が直進するその先で横から合流しようとする車は、ほぼ例外なく、小林が通過してから後ろに合流する。地方都市のドライバーは総じて慎重で、あまり急がない。ところが三沢のドライバーは、小林がそこに到達する前にだいたい合流してくる。ドライバーの多くが高齢者や女性なのだが、躊躇《ちゅうちょ》がない。

やがて、理由らしきものに思い当たった。ナンバープレートの左側、普通は平仮名が刻印されているところに「Y」と記されている車がやけに多い。車種やドライバーを見て、それらが米軍の人間や軍属の車だとわかった。運転の基本は「走る」「曲がる」「止まる」だ。彼らは標準的な日本人ドライバーより速めに走って、曲がって、止まろうとする。平たく言うと、乱暴なのである。日頃から彼らと同じ道で運転していると、どうしても、それに近くなるのだろう。

助手席の高橋に話すと、「それもネタにしましょう」と、かたっぱしから「Yナンバー」の車を撮りはじめた。

「おいおい、米軍の人間はプライバシーにうるさいだろうから、気をつけろよ」

「観光客のふりをするから大丈夫です。この車はパッと見でレンタカーだとわかる『わナンバー』ですしね」

高橋は笑っている。

「斗南の本社、もうすぐだぞ」

三沢公会堂と三沢市役所のある交差点を左折し、次の信号を右折する。右手に県東南部のブロック紙「デーリー東北」の三沢総局を見ながらさらに進み、信号の手前を左に入ったところが目的地だ。

〈目的地に到着しました。ルート案内を終了します〉

カーナビがそう告げた。

しかし、ここは普通の住宅地だ。近くに雑居ビルなどはなく、オフィスらしきものは見当たらない。

助手席の高橋はきょとんとしている。

「え、ここっスか」

「登記簿を取って確認したから、住所は間違いない。もともと背の高い建物が少ない街だから、グーグルマップで見たときには気づかなかったなあ」

高橋が先に車から降り、電信柱の住所表記を確かめた。

「三沢市桜町《さくらちょう》×丁目×。たぶん、この奥の家です」

路地の先の奥まった敷地に一軒家がある。

「じゃあ、表札を確かめてみるか」

小林は、馬主協会から聞いた株式会社斗南の代表番号をスマホで呼び出しながら、一軒家の玄関へと近づいた。

「だ、大丈夫っスか。その筋の用心棒が出てきたらどうするんスか」

「静かにしてくれ。家の中から電話のベルが聞こえるかどうか確かめたいんだ」

ずっと呼び出しているのだが、室内からは何も聞こえてこない。留守番電話に切り替わることもない。二十回ほどコール音を聴いてから電話を切った。

「ここじゃないんですかね」

「どこにも表札はないな。いや、ちょっと待て」

小林は、ドア脇の郵便受けの下の磨《す》りガラスに目を凝らした。

カゴにいくつか郵便物が投げ込まれており、うっすらと「株式会社斗南御中」と宛先の読める封筒があった。

地元の郵便局は住所を把握しているので、表札がなくても郵便物が届くのだろう。

小林はそこを指さした。高橋が一眼レフで撮影した。

「やっぱり、ここなんスね。誰もいないのかな」

高橋が呼び鈴を押した。

小林は押そうかどうか迷っていたので、驚いた。さっきまで怖がっていたのに、この後輩は、臆病なのか、度胸があるのか、よくわからないところがある。

しばらく待っても応答がない。

「留守か、居留守ですね」

「そうだな、とりあえず、今日のところは退散するか」

「もう少し待ってもらえます？　この家や周辺の写真を撮っておきたいんで」

高橋が、玄関脇の植え込みや、居間の窓とおぼしきサッシ窓や、灯油タンク、プロパンガスのボンベ、二階のベランダまで撮って、小鼻を膨らませた。

「絶対ここで人が暮らしています。生活の臭いがプンプンします。今はたまたま留守なのかもしれませんけど、馬主までしている会社の本社が表札も出していないなんて、おかしいっスよね」

二人は敷地を出た。

「明日、寺山修司記念館に行く前に、また来てみるか」

レンタカーをホテルに向けながら小林が言うと、高橋は黙って頷き、また「Yナンバー」の車を一眼レフにおさめた。

ホテルから歩いて数分の、大衆割烹《かっぽう》とカフェバーを足して二で割ったような店で夕食をとった。

「ん、パイカって何ですか」

乾杯のウーロン茶のグラスを手に、高橋が首をひねった。

「豚の軟骨付きバラ肉を煮込んだ料理です」

カウンターの奥で店主が答えた。

「もしかして、三沢名物なんスか」

「そうです。食べてみますか」

その言葉に小林が応じた。

「じゃあ、パイカの赤ワイン煮と、パイカピザをひとつずつ。それと、にんにく豚しそ巻きと長芋アヒージョ。あと、ごぼうチップと、いか腑《ふ》巻《ま》きも」

店主が顔をクシャクシャにした。

「お客さん、三沢は初めてじゃないね」

「ええ、この店にも二年くらい前に来たことがあります」

「そりゃどうも。ビールのお代わりは？」

「お願いします」

最初に出されたのは、いか腑巻きだった。

「まず凍った状態で食べていただいて、少し経ってから半生、次はトロトロになった状態と、味の変化を楽しんでください」

店主が言い終わる前に、高橋は凍ったそれに齧《かじ》りついた。

「初めて感じる舌触りです。うん、美味い！」

つづいてパイカの赤ワイン煮が出てきた。見た目はビーフシチューのようだが、口のなかにひろがる風味と軟骨の歯ごたえはまるで違う。

「これも初めての食感です。嚙みながら、体にいいことが実感できます。いやあ、まだまだ知らない料理ってあるんだなあ。ぼく、三沢が好きになってしまいました」

言いながら高橋が全部食べてしまったので、小林はもうひとつパイカの赤ワイン煮を注文した。

「なかなか面白い街だろう」

「はい、謎めいた会社もありますしね。で、先輩、今日は飲んだから、もう車の運転はしないですよね」

「ああ」

「じゃあ、レンタカーのキー、貸してもらえますか。もうちょっと三沢をドライブして、様子を知りたいんで」

「いいけど、気をつけろよ」

「最初からそのつもりで、飲んでないから大丈夫です」

嬉しそうに笑う高橋に、小林は面と向かって「お前の運転技術には大きな問題がある」と言ったことはない。本人は無自覚で、だからこそ、こんなことを言ってくるのだろう。

夜の十時過ぎに店を出て、ホテルに戻った。

明朝は、九時半にロビーで高橋と落ち合う。

今夜は久しぶりにゆっくり眠れそうだ。とことん熟睡したという自覚とともに目覚めたい。そんな朝を最後に迎えたのは、いつだっただろう――。

枕元でスマホが震えている。キンドルアプリで寺山修司の競馬エッセイを再読しているうちに寝てしまったようだ。

寝ぼけまなこで、相手方の電話番号を見た。

登録されていない番号だ。が、末尾の四桁が「０１１０」になっている。ということは、警察か。

小林は通話ボタンを押した。

「ああ、小林さん。今どこにいるの」

警察官特有の横柄な話し方だ。カチンと来て、目が覚めた。

「ホテルだけど、それがどうした」

「ホテル？」

相手が驚いたように声を上げ、受話器を押さえて周りの人間たちと話しているのがわかった。

警察官がつづけた。

「事故ったプリウスを運転していたのはお宅じゃないの？」

頭のなかで、警察、夜中の電話、事故、プリウス、レンタカー、高橋……という情報がつながった。

小林は飛び起きた。

「高橋は無事なんですか」

「高橋？　ともかく、来られるんなら来てください。中央通りを、スカイプラザミサワから一〇〇メートルくらい南さ行ったところで――」

このホテルのすぐ近くだ。相手が話している途中で電話を切り、現場に向かった。

午前二時を回ったところだった。早足で歩きながら高橋の携帯にかけたが、呼び出し音のあと留守電になる。

現場はすぐにわかった。薬局の前の歩道がサーチライトに照らされ、車が腹を見せてひっくり返っていた。

「高橋！」

駆け寄って運転席に手をかけようとすると、二人の警察官に両側からつかまれ、車から引き剝がされた。

小林は叫んだ。

「放せ、後輩が乗ってるんだ」

「感電すっかもしんねえから、近づいたらダメだって。ハイブリッドのバッテリーはすごい電圧なんだから」

独特の抑揚をつけた南部弁で言われ、ここが慣れないことばかりの「異境」であることを意識させられた。

「ちょっと貸してくれ」

小林は、警官が手にしていた懐中電灯を奪い取り、運転席を照らした。

ひっくり返ったプリウスの運転席のドアが半びらきになっている。

「高橋！」

もう一度呼びかけた。返事がない。

懐中電灯で車内をくまなく照らしたが、誰も乗っていない。

「あんたがこの車を借りた小林さん？」

警察官がレンタカー会社のファイルを手に訊いてきた。口調にはまったく切迫感がない。それが逆に小林の苛立ちを煽《あお》った。

「そうだよ。運転していた人間は、病院に運ばれたのか」

「はあ？　我々が来たときは誰もいねかったよ」

「そんなはずはない。高橋という男が、この車を運転していたんだ」

「ああ、もうひとりの運転者の欄に名前のある人か。ん、あんた、飲んでるな。それで事故ったから逃げたんだべ」

見当違いもはなはだしい。

「ふざけたことを言うな。おれがホテルにいたことはフロントの人間が証言してくれるし、ドライブレコーダーや、そこらの防犯カメラの映像を解析したら、誰が運転していたかわかるはずだ」

警察官は返事をせず、小林の二の腕をつかんだ。さっきまでのとぼけたような話し方とは打って変わった乱暴さで、振りほどこうとしても動けないほど力が強い。

別の警察官がアルコール検知器を持ってきた。

「ほれ、息吐いて」

思いっきり息を吹きかけてやった。

「吐いたぞ」

「あれ？　もう一回」

それから二度計測しなおしても、アルコールは基準値に満たなかった。

「出なくて当たり前だ。飲んだのは四、五時間前なんだから」

「お、飲んだって認めたな」

「コントじゃないんだから、いい加減にしてくれ。そのあとは運転してないよ」

「とにかく、署に来てもらおうか。この車を借りたのはあんたで間違いないんだべ」

言われるがまま、パトカーに乗り込んだ。

ようやく頭が冷えてきた。状況から、警察が自分を疑うのはもっともだ。それはいいとして、高橋はどこへ行ってしまったのだろう。ひどい怪我をしていたらその場から動けないはずだ。気が動転して、逃げてしまったのか。

三沢警察署は、事故現場から、歩いたとしても五分かかるかどうかの近さだ。

交通課の長椅子に座らされた。もう一度高橋の携帯を呼び出したが、相変わらず応答がない。すぐに連絡するようLINEのメッセージも残しておいた。

警察官たちがひとつの机に集まってパソコンを覗き込み、「あー」だの「わー」だのと声を上げている。ドライブレコーダーの映像を再生しているのか。

ほどなく、小林を連行した警察官が来た。

「いやあ、申し訳ない、小林さん。ドラレコの映像を見たら、違う人が映ってたわァ」

「だからそう言っただろう」

「ちょっと見てもらえますか」

そう言って頭をかく警察官は、小林と同年代のようだ。

「で、その運転者は無事なのか」

「いや、それがわかんないんだわ」

まず見せられたのは、コンビニの駐車場に停めたときの映像だった。フロントカメラとリアカメラの映像を別画面で同時に再生できるようになっており、高橋は、駐車場出入口のガードレールか何かにボディを擦ったらしい。運転席から降り、車の周りを歩きながら首を傾げている。

「ああ、何やってんだよ」

ついそう言ってしまったが、このあと、もっと派手なクラッシュを起こすのだから、どうでもいいことだ。

「これがさっき言ってた高橋さん？」

「そうだ」

小林は、自分たちの職業と、取材で三沢に来ていることを伝えた。

「なるほど。じゃ、早送りすっぞ」

早送りでも、高橋がゆっくりと、制限速度以下で運転していることがわかる。しかし、突然、リアカメラに、ヘッドライトをハイビームにした車が猛スピードで近づいてくるのが映った。警察官はそこで早送りをやめ、通常の速さで再生した。ライトが眩しすぎて、迫ってくる車のナンバーも運転者の顔も見えない。その車が高橋の車の直後につけたまま、五秒、六秒、七秒……と時間が過ぎていく。高橋は減速も加速もせず、ただ真っ直ぐ走っている。音声記録にも高橋の声は入っていない。後ろからほかの車に迫られていることに気づいていないようだ。

いや、今やっと気づいた。と思ったら、「わーっ」という高橋の声がして、急加速した。加速しながら車の左側が跳ね上がって上下が反転し、リアカメラの映像が消えた。フロントカメラは、中央通りの南西側、つまり、今高橋の車と後続車が走ってきた方向を映している。ひっくり返った勢いで、前後も逆向きになったようだ。

「うわっ、どうしよう。うわっ」と高橋の声がする。

少し経つと、カチャカチャとシートベルトを外したと思われる音や、ドアを開けるような音がして、静かになった。

警察官はそこで映像を一時停止した。

派手な事故ではあるが、高橋が無事らしきことがわかり、ほっとした。

「あいつ、運転が苦手でね。煽られたから慌てて、ブレーキとアクセルを踏み間違えたんだろう」

小林が言うと、警察官は映像の再生を終了して頷いた。

「勢いつけたまま歩道の縁石さ片輪だけ乗り上げて、ひっくり返ったんだべな」

「で、さっきあんたが言ったように、警察が現場に行ったときには、もう高橋はいなかったんだな」

警察官がまた頷いた。

「そう。時間が時間だから、野次馬もいねかった。単独事故は、その車さ乗ってた人が一一〇番してくることが多いんだけどなあ」

「あいつ、どこに行ったんだ。映像を見た感じだと、すぐに降りているから、怪我をして動けなくなったわけでもなさそうだし」

「最初に一一〇番してきたのは――」

別の警察官が書類に目を落として言い、つづけた。

「この道を通りかかった人ですね。ドラレコのタイムコードと比べると、事故の十分くらいあとです」

「ちょっと、高橋に電話してみるよ」

小林はまた高橋の携帯を呼び出した。やはり出ない。気まずくなって、どこかで頭を抱えているのだろうか。

「これは助手席にあったんだけど、高橋さんのだべか」

警察官がブルーのリュックサックを差し出した。

「ああ、間違いない。なかを見てもいいか」

誰も頷かなかったが、ファスナーを開けた。どうせ警察はもう見ているだろう。

タブレットとノート、ペンケース、ＩＣレコーダー、双眼鏡、喉スプレーなどが入っている。ノートを開くと高橋の取材メモだった。

「ずいぶん高そうな双眼鏡ですね」

現場にはいなかった若い警察官が言った。

「競馬記者にとっては商売道具だからね。ほかの取材のときも、遠くを見るときなんかに便利なんだ」

「なるほど」

「でも、変だな。高橋は、財布を忘れることはあっても、ここにある仕事道具は絶対に忘れない男だ。それに、あいつが一番大切にしていたカメラがない」

三沢に着陸する機内でも、市内を車で回っているときも、高橋はずっと一眼レフで撮影をつづけていた。

「じゃあ、カメラとスマホだけ持って、何かを追いかけているとか」

「あり得るけど、だったらおれに電話をしてくるはずだ」

これだけ経っても連絡が取れないということは、携帯を紛失したか、電話ができない状況にあるのだろうか。

「現場の状況からして、誰かに外から助け出されたんじゃないべか。車が逆さんなって、シートベルトで吊るされた状態から、独力で脱出するのは無理でねえかなあ」

「いや、あいつなら自力で脱出できる」

高橋は、車の運転こそ下手だが、高校時代に体操でインターハイに出場した運動神経の持ち主なのだ。

それを説明すると警察官たちは揃って唸り声を上げた。

さっきから何か肝心なことを忘れているような気がしていたのだが、ようやく思い当たった。

「高橋を煽ってきた車はどうしたんだ」

「うーん、ドラレコには映ってなかったなあ」

警察官のひとりがそう答え、別のひとりが加えた。

「これが明らかな煽り運転で、高橋さんが怪我をしていたら、危険運転致死傷罪の疑いありとして、近隣の防犯カメラの映像を調べることもできるべな。でも、この映像を見た限りでは、煽り運転と言い切るのは難しいんじゃないべか」

小林もそう感じた。

「自損事故ということになるわけか」

「その高橋さんっちゅうのは、今、どこさいるんだべ。先輩のあんたにも連絡してこないのは無責任でねえの」

何も言い返せなかった。

ふと、高橋がカメラで撮影した画像データをクラウドに直接保存していると話していたことを思い出した。

小林は、スマホで東都日報のクラウドにアクセスし、高橋がデータを保存しているフォルダを開けた。

最初に出てきた十数枚は、三沢市内の夜の風景だった。方向音痴の彼なりに、三沢の地理を頭に入れようとしたのだろう。撮影時間が午前一時半過ぎと表示される画像もある。事故を起こす少し前だ。ということは、カメラを首にかけてステアリングを握っていたのか。

小林は、時間を遡って撮影データをチェックした。夜の単独ドライブの前に撮った写真の多くが、米軍や軍属などが乗る「Yナンバー」の車だった。車全体を正面から撮ったものもあれば、運転席や助手席の人間をアップで撮影したものもある。

――まったく、こんな写真ばかり撮ってどうする気だよ。

画面をスクロールしてそれらの写真を何となく眺めていた小林の手が止まった。

――おい、どういうことだ。

写真のひとつをタップし、拡大した。

予期していなかったところに知った顔を見つけるというのは、実に妙な感覚だ。

あの女が写っている。トナミローザのレース後に何度か見かけ、ダービーのあとに厩舎で会った、あの背の高い女が、「Yナンバー」の車を運転しているのだ。

何度も拡大と縮小を繰り返し、前後の写真も確かめた。間違いない。あの女だ。

心拍数が少しずつ高まっていく。

彼女がトナミローザを所有する株式会社斗南の関係者なら、本社のある三沢で遭遇する可能性はあると思っていた。が、米軍関係者の車を運転しているなどとは思いもよらなかった。

――あの女は何者なんだ。

撮影時間を見ると、昨日の夕方、株式会社斗南本社に向かっていたときのようだ。小林が運転し、助手席に座った高橋がこれを撮った。運転しながら対向車のドライバーの顔を確認しているわけではないので、すれ違ったとき、小林は女に気づかなかった。

しかし、向こうは気づいていたのではないか。何しろ、対向車の助手席から、一眼レフの大きなレンズを向けられていたのだから。

小林の脳裏を、嫌な可能性がよぎった。

——高橋は、この写真のせいで狙われたのか？

だとしたら、荷物の中にカメラが見当たらないのも頷ける。相手は、画像データをこうしてクラウドに保存できることを知らず、カメラを奪って記録用のSDカードを処分すれば証拠がなくなると考えたのかもしれない。

それで事故を起こさせ、車から出てきた高橋を襲ってカメラを奪ったのか。となると、今、高橋は、どこかに監禁されているか、下手をすれば……。

「どうしたの、急に黙っちゃって」

小林と同年配の警察官の言葉で我に返った。

「い、いや……」

「あれ、取材するのは競馬だけじゃないんですね」

いつの間にか後ろに回り込んでいた若い警察官が、小林のスマホを覗き込んでいた。

「いろいろ調べてるなあ。エイミー・カーンのことも追いかけてるんですか」

「エイミー・カーン？」

「その女ですよ。三沢では、というか、三沢の米軍関係者の間では、ちょっと知られたジャズシンガーです」

「ジャズシンガーだって？」

頭が混乱してきた。と同時に、鼓動がさらに高まり、息苦しくなってきた。

「年齢も出身地も明かさない、謎の女です。でも、歌は抜群に上手いですよ。英語はネイティブスピーカー並みに綺麗な発音で、ひょっとしたら日本語はあまりしゃべれないのかもしれない。いや、失礼」

余計なことをしゃべりすぎたと思ったのか、若い警察官は苦笑して、自分の席に戻って行った。彼だけが南部弁ではない。

小林は、一度、深呼吸をした。

このタイミングで高橋の行方がわからなくなったということは、高橋がたまたまあの女――エイミー・カーンか、米軍か、あるいはその両方に関する何かデリケートなものをキャッチしてしまい、その証拠を奪うために拉致されたのか。それとも、この考え方は飛躍しすぎだろうか。

いずれにしても、高橋の安否が気になる。

自分に何かできることはないのか。捜索願を出しても、まださほど時間が経っていないので、受理されないだろう。受理されたらされたで、小林の直属の上司であるレース部長あたりが問題視して騒ぎそうだ。

どうすべきか考えていた、そのときだった。

「小林さん、高橋さんの下の名前と年齢は？」

あの女がエイミー・カーンという名であることを教えてくれた若い警察官が、無線を手に訊いてきた。

「皓太。年は、誕生日が来てなければ二十八歳だ」

それを聞いた警察官はまた無線でやり取りしたあと、小林に手を挙げた。

「所持していた運転免許証で、高橋皓太さん、二十八歳と確認された人が三沢駐在所の近くで保護され、市立病院に搬送されたそうです」

「無事なのか」

「それは確認できていません。行きますか」

そう言って部屋を出る若い警察官のあとにつづいた。

警察官がシルバーのクラウンの運転席のドアを開け、助手席を指さした。覆面パトカーのようだ。

シートベルトを締め、小林は訊いた。

「なあ、先輩たちに許可を取らなくていいのか」

「ええっと、まあ、そう見えますよね」

クラウンを走らせ、警察官が苦笑した。

「もしかして、あんたのほうが階級は上なのか」

「はい、半年前、ここに課長として着任しました。申し遅れました、保科《ほしな》といいます」

キャリアの腰掛けか。おそらく半年後には、もうここにはいないのだろう。

「それであんただけ訛《なま》ってないんだな」

「そうですかね。あちこちの方言が染みついて、東京で勤務していたときは帰国子女と間違えられたこともあります」

信号の手前に「市立三沢病院」と記された案内板が見えた。もうすぐ着く。

「高橋の容態は、まったくわからないのか」

「ええ。意識がないとしか聞いていません」

「そうか」

保科が前方を指し示した。

「着きました。救急出入口から入ります」

夜間受付の警備員に話は通っていた。

黙って階段を駆け上がる保科につづいた。保科が入ったのは、集中治療室などではなく、普通の個室だった。

高橋が頭を向こうにし、仰向けになっている。その枕元にいた中年の巡査が、かしこまって敬礼をした。

保科が目で促すと、巡査は部屋を出た。

小林は、ベッドの脇から呼びかけた。

「高橋、おい、高橋」

酸素マスクもつけていなければ、ベッドサイドモニターにコードもつながれていない。目を閉じたまま、動かない。

小林は恐る恐る、高橋の肩を揺すった。

すると、高橋がゆっくりと目を開けた。

「せ、先輩……」

「よかった、怪我はないか」

「先輩、どうして泣いてるんスか」

「バカヤロー、お前がドン臭いからだ」

下部が冷蔵庫になったロッカーの上に、一眼レフとスマートフォンが置いてある。スマホは破損してはいないが、バッテリーが切れているようだ。

一眼レフのSDカードスロットを開けてみた。やはり、空だった。これを抜き出した何者かは、高橋がSDカードとクラウドの両方に画像データが保存されるように設定していたことを知らないはずだ。ということは、首尾よく何かの証拠を奪い取ることができたと思い込んでいるだろう。

「あれ、車は？」

言いながら高橋が上体を起こし、自分の病衣の袖をつまんだ。

「ここは病院、ですよね。で、先輩と警察の人がいて、あっ、思い出した。ぼくが事故を起こして、逆さになった車から這《は》い出《だ》して……、それからどうしたんだっけ」

「覚えているのはそこまでか」

「はい。どうやってここに来たんだろう」

その問いには保科が答えた。

「ここから北東に三キロほどのところにある駐在所の近くの鳥居にもたれたまま意識を失っていたところを保護され、救急車で運ばれてきたそうです」

「そうなんですか。ん、今何時ですか」

「もうすぐ五時になる」

「ということは、ぼく、三時間くらい気を失っていたんスね」

車から這い出したときに薬品を嗅がされでもしたのか。

当直の医師が来て、昼前には血液検査の結果が出るので、それを聞いてから退院するよう言い残し、出て行った。

レンタカー会社と保険会社への連絡を含め、事故の処理が残っている。小林は、保科と一緒に三沢署に戻った。

保科がここに同行したのは、事件性があると見たからだろう。小林は、どうすべきか迷ったが、結局、エイミー・カーンに対する疑念を含め、高橋の事故に関する自分の考えをひととおり伝えた。

保科は特に驚いた様子はなく、

「なるほど。それでカメラのＳＤカードスロットを確かめていたんですね」

と微笑んだ。

その口調から、背景をある程度理解したうえで、あの女がエイミー・カーンであることを小林に知らせたような気がした。

何かのヒントなのか、それとも警告か。

この男は、ひょっとしたら警視庁公安部キャリアの河原とつながっているのではないか。だとしたら、ここで起きたすべてのことは、調教師の原や、株式会社斗南の人間たちを含めた、トナミローザの関係者にも伝わるのだろうか――。

事故処理はどうにか昼前に終わった。

レンタカー会社で別の車を借りてから、市立病院に高橋を迎えに行った。

「先輩、すみません。ぼくのせいで取材スケジュールがメチャメチャになって」

高橋が助手席でうつむいた。

「気にするな」

もう一度小声で「すみません」と頭を下げた高橋を横目で見て、考えた。あの事故は、高橋が狙われたがゆえに起きたものであることを伝えるべきか。高橋自身、理解しておいたほうが、今後、何かあったときに対処しやすくなるかもしれない。今も首から下げているカメラにSDカードが入っていないことにいずれ気づくだろうし、やはり、話しておくべきだろう。

車を北へと走らせながら、小林は、三沢署の保科に話したそのままの内容を高橋に伝えた。

意外なほど、高橋は平然としていた。そして、リュックからタブレットを出し、今回の取材資料兼備忘録として作成した共有ファイルを表示させた。

「じゃあ、この『背の高い女』を『エイミー・カーン』に書き換えておきます」

「で、エイミーの名を、デリーファーム場長のデイビッド・シンの次に移動させてくれ」

「どうしてですか」

「カーンというのは、インド人に多い名字だ。デリーファームの関係者かもしれない」

「なるほど」

とタブレットを操作した高橋の手元に「ハクチカラ」という文字が見えた。日本馬初の海外重賞制覇を果たしたハクチカラは、廣澤牧場が生産して中山大障害を制したギンザクラの従兄弟にあたる。

「そうか！」

小林はブレーキを踏み、木々の迫る路肩に車を停めた。

「ど、どうしたんスか、急に」

「お前が廣澤牧場の生産馬のリストをつくって見せてくれたとき、何か引っ掛かるものを感じてな。それがやっとわかったんだ」

「なんスか、引っ掛かりって」

「インドだ」

「は？」

「ギンザクラの近親のハクチカラは、アメリカから帰国して、まず青森で種牡馬となった。で、最終的に、インドに渡って種牡馬生活をつづけたんだ。産駒から何頭もクラシックホースが出て、この血脈は、インドで非常に価値のあるものとされた。デリーファームは、経営者もスタッフもインド人だろう。やつら、すっとぼけているだけで、何か隠してるかもしれないぞ」

これまで小林は、トナミローザ陣営におけるデリーファームの位置づけは、おまけ程度にすぎないと思っていた。が、「インド」というキーワードが一気に重みを増したことで、見方が変わった。デリーファームがトナミローザ陣営において重要なポジションにあると考えると、ずっと頭にあった疑問がクリアになる。

　インドはかつて、近代競馬発祥の地・イギリスの植民地だった。イギリスで最も人気があるのは、世界最高峰の障害レースと言われるグランドナショナルである。毎年四月に行われ、出走馬は障害を三十回も飛越しながら、七〇〇〇メートル近い長距離を走るタフなレースだ。四十頭ほどの多頭数になることが普通で、数頭しか完走しないこともある。イギリスではエプソムダービーよりも馬券が売れる。つまり、障害レースのステイタスが、日本のそれとは比較にならないほど高いのだ。

　デリーファームの関係者が、旧宗主国で高く評価される障害レースを重視しているとしても不思議ではない。

　小林はまた車を発進させた。

　しばらく道なりに進むと、林が途絶えて、急に景色がひらけた。

「あれ、ここは？」

　左手にある、円形の壁面にピエロの仮面が貼り付けられた、独特の意匠の建物を見て高橋が声を上げた。

「お前が来たがっていたところだ」

「寺山修司記念館じゃないっスか！　今回は取材をキャンセルしたものと思い込んでいました」

「朝からの予定を午後からに変更してもらったんだ」

「でも、先輩、一睡もしてないんじゃないっスか。ぼくは病院で三、四時間寝ましたけど。いやあ、嬉しいなー」

カメラに予備のSDカードを差し込んだ高橋が、飛び出すように車を降りた。

道路から入口へとつながるブリッジの手すりには人間の手のオブジェがあり、行き先を指さしている。向かって右の建物の壁には寺山が主宰した劇団「天井桟敷《てんじょうさじき》」のポスターなどのパネルがいくつも貼られており、ピエロの仮面が貼り付けられた建物と渡り廊下でつながっている。

入口の赤い扉を開け、小林は言った。

「展示を全部じっくり見たら、何日もかかる。今日は、寺山と競馬に関する展示だけを見て、またあらためて来るといい」

「はい！」

左手の受付で来意を告げると、館長が現れた。若き日々を寺山とともに過ごした詩人であり、俳優でもある。

「お久しぶりです、小林さん」

微笑む館長の立ち姿を見るだけで、あまたの若者たちの心を揺り動かした「前衛芸術家・寺山修司」の世界に引き込まれるような気がする。

この建物では期間を区切った企画展が行われている。また、正面奥の扉から広い庭に出て、寺山の短歌が刻まれた道しるべに従い、歌碑まで遊歩道を散策できる。

館長が、まず、渡り廊下の先にある建物の常設展から案内してくれた。全体が劇場を模したつくりになっており、舞台の下の奈落にあたるところに十数台の机が置かれている。その引き出しを開けて懐中電灯で照らすと、ガラス越しに展示品を見ることができる。そのひとつ、「第十一章　風の吹くまま／スポーツ版裏町人生」と題された机の引き出しに、競馬関係の生原稿や遺品、著作などが入っている。

高橋がその机の前に腰掛け、十分以上も懐中電灯を手に展示に見入っている。

「高橋、そのペースで見ていると日が暮れるぞ」

「あ、すみません」

「高橋さんも、寺山作品に触れるようになったのは、競馬関連の著作からですか」

館長に訊かれ、高橋が頷いた。

「はい、競馬記者になってから、先輩の小林に薦められて読んでみたら、嵌まってしまいました。小林はさらに先輩記者の……もう亡くなっているんですが、沢村《さわむら》に薦められ、沢村はその先輩の、今、社長をしている篠田に薦められたそうです。東都日報レース部の伝統みたいなものですね」

「どの作品が好きですか」

「エッセイもいいですけど、ぼくは詩が好きです。特に『さらば　ハイセイコー』は、何回読み返したかわからないくらい好きです」

ハイセイコーは地方競馬の大井《おおい》で六戦全勝という実績を引っさげて中央入りし、無敗のまま一九七三（昭和四十八）年の皐月賞を制した。日本ダービーこそ三着に敗れたが、力強い走りで人々を熱狂させ、国民的アイドルとなった。

そのハイセイコーの引退に寄せて寺山が詠んだ「さらば　ハイセイコー」は、次の一節から始まる（『競馬への望郷』文庫版より）。

ふりむくと
一人の少年工が立っている
彼はハイセイコーが勝つたび
うれしくて
カレーライスを三杯も食べた

それからしばらく「ふりむくと」から始まる節がつづき、失業者、車椅子の少女、酒場の女、ピアニスト、などさまざまな者たちのハイセイコーへの思いや、託した夢などがつづられる。

高橋がつづけた。

「ぼくらはこの詩を読みながら、非行少年や老人、受験生など、いろいろな人たちと一緒にハイセイコーの蹄跡を振り返ることになります。そのあと『ふりむくな／ふりむくな／うしろには夢がない』と出てきます。意表をつかれながら、その言葉が胸に刺さって、強く残る。ぼくはハイセイコーを知らない世代ですけど、この詩を読み返すたびにいろいろな名馬の引退を思い出して、グッと来てしまうんです」

寺山が競馬を覚えたのは、早大在学中、一九五六（昭和三十一年）にネフローゼで入院したときだった。競馬関連の初めての著作は一九六六（昭和四十一）年に上梓《じょうし》した『競馬場で逢《あ》おう』。翌年、劇団「天井桟敷」を結成し、その年に出した『書を捨てよ、町へ出よう』がベストセラーとなる。三十四歳だった一九七〇（昭和四十五）年秋から報知新聞で予想コラム「みどころ」「風の吹くまゝ」を連載し、スシ屋の政、トルコの桃ちゃん、バーテンの万田《まんだ》、フルさんといった個性的な登場人物による軽妙なやり取りで人気を博した。

ハイセイコーが引退した一九七四（昭和四十九）年、三十九歳になった。そんな寺山が残した、競馬に関する数々の名言のなかで、最も知られているのはこれだろう。

〈だが私は必ずしも「競馬は人生の比喩だ」とは思っていない。その逆に「人生が競馬の比喩だ」と思っているのである〉

寺山は、欠点の少ないエリートより、逃げや後方一気といった極端な競馬しかできない人馬を愛した。

一九八三（昭和五十八）年、特に贔屓《ひいき》にしていた吉永正人《よしながまさと》が、追い込み馬ミスターシービーに騎乗してクラシックに臨んだ。

クラシック三冠競走の皮切りとなる皐月賞が行われた四月十七日、寺山は皐月賞の舞台となった中山競馬場で、フジテレビの競馬中継にゲスト出演していた。

雨のなか、ミスターシービーは皐月賞を制した。騎手になって二十三年目だった吉永にとって、これが初めてのクラシック制覇であった。

その瞬間、どんな思いが寺山の胸に去来したのか。それを記した文章が残されることはなかった。

彼の肉体はすでに病魔に蝕《むしば》まれていた。寺山は、吉永とミスターシービーの三冠制覇を見届けることなく、肝硬変と腹膜炎のため敗血症を併発。皐月賞から二週間ほどしか経っていない五月四日に世を去った。四十七歳だった。

皐月賞当日の報知新聞のコラムに、寺山はこう記していた。

〈勝つのはミスターシービー（略）これといって強い馬がいないので、ここで勝つようだと、今年はミスターシービー時代ということになるかもしれない〉

これが競馬関連の文章における絶筆となった。

文学史のうえでは、寺山の死後、同年の「週刊読売《よみうり》」五月二十二日号に掲載された「墓場まで何マイル？」が絶筆とされているが、小林は、皐月賞当日の報知のコラムのほうがあとに書かれたのではないかと思っている。

館長が高橋に顔を向けて微笑んだ。

「この常設展の机、競馬のものをもうひとつ追加してくれと、前から小林さんに言われているんです」

「それ、ぼくからもお願いします。あと、今回資料を調べてひとつ気づいたことがあるんです。ハイセイコーは二〇〇〇（平成十二）年に三十歳で死んだんですけど、寺山さんと同じ、五月四日に旅立ったんです。同じ日に寺山さんとハイセイコーを偲《しの》ぶことができるって、すごいことですよね」

企画展が行われている建物に戻り、スタッフルームで、館長、学芸員、「寺山修司五月会」の副会長、そして小林による座談会を行い、高橋がメモを取った。

「寺山修司と競馬」というテーマだった。

「三上寛《みかみかん》は『三沢は寺山修司の秘密工場だ』と言っていたんですよ」

という館長の言葉が耳に残った。

座談会を終え、雑談をしていると、小林のスマホに着信があった。相手の名前を見て、一気に鼓動が高まった。

調教師の原宏行だった。

原から電話が来たのは初めてだ。

小林はスタッフルームを出て、通話ボタンを押した。

八　二刀流

「はい、小林です」

小林が電話に出ても、原は黙っていた。この「間」は、こちらを苛立たせたり、余計なことを考えさせたりして、自分が優位に立つためのものなのか。そう考えると、いかにも原らしく感じられる。

ゴソゴソという衣擦れのような音につづいて、原の声が聞こえてきた。

「高橋君が無事でよかった」

やはり、原は三沢での出来事を知っていたのだ。事故処理にあたった三沢警察署若手キャリアの保科を通じて知ったのか。それとも、高橋が撮った写真にも写っていたあの女、エイミー・カーンから聞いたのか。

「訊きたいことがいくつもあります。まず、エイミー・カーンという女性は何者なのか。彼女が三沢にいたことと、高橋が事故を起こしたことに関係があるのか。トナミローザを所有する株式会社斗南はどんな会社なのか――」

遮るように原が言った。

「そのトナミローザだがね、来週、障害試験を受けさせて、再来週、東京の障害未勝利戦に使おうと思っている。直線がダートの三〇〇〇メートルだ」

「え？」

「何をわざとらしく驚いている。君は、今宮に話を聞いたうえで、常総ステーブルに行ったんだろう。トナミローザを障害に使うことを予測していたんじゃないのか」

こちらの動きは筒抜けのようだ。

「確かに、使う可能性はあると思い、高橋ともそう話していました」

原は何も言わなかったが、笑っていることがわかった。

小林は訊いた。

「新聞各社への発表は？」

「私から言うつもりはない」

ということは、東都日報のスクープになる。まだ夕方の五時前だ。明日の朝刊に余裕で間に合う。トナミローザのダービー挑戦を予測した記事につづくヒットだ。

「でも、うちがスッパ抜くと、おたくのスポークスマンの吉川助手が他社の記者連中に吊るし上げられませんか」

「打たれ強いから彼をコメント担当にしたんだ」

「では、遠慮なく書かせてもらいます。ダービーから中二週ですね。疲れは残ってないのですか」

「残っていたら使わない。先ほどの君からの質問に対する答えは保留でいいな」

スクープ情報の提供が交換条件ということか。

「はい。このつづきは……」

と小林が話している途中で電話が切れた。

高橋が、館長と話しながらスタッフルームから出てきた。

「では、このあと小林とぼくは、こちらの遊歩道で歌碑などを見せていただき、そのまま失礼します」

早く見たくて仕方がないのだろう。高橋がそう言って館長とスタッフに頭を下げ、遊歩道へとつながる赤い扉を押して出て行った。

小林も館長らに再会を約束し、高橋につづいた。

桟橋のような鉄橋を渡り、木々の間を縫うようにつくられた「短歌の径」に出る。この道は小田内沼《おだないぬま》を見下ろす歌碑までつづいており、ところどころに立てられた道しるべにも寺山の短歌が記されている。

ふるさとの訛《なまり》なくせし友といて

モカ珈琲《コーヒー》はかくまでにがし
道しるべにカメラを向けながら高橋が言った。

「いやあ、この短歌を口ずさむと、コーヒー飲みたくなっちゃいますね」

「そうだな」

「寺山は、競馬や馬の歌は詠まなかったんスか」

「どうやら、詠んでないらしい。寺山は、ちょうど競馬に打ち込みはじめたころに、短歌と決別している。寺山のなかでは、短歌と競馬を交差させるという選択肢はなかったんじゃないかな」

「短歌と競馬は相いれないと考えたんですかね。それとも、両方を突き詰めるには膨大なエネルギーが必要だから……」

ブツブツ言いながら写真を撮っていた高橋が、別の歌碑の前に立ったとき、小林は言った。

「トナミローザが障害レースに出走するってよ」

「ふーん、え？　えーっ!?」

高橋がカメラを持ったまま振り向き、固まった。

「さっき、原のテキから電話があった」

「ホ、ホントですか。で、障害デビューはいつになるんですか」

「再来週の日曜日、東京の未勝利戦だ」

「未勝利戦？　そっか、平地であれだけ勝っているトナミローザでも、障害ではオープンじゃなく、まず未勝利戦に出なきゃならないんスね」

　平地のレースで稼いだ賞金は平地のみ、障害レースで稼いだ賞金は障害のみと分けてカウントされる。そのため、平地の重賞を勝つなど高額の賞金を稼いでいるトナミローザも、障害では、未勝利馬や一勝クラスの馬たちと同じところからスタートしなければならない。戦う相手の弱いところからスタートできるので、歓迎すべきことなのかもしれないが。

「その前に障害試験に合格しなきゃならないんだが、障害であれだけ勝っている今宮が絶賛するぐらい飛越が上手いんだから、まず不合格になることはないだろう」

「いやあ、本当に障害レースに出るとはなあ。まさかと思っていたことが、現実になるんですね」

「最大目標が中山大障害かどうか、というところまでは確認できていないがな」

「それにしても、どうして、あの原調教師が自分からこんなことを教えてくれたんでしょう。先輩がいるから、リークするなら東都に、っていうのはわかりますけど」

「まあ、実は、お前のおかげでもあって――」

小林は、今回の事故を原がすでに知っていたことを高橋に伝えた。さらに、エイミー・カーンや株式会社斗南に関する質問には答えなかった、ということも。

「原先生も、エイミー・カーンや株式会社斗南について、詳しいことは知らないんじゃないですか」

「どうだろうな」

「いずれにしても、あの事故はぼくの責任です。誰かに追突されたり、車に仕掛けをされたりしていたわけじゃなく、ぼくの操作ミスによる単独事故だと、病院にいたとき警察に言われました。自分では何をどうしたか、ぜんぜん覚えてないんスけど」

　駐車場へと歩きながら高橋が言った。

　アクセルとブレーキを踏み間違えたことも自分でわかっていないようだ。トラウマになっている恐れもあるから、なるべく事故の話はしないようにしていたのだが、この様子なら大丈夫だろう。

「原のテキが、事故ったお前を気づかう意味もあって電話をくれて、その流れで美味しいネタをもらえた。だから、本当にお前のおかげなんだ」

「ともかく、よかったです。昔はもっと、スポーツ新聞同士のスクープ合戦があったはずなのに、今は、記者クラブ制の弊害なのか、ネットのニュースが強くなってきたからなのか、抜いた抜かれたの攻防がなくて、つまんないと思ってたんスよ」

それは、小林も感じていたことだ。

『文春砲《ぶんしゅん》』を連発する『週刊文春』にしたって、記者たちが靴底をすり減らして歩き、呼び鈴を押しすぎて、指に『ピンポンだこ』ができるまで現場周辺を訪ねる『地取り《じど》』を繰り返しているわけだからな」

「それにひきかえ、他社の連中と一緒に記者席からゴソッと移動して囲み取材をして、大本営発表のプレスリリースに書かれているデータを元に記事をつくってるだけじゃ、各社それぞれ看板を掲げている意味がないっスよね。ま、かく言うぼくも、そうして記者ヅラをしてきたわけですけど」

小林は、三沢空港に着いてからデスクに電話をかけた。

デスクは「一面か終面を空けて待っている」と興奮していた。今ごろ、レース部長や他部署との調整を進めているはずだ。あのデスクも現場に出ていたころは他社の連中と同一行動を取る記者の典型だったのだが、内心、忸怩《じくじ》たるものを抱えていたのかもしれない。

原稿は機内で書き終えた。

「よし、できた。お前にもCCで送ったぞ。見出しは好きなようにつけてくれ、とデスクに伝えたよ」

高橋が頷いた。

「ぼくも、平地と障害の両方で重賞を勝った馬と、中山大障害を勝った牝馬のリストなどのデータを送っておきました」

小林と高橋は、互いに送り合った文書に目を通した。

「おれの原稿は、『5W1H』のうち、トナミローザが障害レースに出ることに関する『WHY』の部分が弱いように感じるんだが、どう思う」

少し間を置いて、高橋が答えた。

「いや、本文中に『二刀流』とあるので、そこに理由を見出す読者が大半だと思います。平地と障害の二刀流に挑戦すること自体が障害参戦の理由だろう、と」

競馬で「二刀流」といえば、芝とダートの両方で活躍する馬を指すことが多く、二〇〇〇年代から二〇年代にかけて五頭が芝とダート両方でのGI制覇を果たしている。トナミローザが狙う平地と障害の「二刀流」はどうかというと、両方の「重賞」を勝った馬は、一九八四年のグレード制導入以降だけでも十一頭いる。

しかし、平地と障害両方の「GI」を勝った馬は、日本の競馬史上、一頭も現れていない。中山大障害と中山グランドジャンプといった障害GI（J・GI）を含め障害重賞を十三連勝して「障害界の絶対王者」と呼ばれたオジュウチョウサンも、障害重賞を九連勝したあと平地のレースに出走し、条件戦を二連勝して有馬記念に臨んだが、九着に終わった。その後また平地に挑戦したが、GⅢも勝てなかった。

平地と障害の両方でGIを勝った馬が一頭もいないのはなぜか。それは、平地でGI

を勝って種牡馬、繁殖牝馬としての将来が保証されている馬や、今後平地のＧⅠを勝てそうな馬が、賞金が低く、重い斤量を背負って、危険の伴う障害飛越をこなしながら長い距離を走らされる障害レースに出る必要はない——と誰もが考え、それが常識になっているからだ。

しかし、トナミローザは、あえてそこからはみ出そうとしている。牡馬相手の日本ダービーで致命的な不利を受けながら三着に追い込んだ力からして、三歳牝馬同士の秋華賞や、古馬が相手でも牝馬同士のエリザベス女王杯なら勝つ可能性は大いにある。にもかかわらず、ハイリスク・ローリターンの障害レースに出走しようとしているのだ。

「まあ、いずれにしても、なぜトナミローザを障害に使おうとするのか、それを強く望んでいるのは誰なのか、といったことの取材は、帰京してからの宿題だな」

「はい！　ぼくは『ローザの血はいかにして蘇ったか』というテーマで、トナミローザの母ハイローゼスにつながる牝系が、青森から北海道に渡った時期などを調べます」

「じゃあ、おれは、廣澤牧場から始まる、青森県南部地方と近代競馬との関わりについてまとめておこう」

トナミローザの障害挑戦の記事を打ち上げ花火とし、そうしたバックストーリーともサイドストーリーとも言える読み物をシリーズで掲載すれば、いい企画になるはずだ。

「先輩の原稿、この締め方、カッコいいと思います。『不屈のハートを持つ女戦士が、独裁者・ダークカイザーの牙城に斬り込む』っていうやつ」

「障害に参戦するとなれば、ダークカイザーに触れないわけにはいかないからな」

　ダークカイザーは、昨年の中山大障害と今春の中山グランドジャンプをとてつもないレコードで制した五歳の牡馬である。絶対王者オジュウチョウサンと入れ替わるように頭角を現し、驚異的な走力と跳躍力で障害界の新たな王者となった。その馬名（カイザー＝Kaiserドイツ語で「皇帝」）と、ねじ伏せるような走りで他馬を完膚なきまでに打ちのめすことから、「障害界の独裁者」「障害界の冷血皇帝」などと呼ばれている。実績ではまだ先代王者のオジュウチョウサンに及ばないが、圧倒的な勝ち方と、恐ろしく速い走破時計、そして、五歳という若さゆえの伸びしろの大きさから、早くも「史上最強の障害馬」と評価する声も上がっている。

「本当は、トナミローザの障害挑戦が、もう一、二年ずれてくれると、もっとよかったんですけどね」

「確かに、ダークカイザーは、今、さらに強くなっている真っ最中だからな」

「いつの時代にも、その分野のチャンピオンはいるものですけど、よりによって冷血皇帝が相手とは……、ん、何が可笑《おか》しいんスか」

「いや、おれもお前も、トナミローザは当然ダークカイザーとやり合うもの、という前提で話しているからさ」

「あ、そっか。考えてみれば、トナミローザはまだ一回も障害を走ってないんだから、障害でもオープン馬になれるかどうかも、現時点ではわからないんですよね」

「まあ、でも、ほとんどのファンや関係者は同じように感じるんじゃないか。何であんなに強い馬とやり合わなきゃならないんだと悲観しながら、当たり前に同じ土俵に上がるものと思い込み、対決を楽しみにする」

「そうっスよね。オジュウチョウサン、ダークカイザーと、一強の時代が何年もつづいて、障害界ではそれが当たり前になっていたけど、硬直した時代を動かすべく乗り込んでくるヒーローって、案外、待望されているのかもしれませんね。いや、牝馬だからヒロインか」

「トナミローザが障害を飛越するところ、早く見てみたいな」

「はい、楽しみです！」

翌日の水曜日、朝刊各紙がトレセンの寮や調教スタンド、厩舎に配られると大騒ぎになった。東都日報の一面トップに、トナミローザの障害挑戦をスクープする記事が掲載されていたからだ。

春のGⅠシリーズが終わると、競馬関連のニュースが一面に来ることが少なくなり、トップの扱いになったとしてもそれほど話題になることはないのが普通だ。しかし、この日の東都日報は売れに売れた。ネットに転載された記事へのアクセスも凄まじく、東都日報のほかの部署の記者たちまでも嬉しそうで、会社全体が活気づいた。

ところが、いいことばかりではなかった。

翌日、木曜日の朝、美浦トレセンで取材をしていると、小林より二期上の北山《きたやま》という同じ社の記者に呼び止められた。去年、金銭がらみのトラブルを起こして野球担当から移ってきた男だ。

「おい、勝手なことされたら困るじゃねえか」

「どういう意味ですか」

「お前の記事のおかげで、他社のやつらがうちにだけコメントを分けてくれないんだよ」

一社だけ抜け駆けしたことに対する見せしめのような形で、他社の記者が東都の記者にだけ、取材対象から聞いたコメントを伝えようとしないというのだ。コメントを聞き損ねた記者に教えることを「分ける」という。

この北山にしても、わざわざ担当ではない厩舎まで来て文句を言う暇があれば、聞き損ねたぶんを自力でリカバーすればいいと思うのだが、そんな気はないようだ。

北山と一緒に調教スタンド前に戻ると、記者たちがたむろしている前で、高橋が、顔に手を当てて泣いている清水《しみず》さりなの写真を撮っていた。さりなも東都日報の競馬記者だ。顔のつくりが派手で、アニメの声優のような声で話す彼女は、よくキャスターやタレントに間違えられる。入社二年目なので、競馬記者としてのキャリアは北山と同じ、ということになるのだが、競馬に対する愛情も取材力も日本語のスキルも、さりなのほうが上を行っている。

「どうしたんだ」

小林が声をかけると、さりながスマホを操作しながら、

「これから美浦トレセン担当記者周辺、バズりまーす」

と笑顔を見せた。今のは嘘泣きだったようだ。

高橋が心配そうにさりなのスマホを覗き込む。

「大丈夫か、そんなことして」

「はい、インスタへの投稿完了。フェイスブックにも反映されます。競馬メディアの闇に光を当てました」

その後、小林と北山、高橋、そしてさりなの四人の東都勢で、取材メモを突き合わせて誰のコメントが取れていないか確かめていると、毎日スポーツの豊崎《とよさき》が輪に加わってきた。

「さりなちゃーん、勘弁してよォ」

豊崎が猫なで声で眉尻を下げた。他社の記者たちもさりなに話しかけてくるのだが、さりなは無視している。

「なあ、コバちゃん、あのお嬢様を説得してくれよ」

ほかのベテラン記者もお手上げといった表情だった。

どうやら、さりなが「東都のスクープに僻《ひが》んだ記者たちが、東都にだけコメントをシェアしてくれない」とSNSに投稿したところ、それを見たファンが、他社の記者たちへの攻撃を始め、炎上しているのだという。

その後、さりなが他社の記者からコメントを分けてもらっている写真を投稿し、騒ぎはおさまった。

SNSを日常的に利用し、情報の収集と発信を繰り返していると、集中攻撃を仕掛けたり、報復をしたりすることに抵抗がなくなるのか。みな、すぐに熱くなり、すぐに冷め、また騒ぎ立てるネタを待つようになる。

発端となった東都日報のスクープ記事は、

「トナミローザ、障害との二刀流女王へ」

という見出しで、次のような内容だった。

〈牝馬でありながらダービーに挑戦し三着と好走したトナミローザが障害レースに出走する予定であることが、関係者の証言により明らかになった。牝馬同士のオークスへの出走権を持ちながら参戦したダービーでは、直線で前をカットされる不利を受けながら猛然と追い込み、感動を呼んだ。トモを鍛えながら鞍上とのコンタクトを深めるため、かねてより障害練習をしてきたトナミローザが障害試験を一発でパスするのは確実。障害デビューは再来週日曜日、六月二十×日の東京第一レース、芝→ダート三〇〇〇メートルの未勝利戦になる。今後、トナミローザが障害でも重賞を勝てば、一九八四年のグレード制導入以降、史上十二頭目の「平地&障害二刀流重賞制覇」となる。数々のJ・GIを制してきた障害の名手・今宮勇也騎手を主戦とし、これまで芝・ダート両方のレースを使われてきたのは障害参戦を睨んでのことだろう。トナミローザなら、史上初となる「平地&障害二刀流GI制覇」も夢ではない。なお、現在同馬は、美浦トレセン近郊の常総ステーブルに放牧に出されている。ダービーで他馬と激突したことによるダメージや疲れは残っていないようだ。現在の障害界にはダークカイザーが不動の王者として君臨している。それは百も承知のうえでの挑戦だ。不屈のハートを持つ女戦士が、独裁者・ダークカイザーの牙城に斬り込む〉

結局、さりなの「演技」のおかげで他社からコメントを分けてもらうことができ、どうにか材料を揃えられた。

小林は、マイカーの運転席でコンビニのおにぎりを食べながら、この記事に対するSNSでのファンの反応をチェックした。予想どおり、否定的なものが多かった。いや、正確には、否定的な発言をする人間の声のほうが大きかった、と言うべきか。

「なんてバカなことをするんだ！」

「無謀な挑戦。トナミローザを殺す気か」

「この転身は無意味」

「三歳牝馬がダークカイザーに挑戦状って、失礼だろう」

ダービー参戦が決まったときもそうだったが、反対や否定の声はどうしても攻撃的になり、ひとつの書き込みに、同じ考えを持つ人間たちが繰り返し同意をして、反政府デモのシュプレヒコールのように過熱していく。

それに対し、賛意を示す声の多くは静かだったが、がなり立てないぶん、芯の通った強さを感じさせた。

「どんなことでも、新しい道に進むのは素晴らしいと思います」

「誰にもわからない自分の可能性を試す勇気に拍手」

「サラブレッドは経済動物ではなく、挑戦する動物なんですね」

「現状に満足しない姿勢に勇気をもらいました」

よく見ると、そうした書き込みにつけられる「いいね」の数は、反対派のそれに匹敵するほど多かった。

二つ目のおにぎりを食べ終え、原稿を社に送ってから、原に電話をかけた。

すると原は「もしもし」も言わず、

「四十分ほどで常総ステーブルに行く。そこで話そう」

と一方的に電話を切った。

小林は、「今から行く」と常総ステーブル代表の川瀬由衣にＬＩＮＥを入れ、車を走らせた。またトナミローザに会えると思うと心が弾んだ。

牧場事務所にいた由衣は、昔マンガで見た火星人のような顔になっていた。

「由衣さん、どうしたんだ」

「コバちゃんの記事に泣かされたんだよ。だって、ローザがさァ、ダービーであんなに頑張ったのに、また大きなチャレンジをするんだと思うと、それだけでグッと来ちゃって、もうダメ」

ダービーの直後もそうだったように、由衣は泣くと瞼が腫れるのだ。

「なるほど。これは泣くことなのか」

冗談めかして言ったが、彼女と同じように受けとめる人間がたくさんいることを忘れてはいけない、と思った。

「原先生と待ち合わせ？」

「うん。ローザの馬房にいると伝えてくれ」

小林は、トナミローザの馬房の前に立った。

今は寝起きなのか、機嫌が悪そうだ。耳を伏せて目を半びらきにし、下唇を突き出している。

小林は、鼻面を撫でようとした手を引っ込めた。

「お前、その顔じゃ、事務所にいる代表の姉ちゃんと同じじゃないか」

話しかけても置物のように動かない。奥の馬房に入った馬たちが、何事かと顔を突き出し、こちらを見ている。

「ダービーの次は障害だってよ。今度の未勝利戦で背負うのは五十六キロで済むんだが、今年の中山大障害に出るとしたら三歳だから五十九キロ、来年からは古馬になるから六十一キロか。きついなあ」

牡馬より二キロ軽いとはいえ、平地だけを走っていれば背負うことのない斤量だ。メディアでもネットでも、そこを取り上げ批判してくる人間が出てくるだろう。

「まあ、何か新しいことをやるときは、批判はつきものだからな」

「そのとおりだ」

声に振り向くと、原が目元に薄い笑みを浮かべて立っていた。

挨拶抜きに小林は言った。

「体を見た感じ、すぐにでも競馬ができそうですね」

「ダービーでは、正味、直線しか競馬をしてないからな。疲れが残るどころか、逆に、力を出し切れなくて、心身に溜《た》まっているものがあってね。それを吐き出したいのか、うるさくて仕方がないんだ」

「今はおとなしくしていますよ」

「たまたまだ。溜まったものはそのままなのだから、あと五分もすれば、またブヒブヒ言い出すさ」

「じゃあ、障害初戦はガス抜きのようなものですか」

「ああ。それも、早めに抜いてやらないとストレスになって、のちのち響いてくる。切開して膿《うみ》を出してやるようなものだ」

　普段マスコミに一切口をひらかない原が、こうして言葉を費やして馬の話をすることは、ある程度予測できていた。JRAから義務づけられている、GIレース優勝後の勝利調教師の共同会見では、必要最低限のことだけであるが、理路整然と、競馬の初心者にもわかる言葉を選んで話す。そもそも、馬の身体的な特徴や性格、現在の状態などを端的に言葉にして周囲に理解させる力がないと、厩舎の従業員が意識を共有して、ともに強い馬をつくっていくことができない。また、どのレースをどんなタイミングで使うかについて、その理由を馬主に伝えて納得してもらわなければならない。豊かな表現力がないと、優れた調教師になれないのである。

　これだけしゃべる原が、どうして普段マスコミの取材に応じないのか、本当の理由をいつか訊いてみたいところだが、その前に、はっきりさせたいことがある。

「先日の質問には、いつ答えてもらえるのですか」

エイミー・カーンの正体と高橋の事故との関係、そして、株式会社斗南についてだ。

「エイミーは、私のビジネスパートナーとだけ言っておこう。彼女が三沢にいたことと高橋君の事故は無関係ではないが、直接原因をつくったのは彼女ではない。そして株式会社斗南は、君もおそらく知っているように、現在は雑貨などを海外から輸入しているが、ゆくゆくは馬の輸出入も手がけようとしているらしい」

「斗南という社名と、三沢に本社があることから、明治時代の初めに旧会津藩士の廣澤安任らがつくった斗南藩と何か関係があるように思うのですが、どうでしょうか」

原なら、廣澤安任が一八七二（明治五）年に日本初の民間洋式牧場「廣澤牧場」を開牧したことや、サラブレッド種牡馬ローザを導入したこと、さらに、トナミローザにそのローザの血が流れていることを知っているはずだ。

「さあな。正直、わからないことだらけでね。ただ、去年の春あたりから、急に所有馬の血統がよくなっているので、気にはなっていたんだ」

「ちょっと待ってください。登記簿によると、そのくらいのタイミングで斗南の経営陣が入れ替わっていたはずです」

小林はスマホに保存した株式会社斗南の登記簿を表示させた。役員変更の日付は去年の三月になっている。

「トナミローザが馬名登録される前だな」

小林のスマホを見た原が言った。

「ということは、こうも考えられますね。『トナミローザ』という名前で所有するために株式会社斗南を買収した人間たちが、新たな経営陣になったかもしれない、と」

「あり得るな。社名は変わってないいんだろう？」

「はい、創設されたときのままです」

「ということは、前の経営陣も斗南藩にゆかりのある人間たちだったのかな」

「あ、そうかもしれませんね」

そこまで考えが及んでいなかった。

原が笑い、またえくぼをこしらえている。このえくぼをチャーミングだと思う人もいるのかもしれないが、どんな人間かを知っている小林にとっては、不気味だった。

「株式会社斗南がそうだと言うつもりはないが、君も知っているように、いわくつきの人物が、他人の名義で法人を買い取って馬を所有するケースは珍しくない」

法人馬主として一からＪＲＡに登録するのには厳しい審査があるし時間もかかるが、もともと馬主登録をしている会社を買収してしまえば、それで済む。

さっきまで不機嫌そうだったトナミローザが、耳をピンと立てて、通路に突き出した顔を、原のほうに寄せた。

「原先生がトナミローザを預かるようになった経緯は？」

つがいたんだ」

「一昨年の秋、馬産地を回っていたとき浦河のデリーファームに初めて寄ったら、こい

　原がトナミローザの鼻面を撫でた。

　機嫌がよくなったのか、トナミローザは目を輝かせ、首を上下させたり、胸前を厩栓《ません》棒《ぼう》にぶつけたりと、急にうるさくなった。

「こんなにいい馬が、一歳秋の時点でまだ入厩先が決まってなかったなんて、ラッキーでしたね」

「あそこはもともと育成と休養馬のケアが中心だろう。生産に力を入れるようになったのは最近のことだから、ほかの調教師にとっても盲点だったのかもしれない」

「当初から、いずれは障害を使ってほしいというリクエストがあったんですか」

「いや、入厩してからだ」

「誰からのリクエストですか」

「オーナーサイドからだ」

「なぜ障害に使いたいか、理由は聞きましたか」

　原が首を横に振った。小林は質問をつづけた。

「最大目標は中山大障害なのですか」

　原がゆっくりと頷いた。

「そうだ。オーナーサイドは、三歳のうちに勝て、と言ってきた。それを引退レースにして、繁殖に上げるそうだ」

「え？　三歳のうちって、半年後の中山大障害で引退、ということですか」

「ああ。それまでのローテーションは私に任されている」

十二月下旬の中山大障害が、トナミローザのラストランとなる。

終わりの時間が区切られた。あと半年。そこから逆算して、今すべきことを考える時間が動き出した。

小林は会社には寄らず、自宅に直帰した。

長い一日だった。朝からいろいろなことがあって、時間の感覚がおかしくなりかけている。高橋の運転するレンタカーがひっくり返ったのが、わずか三日前の月曜日の夜のこととは思えない。

原と初めて長時間話した。やはり、原は人と話すことが嫌いというわけではないようだ。何かの目的があって、メディアを遠ざけているだけだろう。背景には小林の力が及ばない領域での問題があるのか。いずれにせよ、あれほどの知見をもとにした競馬観を多くのファンに伝えることができないのは競馬界全体にとっての損失と言える。

トナミローザが十二月に行われる中山大障害に出走することは想像できていた。が、それを最後に引退することまでは読めなかった。出走条件が三歳と定められているダービーやオークスなどのクラシックに価値があるのは、一生に一度しか出られない「オンリーワンチャンス」だからだ。トナミローザにとっては、古馬より二キロ軽い斤量で出られる今年の中山大障害も「オンリーワンチャンス」となる。

その「オンリーワンチャンス」で、よりにもよって「史上最強の障害馬」と言われているダークカイザーと対峙しなければならない。「生まれた時代が悪かった」ということになるのか。いや、もしかしたら、その言葉を呟くことになるのはダークカイザー陣営かもしれない。トナミローザには、そう思わせるだけの力がある。

最大目標の中山大障害まで、原はどのようなローテーションを組むつもりなのだろう。障害だけではなく、平地のレースも使うつもりなのか。だとしたら、ターゲットは秋華賞か、エリザベス女王杯か。いや、原なら、牡馬相手の菊花賞か、古馬相手の天皇賞・秋かジャパンカップあたりを中山大障害への前哨戦《ぜんしょうせん》として使い、競馬サークル内外の反応を楽しもうとするかもしれない。

今日、原は実に多くのことを話してくれた。が、まだ肝心なことを隠しているような気がする。何かが引っ掛かるのだ。

書斎の机に頬づえをつき、やり取りを反芻しているうちに思い当たった。

「オーナーサイド」という表現だ。原は一度も「オーナー」とか「馬主」とは言わなかった。間違いなく、原は言葉を使い分けている。

それは、隠しているのではなく、逆に小林に何かを示唆しているのかもしれない。

——オーナーサイドか。

オーナーである株式会社斗南と同じ側。去年の春、経営陣が丸ごと入れ替わった斗南の側。オーナーサイドの「サイド」には、トナミローザを生産したデリーファームも含まれるのではないか。

やはり、株式会社斗南とデリーファームは一体と考えるべきなのか。

トナミローザの母ハイローゼスを所有しているのは株式会社斗南で、同社がデリーファームに預託している、という形を取っている。が、ハイローゼスは生きているかどうかもわからず、生きていたとしても二十二歳という高齢だ。ほぼ確実にトナミローザが最後の産駒となる。トナミローザの兄弟姉妹もデリーファームにはいない。いくら調べても、トナミローザにつながる牝系の馬は、トナミローザ自身しか存在しないのだ。それゆえ、デリーファームにはわざわざ足を運ばなくても、電話取材だけで充分だと思っていたのだが、空振りでもいいから、行ってみるべきなのか。

トナミローザの障害挑戦に関する「5W1H」で抜け落ちている「WHY」の答えを見つけたい。せめて、そのヒントだけでもつかみたい。

また危ない目に遭わないという保証はないので、高橋にも声をかけるべきか迷ったが、結局、LINEを送った。

「トナミローザの障害デビュー戦の翌週、浦河のデリーファームに行くぞ。先方へのアポ入れはおれがやる。出張に伴う社内手続きと航空券とレンタカー、ホテルの手配などをよろしく」
すぐに「ラジャー」と返信が来た。

トナミローザは障害試験に一発で合格した。

木曜日の出馬投票の前に合格すれば、その週のレースに出ることもできるのだが、予定どおり、翌週の日曜日の第一レースで障害デビューを果たすことになった。

合格を受けて、小林は、トナミローザのラストランが中山大障害となることについての原稿を書いた。

これも大きな反響があった。SNSには「#トナミローザ」のハッシュタグをつけた投稿があふれ、ファンばかりでなく、個人馬主や生産者、ほかの新聞社の記者などが「個人的見解」として発言するケースも目についた。他馬のローテーションについてあれこれ言うことは厩舎関係者の間ではタブーとされているので、さすがに調教師や騎手は沈黙を守っていた。やはり、と言うべきか、障害参戦を報じたときと同じように、反対する声のほうが、賛成する声よりも大きかった。

「牝馬に五十九キロを背負わせるなんて犯罪級」

「骨折したら誰が責任取るんだ」

「名馬テンポイントも六十六・五キロというハンデを背負って骨折、予後不良となった」

「ムッツリ原、ヘタレ今宮、コメントしいや」

といったように、多くは、重い斤量を背負うことに対する批判だった。明治時代から昭和初期にかけて、国の馬政計画に従って馬づくりが行われていた時代、すなわち馬が軍需資源だった時代から、障害レースは平地のレースより重い斤量で行われ、勝つとさらに酷量を背負わされる仕組みになっていた。障害レースは、速さではなく、強靭《きようじん》さを競うもの、との考え方が根底にあったのだろう。

障害に参戦すること自体や、ダークカイザーという強豪にぶつけること、三歳限りで引退することなどに対する批判は意外なほど少なかった。それは、オジュウチョウサンが障害と平地の両方で大きな注目を集めたことや、早めに現役を退いた牝馬が繁殖牝馬として成功している例が増えてきたためか。

高橋と交互に書いている、トナミローザの血統を、明治時代初期に開牧した廣澤牧場で繋養されていたローザまで遡って解説するシリーズは、東都を三十年以上愛読している読者から「いつも楽しみにしている」と丁寧な手紙が来るなど好評だった。

九　リスタート

二〇二×（令和×）年六月二十×日、日曜日。東京都府中《ふちゅう》市の東京競馬場は、梅雨の晴れ間の好天に恵まれた。

午前九時。第一レースが発走するまで一時間以上あるというのに、開門と同時に、多くのファンが先を争ってパドックへと走った。少しでもいい観戦場所を確保するための「開門ダッシュ」である。GIレースが開催されない日の競馬場で「開門ダッシュ」が見られるのは異例のことだ。

ファンのお目当ては、この日の十時十分にスタートする障害三歳以上未勝利戦に出走する、三歳牝馬のトナミローザである。これが障害デビュー戦。平地で重賞を勝ち、日本ダービーで三着と好走した馬――それも牝馬が、三歳春のこの時期に障害レースに出走するなど、「競馬の常識」からすると考えられないことだった。

一部のメディアやSNSなどでは「無謀な挑戦」などと叩かれた。

しかし、現実には、朝から大勢のファンがパドックを囲み、目を輝かせて、トナミローザが現れるのを待っている。スタンドと反対側、オッズ板のある側の柵には、トナミローザを応援する横断幕が数枚飾られている。

「諦めない魂　何度でも立ち上がる　トナミローザ」

「跳べ、新たな世界へ　トナミローザ！」

「舞え、トナミローザ　誰よりも高く、華麗に」

そうしたコピーに、勝負服の図案や、馬のイラストが添えられている。

小林は高橋とともに、パドックの関係者用のスペースに来ていた。

「どれも新しいな」

小林が、トナミローザの横断幕を指さした。「諦めない魂」の横断幕は、絶望的な位置から頭差＋首差の三着まで追い上げたダービーの走りを思い起こさせる。「跳べ」と「舞え」と書かれたものは、障害挑戦が決まってからつくったのだろう。

「こっちの気分まで新鮮になりますね」

「普段は客の少ない朝イチの障害未勝利を特別な一戦にしちゃうんだから、トナミローザはたいした馬だ」

「確かに、ぼくも、障害の未勝利のパドックをこうして下で見るのは初めてです」

東京競馬場の記者席は、ここから長い地下通路を通った先のエレベーターで上階に行ったところにある。ただでさえ行き来するのが面倒だし、混んで待ち時間が長くなると返し馬を見逃してしまう。どの競馬場でも、競馬記者がビッグレース以外のパドックをグラウンドレベルで見ることはほとんどない。

小林がほかの横断幕を眺めていたとき、競馬場全体の空気がふっと揺れた。

第一レースの出走馬がパドックに出てきた。

出走馬はフルゲートの十四頭。トナミローザ以外はみな障害レースを経験している。三歳馬も、牝馬も、トナミローザだけだ。

二枠二番のトナミローザは二番目に出てきた。牡馬が多いレースに出走する牝馬は、メンタル面でプレッシャーを受けないよう一番後ろを周回することもあるのだが、陣営は、特別なことをする必要はないと判断したのだろう。前後に年長の牡馬がいても動じる様子はない。大学生や社会人の男子選手のなかに、ひとりポツンと女子高生がいるようなものなのだが、世代や性差を超越した「アスリートとしての格」とでも言うべきものが、一頭だけ抜きん出ている。

それでも「初」であることのハンデは大きい。

「トナミローザの障害デビュー戦なのに、何だか、ぼくらまで試されるみたいでドキドキしてきました」

高橋が声を震わせた。

「ほんとだな。そういう気持ちになっているのはおれたちだけじゃないみたいだぞ」

小林がスマホで、ファンのSNSを高橋に見せた。ハッシュタグに「#挑戦」「#セカンドキャリア」というものもある。写真のアングルと、カラフルな絵文字からして、今パドックにいる若い男女が投稿したのだろう。先年のコロナ禍によって、好むと好まざるとにかかわらず、これまで通っていた学校、つづけていた仕事を離れて新たなキャリアを踏み出すことになった二十代、三十代というのは小林が思っている以上に多いのかもしれない。

トナミローザは、そんな人々の想《おも》いも背負って、新たな道へと進もうとしているのだ。大きな不利を食らって力を出し切れなかったダービーの無念を、いったん脇に置いての「リスタート」である。

騎乗命令がかかった。

騎手たちが整列して一礼し、それぞれの騎乗馬へ駆け寄って行く。

今宮勇也もトナミローザの横に立った。プレッシャーで舞い上がっている様子はなく、静かな目をしている。

「あの今宮ジョッキーがこんなに頼もしく感じられるなんて、自分でも驚いています」

高橋が一眼レフで今宮を追う。

「おれもだ。いよいよ、陣営が障害専門の今宮を起用してきたことの真価が問われるわけだな」

「真価だなんて、そんなこと言われたら、また緊張してきたじゃないっスか。これ以上ドキドキさせないでください」

「いいことじゃないか。これだけ緊張感のある障害未勝利戦を見られる幸せを、もっと味わえよ」

今宮がトナミローザに跨《またが》った。

その瞬間、トナミローザが口元にわずかに力を入れた。馬銜につながる手綱を通じて、鞍上の指示を受け止めようとしている。準備はできている。馬銜を軽く嚙みなおすことによって、それを背中の今宮に伝えたのかもしれない。

オッズ板を見ると、トナミローザは単勝二・二倍の一番人気に支持されている。

誘導馬を先頭に、出走馬が馬道へと入って行く。

「ぼくはこのまま一般席で見ます」

高橋がスタンドを指さした。小林もそのつもりで双眼鏡を持ってきていた。二人はスタンド前のスペースに出た。

東京競馬場のコースは三重になっている。一番外側に平地の芝コース、その内側に平地のダートコースがあり、障害コースは一番内側にある。最後の直線は、レースによって、芝コースを使うパターンとダートコースを使うパターンに分かれているのだが、障害コースそのものは芝である。

音楽に合わせて馬場入りした馬たちが、障害コースに入って立ち止まり、少し経ってからまた歩き出し、そして立ち止まる、ということを繰り返している。

「ん？　お馬さんたち、何してるの」

二十代前半とおぼしき女の子が、隣の恋人らしき男に訊いた。男は首を傾げている。高橋がそっと二人に近づいた。そして、男だけに見えるよう手で庇《ひさし》をつくって自分の眉に当て、男の目を見て頷いた。それで男はピンと来たようだ。

「あれは、馬に障害を見せているんだ。これからここを跳び越えるから、心の準備をしておいてくれ、って」

男はそう言ってから振り向き、高橋に頭を下げた。

今宮を乗せたトナミローザも、障害の前で立ち止まっては、外側を抜けて次の障害の前に行き、また少しの間眺めてから歩いている。

ゆるやかな風が出てきた。昨日の雨の影響で、ダートコースは稍重《ややおも》のコンディションだが、障害コースの芝は良馬場《りようばば》だ。多少水を含んでいても、風がほどよく乾かしてくれるだろう。

東京障害芝→ダート三〇〇〇メートルでは、障害コースの向正面からスタートし、そこを左回りに一周半近くして、四コーナーで外側のダートコースに移る。そこからゴールまでは五〇〇メートルほどだ。出走馬が障害コースで最初の周回を終えると、係員が出てきて、障害コースからダートコースへと誘導する仮柵を設置する。その動きも見事に統制が取れていて、見ていて気持ちがいい。

「たぶん、今ここにいる観客の八割は、障害の未勝利戦をライブで見るのは初めてだろうな」

小林が言うと、高橋が頷いた。

「何か、ドキドキする感じが、平地のレースを見るときとは違いますね」

「ああ、一周に八つ置かれている障害を、一周半で十二回も跳ばなきゃならないわけだからな」

「十二回もハラハラしなきゃならないなんて、体に悪いっスね」

出走馬がゲート裏で輪乗りを始めた。

ファンファーレが鳴った。

出走馬が一頭、また一頭とゲートへと入って行く。

〈これが障害初挑戦となるトナミローザも、今、ゲートに入りました。最後に大外枠の出走馬が入り、態勢が整いました〉

実況アナウンスが響くなか、ゲートが開いた。

トナミローザは、他馬とほぼ横並びのスタートを切った。

「囲まれると嫌だから、もっと前に行ったほうがいいんじゃないスか」

という高橋の声が聞こえたかのように、今宮が、手の動きで軽く促した。トナミローザはすぐに反応し、両側の馬より体半分ほど前に出た。そのまま、最初の障害である、高さ一・三メートルの竹柵《ちくさく》へと向かって行く。

〈トナミローザがすっと前に出て、踏み切ってジャンプしました。二番手、三番手の馬も次々と竹柵を飛越して行きます〉

今、実況をしている山上というアナウンサーは、障害レースの実況の名手として知られている。「踏み切ってー」とタメをつくってから「ジャンプしました」と言う小気味よい決まり文句で人気があるのだが、しかし、トナミローザが竹柵を飛越する瞬間の実況は、明らかにタイミングが合っていなかった。

高橋もそれを感じたようで、小林と目が合った。

「今、実況がズレてましたね」

「そうだな。ただ、おかしかったのは、山上アナのしゃべり方じゃなく、トナミローザの跳び方だ。次も見てみろ」

トナミローザが二つ目の障害である、高さ一・四メートルの生垣へと近づいて行く。平地の脚が速いからか、もう二番手を一馬身以上離している。

〈トナミローザがすっとハナに立ち、生垣を……ジャンプしました〉

山上アナウンサーは、飛越の前にいつも加える「踏み切ってー」というフレーズを今回は省略した。普通、どの馬も飛越の準備として首を高くして歩幅を合わせるような準備動作をするのだが、トナミローザだけは、平地を走るそのままの動きから、いきなりジャンプしてしまうのだ。

「おっ、さすが山上アナ。今度はタイミングを合わせてきた」

高橋が嬉しそうに言った。

「もっとすごいのはトナミローザだ。障害を飛越するたびに、後ろとの差が自然とひらいて行く」

「本当に、天性のジャンパーかもしれないっスね」

三つ目の障害を跳び、三、四コーナー中間の四つめの障害に向かうころには、二番手を三馬身ほど離していた。

最初の二つの障害を跳ぶあたりまでは、周囲にいる女性ファンが小さく悲鳴を上げていたのだが、今はみな静かにトナミローザの走りと飛越を見守っている。

〈トナミローザが後ろをどんどん引き離し、正面スタンド前の水濠《すいごう》も楽々と跳び越えて行きます。つづくグリーンウォールも……今、かろやかに跳び越えました。これは素晴らしい。まるで、走りながら、ただストライドを大きくしたら障害を越えているかのようです〉

七番目の障害である竹柵と、八番目の生垣を飛越し、一コーナーへと入って行く。二番手との差は、七、八馬身にひろがっている。

　高橋が心配そうに言った。

「さすがに、ちょっと飛ばしすぎじゃないっスか」

「あの馬、平地で逃げるレースをしたことはないよな」

「ないっスね」

「だからじゃないか」

　少し経ってから、高橋が頷いた。

「なるほど、そうか。大目標の中山大障害で『これが初めて』というものがなくなるよう、今宮さんが、いろいろな形のレースを経験させようとしてるんスね」

「これからはすべてが前哨戦のつもりなんだろう」

「そう思って見ると、鞍上の意図や覚悟が伝わってくる、ものすごい騎乗に感じられてきます」

　障害騎手としての今宮は、間違いなく、日本を代表する名手だ。

　向正面に入り、二周目の障害を跳んで行く。

　障害を越えるたびに差がひろがって行くのはなぜか。見ているうちに、簡単なことに気がついた。他馬とはジャンプ力が違うのだ。他馬が一度の跳躍で四、五メートル跳ぶとしたら、トナミローザは六、七メートル跳んでいるのではないか。しかも、空中でのスピードも、障害実況の名手がタイミングを誤るほどに速い。

最後の十二個目の障害となる生垣を飛越したときには、二番手を十五馬身ほど離す独走態勢になっていた。

トナミローザは、障害コースの四コーナーから、たった今係員が設置した仮柵に沿ってダートコースに入って行く。

〈先頭はトナミローザ。後ろを大きく引き離しております。まだ最後の障害を跳んでいない馬もいます。これは大変なレースになりました〉

一頭だけがダートコースの直線を走っている。

二十馬身ほど、距離にすると五〇メートルほどか。大きく遅れて、二番手の馬が直線に入ってきた。

ラスト四〇〇メートル標識を通過したとき、今宮が脇の下から後方との差を確認した。

今宮は手綱を持ったままだ。トナミローザは気持ちよさそうにストライドを伸ばす。

ラスト二〇〇メートルを切ったあたりで、スタンドから拍手が沸き起こった。

新型コロナウイルス感染拡大防止のため入場制限がかけられ、大声を出すことが禁じられていたとき、観衆は拍手だけで勝ち馬を迎えていた。

しかし、今は声を出しての応援が認められているのに、みな拍手をしている。

一頭だけ別の次元を走っているスターホースを迎えるのにふさわしいのは、歓声ではなく拍手だと、言葉にせずとも誰もが理解し、手を叩いているのだ。

拍手のボリュームは、トナミローザがゴールに近づくにつれて大きくなっていく。パチパチという音が、やがて豪雨が屋根を叩くような音に変わり、スタンドにいる観衆を包み込む。

トナミローザだけが、ゴールへと近づいてくる。

姿は見えても、その蹄音は拍手にかき消されて、ほとんど聞こえない。

〈……大きな拍手に包まれて、今、トナミローザがひとり旅でゴールを駆け抜けました〉

かろうじて実況が聴き取れた。

トナミローザが、障害デビュー戦を圧勝した。競馬では十馬身以上はすべて「大差」として記録されるのだが、二着馬を四秒ほど突き放す、文字どおりの大差であった。

勝ちタイムは三分十五秒〇。従来の記録を二秒以上短縮するレコードだ。

ラスト二〇〇メートルからゴールまで、ダートコースだと十三秒ほどか。その間ずっと場内に拍手が響いていた。

「十三秒間の拍手って、長いものだな」

小林はそう言って横を見た。高橋が泣きながら洟《はな》をかんでいる。

「はい、長いっス。途中で鼻水が出ちゃって、ゴールまで拍手できませんでした」

返し馬のとき高橋とやり取りをした若い男も、その彼女も泣いていた。ほかにも泣いている観客がたくさんいる。

泣くと目が腫れる、常総ステーブルの川瀬由衣が来ていたら大変だっただろうが、午前中は調教騎乗で忙しく、競馬場に臨場できないと言っていた。今ごろ、牧場で泣いているのだろうか。

小林はときどき、自分には感情の大切なピースが欠けているように思うこともあるのだが、今は本当に、彼らがどうして泣いているのか、わからなかった。

「勇気あるチャレンジが成功したことに対する嬉し涙、ってところなのか」

小林が言うと、高橋が口を尖らせた。

「そうじゃなく、ただ、期待に応えてくれたことが嬉しいというか、期待していたより、ずっと上の強さを見せてくれたことが嬉しいだけです。純粋に、強さに感動して、こうなっちゃうんです」

そう言って、鳥肌の立った腕を見せてきた。

検量室前に行くと、メインレースの直後と見紛《みまが》うほどの報道陣が集まっていた。大きなガラスの向こう側の「ホースプレビュー」にもびっしり人が並び、こちらにカメラを向けている。

小林は、いつもトナミローザのレースを見に来ている背の高い女、エイミー・カーンの姿を探したが、見つけられなかった。

「口取り撮影のあと、裏のインタビュースペースで今宮騎手の共同会見を行います」

JRA広報部の職員が報道関係者にそう伝えた。ぱっと見て競馬場での撮影に慣れていないとわかるテレビクルーやスチールのカメラマンを、広報部の別の職員がアテンドしている。

今宮を背にしたトナミローザが戻ってきた。人馬とも、ほとんど汗をかいていないし、呼吸も乱れていない。

下馬した今宮を、調教師の原宏行が迎えた。

原が左の拳を今宮に見せて首を傾げた。直線入口で、今宮が右から左に鞭を持ち替えた理由を訊いたのだろう。いつもの癖で右肩を回した今宮が苦笑しながら何やら答えると、原が頷いた。

インタビュースペースに行くと、テレビカメラだけでも七台が並んでいた。競馬好きで知られるお笑いタレントもいれば、学生時代はミス東大としてタレント活動をしていた民放テレビの女性アナウンサーの姿もあった。彼らも、代表質問をするラジオＮＩＫＫＥＩの男性アナウンサーも、頰を紅潮させている。ここにいる全員が、うっすらと興奮しているのがわかった。

間違いなく、障害未勝利戦に集まった報道陣の最多数記録だ。

「ぼくらが今見ていたレース、大変なレースだったんスね」

興奮気味に言う高橋に頷き、小林は、手帳に報道陣の数とカメラの台数をメモした。

「あれだけ派手な勝ち方だと、今日初めて競馬を見た人間にも、すごさがわかるものな」

「今宮さん、ちゃんと受け答えできるかな。『まあ』しか言わない『まあ君』に戻ってなきゃいいけど」

その今宮が、広報部の職員に連れられてきた。

代表質問が始まった。

――それでは、見事、障害レース初出走のトナミローザを勝利に導いた今宮騎手にお話をうかがいます。素晴らしいレースでしたね。

「まあ、はい」

今宮が「まあ」と言うのを聴いた数人の競馬記者が失笑した。やはり、しどろもどろの「まあ君」の姿が、一般メディアにも大きく出てしまうのか。

――今日は、どんなレースプランで臨んだのですか。

「まあ、とにかく、最初の障害をいかに気持ちよく跳ばせるかを一番に考えていました。これまでのレースとは違うことをするわけですから、その最初の飛越を、馬が楽しいと思うか、逆にストレスと感じるかで、そこからの三〇〇〇メートル弱の走りのすべてが変わってきますからね」

小林が高橋を見ると、目が合った。これまで一度でも今宮の話を聞いたことのある記者全員が驚いていることが、空気から伝わってきた。ダービーの直後も「まあ」以上のことを話していたが、あのときは感情を剝《む》き出《だ》しにしていただけだった。

――トナミローザは、最初の障害を気持ちよく跳ぶことができたのでしょうか。

「まあ、最初の障害は竹柵だから、生垣と違って、馬の脚に当たると痛いんですよ。だから、高く跳ばなきゃならないんだけど、跳んでる途中でローザが戸惑っているのが伝わってきて、笑っちゃいました」

――どういうことでしょう。

「あまりにも楽に跳び越えてしまったので、ローザは『え、これで終わりなの？』と思ったみたいです。それで、次の障害からは、あえて遠くまで跳ばせるようにしたんです。ローザが退屈しないようにね」

――順調に行けば「障害界の独裁者」と呼ばれているダークカイザーと戦うことになりますが、それに関してはいかがですか。

「まあ、どっちが強いかは、ぼくが答えるべきことじゃないでしょう。それを予想するのは、そこにいる記者さんたちの仕事です。ぼくから言えるのは、どっちが上かはわからないけど、二頭の実力は拮抗《きっこう》している、ということだけです」

何度も「まあ」とは言っていたが、毎回インタビュアーを困らせていた「まあ君」とは別人のように口は滑らかだ。

代表質問が終わり、個別の質問の時間になると、小林が手を挙げた。

「直線入口でステッキを内に持ち替えたのはなぜですか」

今宮はニヤリとして答えた。

「内側に障害が見えて、そっちに行こうとしたからさ。もっと跳びたかったみたいだけど、ダメだぞ、と左鞭を入れる準備をしたんだ」

「トナミローザは、障害レースが好きになったんですね」

「そのようだな」

今宮の口元から笑みが消えていた。現役障害最多勝騎手である彼の頭のなかでは、暮れの中山大障害から逆算したレースプランが描かれているのだろう。

その後、お笑い芸人と元ミス東大のアナウンサーが質問して、会見は終了した。

小林と高橋を除く競馬記者の間には、今宮が、饒舌な自信家に変身したことに対する驚きと戸惑いの空気が流れていた。

「今宮はああ言っていたけど、さすがにダークカイザーが相手じゃ厳しいだろう」

「まだ比較できるところまで行ってない、って」

「若い世代はゲームみたいな圧勝を求めるから、ダークカイザーに軽くひねられたら、サーッと離れて行っちゃうだろうな」

そうした声を背中で聴きながら、小林は競馬場内の厩舎地区へと向かった。ネット用のレースレビューは高橋に任せることにした。

トナミローザは担当厩務員に曳かれ、馬道を歩いてクールダウンしていた。

「おめでとう。強かったな」

小林が声をかけると、厩務員は微笑んだ。

「ダービーのあとより、こいつの機嫌がずっといいです」

「ストレスなく走り切って、ガス抜きになったのかな」

「そうだと思います」

「テキは厩舎か」

「はい、いるはずです」

厩舎の端の事務室で、原は電話中だった。いるかもしれないと思っていたエイミー・カーンはいなかった。

原が電話を終えると、小林は、前置きを抜きに訊いた。

「先日の質問を繰り返します。なぜ、オーナーサイドは、トナミローザを障害で走らせることを望んだのですか」

原が、ジャケットの内ポケットに入れたスマホを指さして答えた。

「今も話していたんだが、私も訊きたいぐらいだ。ローテーションは一任すると言っておきながら、これから中山大障害まで、全部障害を使えと言ってきたよ」

「どう答えたんですか」

「平地の大きなレースでも走らせたほうが、中山大障害を勝てる可能性が大きくなる、と伝えた。そうしたら、しぶしぶ納得していた」

やはり原はトナミローザに平地のレースを走らせるつもりらしい。

「ぼくが直接オーナーサイドに障害挑戦の理由を訊いてもいいですか」

「もちろんだ。私に君の職務を制限する権限はない」

「原先生が言う『オーナーサイド』には、デリーファームも含まれているんですよね」

原は何も答えなかった。

それは肯定を意味するのだろう。いや、もっと強い「浦河へ行ってみろ」という意味の沈黙なのかもしれない。

小林は、厩舎地区を出て、記者席へと向かいながら、デリーファームに電話をした。取材申請をしたいと告げると、前に話したことのある、場長のデイビッド・シンが電話に出た。

トナミローザの勝利を祝すと、シンが流暢《りゅうちょう》な日本語で「ありがとうございます」と答えた。取材は、明日の月曜日でも、それ以降でも構わないという。

「では、明日の午後二時ごろになるかと思いますが、うかがいます」

「はい、お待ちしております」

外国人訛りがまったくない。明らかに、二カ月前に電話で話したときより日本語が上手くなっている。いや、ひょっとしたら、二カ月前は、わざと日本語があまりできないふりをしたのかもしれない。ともかく、油断のならない男であることが、電話の声からも感じられた。


トナミローザの障害デビュー戦の翌日、小林と高橋は北海道へ飛んだ。

梅雨のない北海道は、空の青さからして本州とは違う。雲の形まで自由で、すべてにゆとりがあって、おおらかで、社則や競馬界の暗黙のルールに従って疲れていた神経が、心地よくほぐされる。

レンタカーで日高自動車道を南東に向かい、終点の日高厚賀《あつが》インターチェンジで降りて、海沿いの国道二三五号線を進んだ。

新千歳《しんちとせ》空港から浦河町《うらかわちょう》絵笛《えふえ》のデリーファームまで、直行したら二時間強だ。高速が延びて、札幌や千歳から日高が近くなった。日高に来ると必ず寄るレストラン「ベンチマーク」で昼食をとって時間を潰したのだが、それでも、約束よりずいぶん早い、午後一時三十分過ぎに着いてしまった。

道路脇に車を停め、しばらくデリーファーム全体を眺めることにした。

公式ホームページがないので、施設や人員に関する予備知識を得ることができないまま ここに来た。

一周八〇〇メートルほどの周回コースと、その奥に全長六〇〇メートルほどの坂路コースが見える。施設の規模は普通だ。が、そこを走る馬たちの様子は普通ではない。

周回コースを、五、六頭が一団になって走っている。それも互いにぶつかりそうな近さで、だ。デビュー前の育成馬を、これだけ密集した形でトレーニングしているのは驚くべきことだ。人間なら中学生くらいの若駒を規律正しく動かすには、乗り手全員の技術が相当高くなければならない。

ここからだと距離があるのでよくわからないが、おそらく、乗り手はみなインド人なのだろう。

周回コースに向かって左にあるのが育成馬の厩舎で、右の放牧地の近くにある小さな厩舎が繁殖牝馬の厩舎か。

高橋は、三沢に行ったときと同じように、助手席に座っているときも、降りて牧場を外から見ているときも、ずっと一眼レフで写真を撮りつづけている。

道を挟んだ向かい側はほかの牧場の放牧地になっており、繁殖牝馬と当歳馬が数組放牧されている。さっきまでじゃれ合っていた仔馬たちが、今はこちらをじっと見ている。

カメラを向けていた高橋がため息をついた。

「新聞記者を辞めて、牧場で働くようになった人って、いるんスかね」

「そりゃ、どこかにはいるだろう。何だよ、辞めたくなったのか」

「そうじゃないけど、学生のころから、牧場に来るたびに、こういうところで暮らしたいなあ、って思ってたんです」

「おれもだよ。さあ、ぼちぼち行くか」

車に戻り、牧場のゲートへと向かった。

頑丈そうな門柱に「Delhi Farm」と記された真鍮《しんちゆう》のプレートがはめられている。

幅の広い道が真っ直ぐ牧場事務所までつながり、円形の車寄せにメルセデス・ベンツやアウディ、BMWなどの高級車が数台停まっている。これらは経営陣か顧客の車で、奥の広い駐車場にずらりと並んでいる小型の国産車が従業員のマイカーだろう。

「ここは、どこかの牧場を居抜きで使うようになったんでしょうかね」

「そうだろう。デリーファーム自体は新しいはずだが、建物も、牧柵も、わりと年季が入っているからな」

牧場事務所のドアを開け、声をかけた。

「こんにちは、取材の約束をしていた東都日報の小林です」

すると、ガラス窓を背に座った体格のいい男が、耳にスマホを当てたまま手を上げた。

さした。

「いや、隣でパソコンを操作している男じゃないか」

そう言いながら、奥へと進んだ。

電話中の男は英語で相手と話しながら、パソコンのマウスを動かしている隣の男を指さした。

「あ、先輩の言ったとおりだ」

高橋が、男のデスクに置かれた黒地に金文字のネームプレートを指さした。

カタカナで「デイビッド・シン」と書かれている。

シンは、真剣な表情でモニターを見つめている。

小林と高橋がそのまま立っていると、シンがモニターを見て何やら呟いてから立ち上がり、二人に顔を向けた。

「ようこそ、デリーファームへ。マネージャーのシンです」

小林が思い描いていた、一般的なインド人のイメージとは異なり、日本人と言っても通用する、東洋的な顔だちだ。四十歳になるかどうかの、小林と同世代か。ポロシャツから出た腕も首も筋肉質で、シルバーのネックレスをしている。

ニコニコと、人懐っこそうな笑みを浮かべながら握手の手を差し出すが、すべての仕草が芝居がかっている。来る前から抱いていた、油断のならない相手という印象は変わらなかった。

「来る途中、外から調教の様子を見せてもらったのですが、乗り手はみなさん、上手ですね」

「当然です。彼らのなかには、フォーマー・プロフェッショナル・ジョッキー、元騎手が何人もいます。ひとりは、去年、リーディングで六位だった男です」

シンはそう言って、小林と高橋を左奥の応接室へと招き入れた。

廊下を隔てた先に従業員食堂でもあるのか、香辛料の匂いが漂ってきた。

「従業員の寮も敷地内にあるのですか」

高橋が訊くと、シンは頷いた。

「アパートメントがひと棟あります。ただ、それだけでは足りないので、敷地の外に一軒家を借りています」

さっき電話をしていた体格のいい男が、プラスチックのカップに入れたコーヒーを持ってきてくれた。彼は、小林が思い浮かべる典型的なインド人の風貌だ。

「まず、トナミローザが仔馬だったころのお話をうかがいたいと思います。どんな性格だったのか、放牧地での動きなどに素質を感じさせるものがあったのかなど――」

小林が訊くと、シンはゆっくりと話しはじめた。

トナミローザは小さいころから扱いやすく、従順な性格だったという。牧場に同世代の仔馬が少なかったので、放牧地で仲間と駆け回ったり、飛んだり跳ねたりする姿を見ることは少なかった。が、一歳だった一昨年の夏、人間を背中に乗せるようになると動きが一変した。その少しあと、ここを訪ねてきた原に見出されたのだという。

トナミローザの母ハイローゼスは、やはり、世を去っていた。ハイローゼスが産んだ牝馬は、データベースに掲載されているとおり、トナミローザだけだという。

ハイローゼスの消息が明らかになっただけでも収穫だった。

しかし、小林が本当に確かめたかったのは、こうした通り一遍のやり取りから出てくることではなく、デリーファームと株式会社斗南、エイミー・カーンとの間にどんなつながりがあるのか、ということだった。

それを引き出すには、ストレートな訊き方では難しいような気がした。

トナミローザの牝系、すなわち、明治時代の初めに三沢の廣澤牧場にいた種牡馬ローザからつながる牝系の最後の一滴と言える血が、どうしてこの牧場に残されていたのか――という話から、廣澤牧場を創設した旧会津藩士の廣澤安任や、安任らがつくった斗南藩、そこから社名を取ったと思われる株式会社斗南の話に持って行くことはできないだろうか。

そう考えて、あらためてシンの顔を見たとき、奇妙な感覚に襲われた。

――この男に会うのは初めてだろうか。

事務所に入ったときは、デスクのネームプレートが見えたわけではなかった。それなのに、二人のうち、こちらがシンだとすぐにわかった。服装は二人とも牧場のユニフォームでもある緑のポロシャツとジーンズだし、態度は、体格のいい男のほうがむしろ偉そうだった。

相手に対して既視感を抱いているのは小林だけで、シンが同じように感じている様子はない。高橋に対してはどうか。今もトナミローザの育成馬時代について話しつづけるシンは、メモを取る高橋ではなく、質問者の小林のほうをじっと見つめている。不自然なほど高橋と目を合わせようとしない。

わかった。

「失礼、取材の資料を会社から追加で送らせたいので、少し席を外させていただきます」

小林は事務所の外に出てスマホを取り出し、東都日報のクラウドのファイル共有システムにアクセスした。

スマホを持つ手が汗ばみ、鼓動が高まる。画面を見つめているうちに、首筋が汗ばんできた。

やはり、そうだった。

応接室に戻った小林は、シンに言った。

「シンさん、お会いするのは二度目ですね」

「いや、私はあまり競馬場には行かないので、これが初めてだと思います」

「前にお会いしたのは競馬場ではありません」

「では、どこで？」

小林は、スマホに写真を表示させ、シンに差し出した。

「これはあなたですよね。運転している車はアウディかな。うちの高橋が三沢で撮った写真です。ＳＤカードだけではなく、同時にクラウドにもデータが保存されるんです」

高橋がメモを取る手を止め、シンの顔と写真とを見比べている。今も首からさげているー眼レフで、三週間前、レンタカーの車内からＹナンバーの車を撮った写真のうちの一枚だ。ペンを持つ高橋の手が、小さく震えはじめた。

高橋は、エイミー・カーンではなく、このデイビッド・シンの写真を撮ってしまったため、三沢で運転中に煽られて事故を起こし、ＳＤカードを抜き取られたのか。

シンが、すっと目を細め、小林を睨みつけた。

十　リトルデリー

シンの目に、暗い光が宿っている。

「あまり友好的なやり方ではないですね、小林さん」

「その言葉、そっくりお返しします。あのタイミングであなたが三沢にいることが知られると、何か都合の悪いことでもあったのですか」

小林の質問には答えず、少し間を置いてから、シンが高橋に向き直った。

「高橋さん、あなたには申し訳ないことをしました。あんな事故を起こすつもりはなかったのです。ただ、あなたが撮った私の写真を確かめさせてほしかっただけなのです」

高橋が大きく息を吐いてから答えた。

「歩道に乗り上げたのはぼくの運転ミスだから、気にしないでください。それより、撮影したデータを見たかっただけなら、信号待ちのときにでも声をかけてくれればよかったんじゃないですか」

「そうしようと思っていました。ですが、あなたの車がクラッシュして大変なことになってしまった。普通にお願いできる状況ではなくなったので、強引なやり方をしました。ごめんなさい」

そう言って高橋に頭を下げたシンに、小林は訊いた。

「どうして高橋がコンビニに寄ったときにコンタクトしなかったのですか」

「それは……」

「防犯カメラがあったからか」

シンは黙っていた。

高橋の運転する車がどこを走っているかは、インド人特有のネットワークでキャッチしたのだろう。SNSがこれほど普及する前から、インド人ビジネスマンのネットワークは緻密なことで知られている。小林はつづけた。

「で、シンさん。あんたが写ってる写真に問題はなかったのですか。ほかにも二枚あります。高橋のカメラから抜き取ったSDカードでチェックしたんでしょう？」

「質問の意味がよくわかりません」

と、シンが肩をすくめた。

「その様子だと、本当に困るところは写ってなかったようだな」

小林は、スマホのシンの画像を拡大した。

「ブルーのアウディ。同乗者はいない。背景からすると、三沢市役所の交差点近く。この写真を撮られても問題ないってことは、マズいのは車のナンバーか。あんたが写っている三枚とも、ナンバーは写っていないものな」

シンの表情がかすかに動いた。

「私のプライバシーの問題です」

「なるほど、確かに肖像権の問題はあるかもしれない。高橋は、米軍関係者が乗る『Yナンバー』の車ばかり撮影していたんですよ。ナンバーが写っていなくても、『モデルチェンジする一世代前のブルーのアウディA4』で米軍に照会すれば、誰の車か調べられる。犯罪がらみだとしたら、画像データのタイムコードにある時刻の前後にこの道を走った車をNシステムで調べれば、すぐにわかるでしょう」

小林が言うと、シンは椅子のヘッドレストに頭を預けて天井を見上げた。少し経つと、急に目が覚めたように上体を起こし、小林を指さした。

「どうです、ひとつ、取引をしませんか。私のお願いを聞いてもらえるなら、どんな取材にもご協力します」

相変わらず、仕草も口調も芝居がかっている。

「いいでしょう。シンさんとしては、我々がつかんでいる情報を、米軍や警察、入管、あるいはJRAなどに流されては困るということですね」

半分脅しになることを承知で言った。

「そ、そういうことです」

シンの目が小さく泳いだ。これは演技ではなさそうだ。

「シンさん、我々マスコミは捜査機関ではありません。もちろん、競馬というスポーツの根幹を揺るがすような不正は糾弾します。しかし、例えば、牧場で雇用を維持するための税務申告に関する問題や、外国人従業員のビザの問題などを追及するつもりはありません。インドから日高の馬産地に働きに来ている人たちが、どんな生活をしているかは、それなりに承知しているつもりです」

現在、日高には五百人ほどのインド人がいる。かつて事実上イギリスの植民地だったこともあり、インドでも競馬は盛んなのだが、賞金の高い日本に「出稼ぎ」に来るインド人は年々増えているのだ。彼らの労働環境はけっして恵まれたものではない。

シンが緊張を解いたことがわかった。

「我々インド人が、日本の牧場で競走馬育成の騎乗スタッフとして働くと、ひと月に十八万円ほどもらえます。インドで同じ仕事をしても六万円ほどです。日高にいるインド人の乗り手のほとんどは、毎月十五万円ほどを家族に仕送りし、残りの三万円で暮らしています」

「自分たちより技量の劣る日本人が何万円も高い金で雇われているのは、面白くないでしょうね」

「いや、技量が劣るどころか、まったく馬に乗れなくても、日本人というだけで、最初からいい給料をもらうことができる。それなのに、馬乗りを覚えたら、もっと稼げるところに行くため、あっさり辞めてしまう。そんなことを繰り返していたら、日高でいいホースマンを育てることはできない」

　口調から静かな怒りが感じられる。

「それはすなわち、日高でいい馬を育てることはできない、ということにつながる」

「そのとおりです。このままでは、日本の競馬界を牛耳っている千歳グループに永久に勝つことはできません。いかに大手とはいえ、千歳ファームとノースファームという、たった二つの牧場の生産馬が日本のＧⅠレースの半分以上を勝っているという現状は、競馬先進国としては、どう考えてもおかしい。私がこのデリーファームをつくったのは、そうした歪んだ現状を変えたかったからなのです」

　経営者はインド人実業家と聞いていたが、それは傀儡《かいらい》で、実権を握っているのは、このシンなのか。

「なるほど、わかりました。せっかくなので、この牧場の施設や、調教の様子を見せてもらいながら、話のつづきをうかがってもいいですか」

「では、そうしましょう」

　シンに案内され、小林は、高橋と事務所の裏側にある周回コースの前に出た。

雛壇《ひなだん》になった馬見台に上ると、コース全体を見渡すことができる。

シンがコースに目を向けたまま言った。

「お二人ならわかると思いますが、坂路コースでは、乗り手に技術がなくても馬は真っ直ぐ走ります。しかし、こうした周回コースでは、乗り手に高い技術がないと、特に、人を乗せることを覚えたばかりの若い馬を真っ直ぐ走らせるのは難しい」

二頭ずつ三列になった六頭の馬が、小林たちの前を右から左へと駆け抜けて行く。

「今走っているのは、トレセンへの入厩を控えた二歳馬たちですね」

小林の問いかけに頷いたシンは、指笛を吹いてから、乗り手たちに声をかけた。

「ヘイ、ジューゴ、ジューゴ」

最初は何を言っているのかわからなかったが、向正面から六頭がペースアップしたので、一ハロン（二〇〇メートル）を十五秒のペースで走らせる「十五－十五」の指示を出したことがわかった。

毎日トレセンで調教を見ている小林も、競馬記者なりの体内時計を持っている。完歩を数えながら秒数を計ってみた。

「ほぼ狂いなく、十五－十五のペースですね」

「日本の競馬では、若い馬に十五－十五の走りを教え込むことがとても大切になります。だから、スタッフもみな、体でペースを覚えています」

十五－十五より遅いタイムだと「軽めの調教」となり、それより速いと「時計を出す」ということになる。つまり、十五－十五が調教の分岐点となるわけだ。日本では、昭和以前の、近代競馬の黎明期《れいめいき》から、十五－十五を基準とする調教が行われている。

六頭の育成馬が最後のコーナーを回り、直線に入った。

競馬場では一ハロンを十秒台で走る馬たちを見慣れているが、幅の狭い牧場のコースでは、十五－十五でもかなり速く感じられる。馬の手前を替えるとき、つまり、前に出す脚の左右を替えるときにフットワークを乱す馬もいるのだが、それでも、前後の距離は半馬身ほど、左右はほとんど隙間がないほど馬体を近づけて、六頭が走っている。

ダカダン、ダカダン、ダカダン、と、規則正しい蹄音が周囲に響く。蹴り上げられたダートコースの砂が、六頭の後ろで雲のように舞い上がる。

ラスト二〇〇メートルのハロン棒をすぎると、二列目の外にいた馬が前に出て、一列目の二頭の外につけた。同時に、三列目の二頭が二列目の内を走る馬の外につけ、六頭は、三頭が二列という隊列に変わった。と思ったら、ラスト一〇〇メートル付近で、一列目の外の二頭が前に出て、後続も隊列を組み換え、また二頭が三列の形に戻った。

「デビュー前の馬がこれほど密集したまま、整然とした動きをするなんて、ちょっと信じられないレベルですね」

高橋が双眼鏡を目に当てたまま言った。

「どの馬も馬ごみを怖がっていない。それに、一列目の外の馬と、その後ろの馬、すごい馬っぷりだ」

シンが驚いたように応じた。

「さすがですね。あの二頭は、ノースファームさんから預託されている馬で、セール取引価格は、前の馬が二億円、後ろが一億五千万円です」

「ちょっと待ってくれ」

小林は言った。

「ということは、ノースファームが自分のところの生産馬をここに預けて調教してもらっている、ということなのか」

「そうです」

と、シンが胸を張った。

「そんなの、聞いたことないぞ」

新千歳空港に近いノースファームは、数カ所に飛び地のようになった広大な敷地を有している。繁殖牝馬が八百頭以上入る厩舎と放牧地のある「繁殖部門」、離乳してから人を乗せはじめるまでの馬のための「イヤリング部門」、人を乗せる馴致や、デビューに向けた調教を行う「育成部門」に分かれている。育成部門には、民間では日本最大となる全長一〇〇〇メートルの屋根付き坂路コースと、屋根のない一二〇〇メートルの坂路コース、ウッドチップやダート、オールウェザーなど、さまざまな素材を用いた複数の周回コース、ウォーキングマシンやトレッドミル、プールのほか、競走馬の診療所まである。新たな土地を造成しては厩舎を建て、そこに欧米のセールで購入した高額な一歳馬や繁殖牝馬を次々と入れ、それらに一回の種付料が一千万円を超える自前の種牡馬を配合し、世界トップレベルの良血馬を生産しては競馬場へと送り出し、世界最高額の賞金を誇る国内のレースを勝ちまくり、また次への投資に回す。

そのほか、福島と滋賀に育成馬と現役の休養馬のための「外厩」と呼ばれる大規模な調教施設を持っている。ノースファーム以外の生産馬で、関係の深い馬主の馬がそれらの施設で調教され好成績をおさめる例はあるが、その逆、ノースファームがほかの牧場に自分たちの馬を預けるというのは、ここが唯一のケースだろう。

シンが、クールダウンのため常歩で歩く馬たちに鋭い視線を送りながら言った。

「繁殖牝馬の質も、配合する種牡馬も、施設も、まったくノースファームさんに敵《かな》いません。それでも、乗り手の技術だけは、こちらのほうが遥かに上です」

「ノースファームでは馬術競技で好成績をおさめた若い乗り手をたくさん採用しているけど、こちらにはプロの騎手だった乗り手がいるわけですからね」

「ノースファームさんは、乗りこなすのが難しい、癖のある馬だけをうちに預けます。ここの乗り手が悪いところを直して、誰でも乗れるように調教してから、またノースファームさんに戻しています。先方としては、対外的にはノースファームで馴致・育成したという高い付加価値を保ちながら、優れた素材を、気性難のために埋もれさせずに済むのです」

「当然、それなりの対価を得ているわけか」

「はい、口止め料込みで、通常の倍の預託料をいただいています」

そうしてノースファームから支払われるぶんは、税務申告をしていないのだろう。ノースファームとしても、正式な出費として記録に残すわけにはいかないから、互いに好都合、というわけだ。

「ということは、ノースファームから生産馬を預託されている、というネタはオフレコなのか」

「そうしてください。あなたほどの記者なら、別の方法でうちの乗り手のスキルの高さを表現できるでしょう」

「こちらのことは調査済みなんですね」

「はい。調査を担当したのは、さっき事務所にいたスタッフです。小林さんが、狙った獲物は必ず仕留める〝スナイパー〟だと聞いて、こちらにアプローチしてくることに備えていました」

「それはどうも」

「私はてっきり、資金面の不透明な流れと、イミグレーションの問題を指摘され、トナミローザのダーティーな側面を炙《あぶ》り出《だ》されるものと思い込んでいたのです。日本人は、暴露記事を好みますからね」

小林は首を横に振った。

「おれが知りたいのは、そんなことではない。トナミローザという、一頭の優れたサラブレッドの血統をめぐるストーリーです。そこには人間のエゴも当然からんでくるでしょうが、サラブレッドというのは、もともと人間のエゴでつくり出され、生かされつづけている動物です」

シンと小林、高橋の三人は、坂路コースのほうへと歩きながら話をつづけた。

「我々の乗り手の技術を生かせる調教法はないものかと考えてつくったのが、向こうの草地です」

そう言って、坂路のスタート地点から奥の林までひろがる草地を、シンが指し示した。

「あそこは放牧地ではないのですか」

高橋が双眼鏡を向けた。

「あれも馬たちのトレーニング場です」

「芝は足首が完全に埋まるほど深いですね」

「そこがポイントです。日本人は、フランスの凱旋門賞を狙いつづけていますが、いまだに悲願を果たせていない。一番勝ちたいのは、芝が深くてやわらかく、パワーのいるパリロンシャン競馬場のレースなのに、日本の競馬は、同じ二四〇〇メートルなのに十秒ほども速いタイムが出る、硬くて軽い馬場で行われている。その現状は、私たちから見ると滑稽ですらあります」

シンは、草地のほうへと歩きながら、口元に皮肉な笑みを浮かべた。

「世界最高峰のレース」と言われる凱旋門賞に初めて参戦した日本馬は、一九六九（昭和四十四）年のスピードシンボリで、十一着以下の着外に終わった。それから半世紀以上、のべ三十頭ほどの日本馬が挑んできたが、もっかのところ、二着が最高である。

ドバイや香港《ホンコン》、シンガポール、オーストラリア、アメリカなどの「第三国」のGⅠでは、日本のトップホースがヨーロッパのトップホースに勝つことは珍しくない。日本で生まれたディープインパクトの産駒がヨーロッパのクラシックを複数回勝っていることもひとつの証左となっているように、日本の競馬界は、血統面でも、馬の競走能力においても、間違いなく世界のトップレベルに到達しつつある。

それなのに、凱旋門賞には手が届かない。一九九九（平成十一）年、ほぼ半年ヨーロッパに滞在して、凱旋門賞で二着になったエルコンドルパサーのような参戦のし方がいいのか、本番の十日ほど前に現地入りしてストレスのかかる時間を短くするほうがいいのか、現地でトライアルをひと叩きしたほうがいいのか、日本でレースを使ったあと直接出走させたほうがいいのか——など、さまざまな可能性を探りながら挑戦を繰り返してきた。二〇一三年、当時五歳だったオルフェーヴルが前年につづく二着、三歳だったキズナが四着と好走したときは、「日本馬が凱旋門賞を勝つ日は近い」と、日本のみならず、フランスの関係者も発言していた。

ところが、二〇二二(令和四)年に史上最多となる四頭の日本馬が参戦し、最高でも勝ち馬から十三馬身ほど離された十一着で、以下、十四着、十八着、ブービーの十九着という厳しい結果が出ると、急速に悲観論がひろまった。スタート直前に土砂降りとなって馬場がひどく悪化し、日本の重馬場では好結果を出している馬でも脚を取られてまったく力を出せずに終わった。

「日本の競馬と凱旋門賞は、同じ競技でも別の種目だ」

「もう凱旋門賞を目標にする必要はない」

「凱旋門賞を勝ちたいなら、日本にパリロンシャンと同じくらい時計のかかる芝コースをつくらなきゃダメだ」

「凱旋門賞に連れて行くなら、ダートの強豪にすべきだ」

など、さまざまな声が上がった。

確かに、その年の凱旋門賞の勝ち時計は二分三十五秒七一と、日本ダービーより十四秒ほども遅かった。が、エルコンドルパサーが二着になった一九九九年は二分三十八秒

五、オルフェーヴルが最初に二着になった二〇一二年は二分三十七秒六八と、もっと時計がかかっている。逆に、雨の影響が少ない年は、二分二十秒台半ばほどの、日本とそう変わらない時計で決着することもある。

とはいえ、彼我の芝コースは、路盤からして別種であることは確かだ。パリロンシャン競馬場の芝コースは、大地に細かい根の洋芝がビッシリと生えていてやわらかい。直線のコース幅が六五メートルもあることからもわかるように、野原に柵を立てて競馬場にしたようなものだから、直線コースのなかでも馬場状態にバラつきがある。

それに対して、東京競馬場などの芝コースは、野芝の上に洋芝の種を蒔《ま》く「オーバーシード」を採用しており、全体に均一な状態をつねに保っている。野芝の根は太くて反発力が強い。根は深さ三〇～五〇センチの山砂層の上部に伸びており、山砂層の下は厚さ二〇センチの単粒砕石層になっている。路盤を重層にすることにより、水はけをよくしているのだ。雨が降ってもなるべく早く馬場状態が回復し、コースのどこを通っても差のない馬場状態にしようとすると、このやり方を突き詰めていくことになる。馬の脚元への負担をなるべくやわらげ、ＪＲＡが基本とする「公正競馬」の舞台に相応《ふさわ》しいフェアな馬場をつくりつづけてきたら、時計の速い馬場になってしまったのだ。

かくしてレコードタイムが続々と更新されるようになったわけだが、故障の発生率がそれに比例して高くなっているわけではない。繰り返しになるが、脚元への負担が小さく、走りやすい馬場にしたら、スピードが出るようになってしまったのだ。

　ＪＲＡの馬場づくりが、パリロンシャン競馬場の馬場のように、もっと時計のかかる方向、つまり、脚元への負担が増す方向へと舵《かじ》を切るとは考えづらい。時代を逆行することになるからだ。やろうと思えば簡単にできるだろうが、そんなことをして故障の発生率が高くなったり、内と外の差などが今より大きくなったりすると叩かれるだろうし、枠順による有利不利が大きくなりすぎると「公正」ではなくなってしまう。

　結局のところ、日仏のハード面の違いは個性の違いとしてこれからも残り、何かが激変することはないと思われる。

　凱旋門賞だけを勝ちたいなら、フランスに繁殖牝馬を持って行き、そこで生まれた馬を走らせればいいのだが、それだと日本調教馬ということにはならない。

　日本のファンや関係者が望んでいるのは、凱旋門賞だけを勝つ馬をつくることではない。日本ダービーを勝つために生産・育成・調教された馬が、まず日本でビッグレースを勝ち、そのままポンと遠征して凱旋門賞を勝ってほしいと思っているのだ。

　できないことはない、と小林は思っている。東都日報にも、単発で依頼を受ける競馬雑誌にもたびたび書いてきたのは、「凱旋門賞を日本のレースにすればいい」ということだ。まず、一頭ではなく、複数で遠征する。帯同馬がいれば馬が落ちつくというメリットもある。極端なことを言えば、二十頭出走するとしたら、その二十頭すべてが日本馬なら、絶対に日本馬が勝つ。それは無理なので、逃げ、先行、中団待機、後方一気と得意とする戦術の異なる馬を五、六頭連れて行き、そのほかのヨーロッパの馬数頭にも日本人騎手や、短期免許を取得し日本でよく乗っている騎手が乗るようにすれば、レースの流れや、馬群の動き方が日本のそれに近いものになる。

そんな勝ち方をしても意味がない、と批判されたこともある。が、とにかく大事なのは、一度勝つことだ。そうすれば、絶対に、何度でも勝てるようになる。

シンにそう話したところ、鼻で笑われるかと思いきや、立ち止まって片手で自分の顎をつまみ、「ウーン」と唸って考え込んだ。

「たぶん、小林さんと私が考えていることは同じです。日本とフランスの気候や馬場を変えることができれば一番いいのですが、できないのだから、馬が、両方の馬場で練習すればいいだけのことです。幸い、北海道は、パリロンシャン競馬場と同じ洋芝が育つのに適した気候です。競走馬としてデビューする前、できれば、一歳で育成を始めた直後から、ここの草地のような抵抗のある芝と、日本の競馬場のように滑らかな芝の両方で走らせるべきです。馬だって、つんのめったり、脚を滑らせたりしたくないので、それぞれに合った脚の動かし方、ストライドの伸ばし方を自分で工夫します」

「そして、一度それぞれの芝に適したストライドの使い分けを覚えたら、忘れない」

「はい、馬は、外敵から逃げて生き延びるために必要なことを、とても早く、しっかりと学習しますからね」

小林は、風になびいて波のようにうねる草地に目をやった。

「そのために、ここをあえて自然に近い状態にしてあるんですね」

「もちろん、石や木片などは取り除いてあります。埒《らち》も何もないので、馬は馬銜に頼って走るしかない。つまり、乗り手から手綱を通じて伝わる指示を待つことになる。馬が人間にしか頼ることのできない状態にして、そのうえで思うようにコントロールするには、乗り手に水準以上の技術がないとできません」

「これはオフレコじゃないのか」

「紙面に出してもらって構いません。ほかの牧場には、こういうところで馬を操れる乗り手がいない。真似をしたくてもできませんから。それに、脚元の負担が、ダートやウッドチップより大きくなるので、高価な馬が多いノースファームさんなどでは、導入しづらいでしょう」

「なるほど。じゃあ、次は厩舎を見せてもらえますか」

厩舎の建物自体は、ほかの牧場と何ら変わるところはないが、想像していたとおり、スタッフの馬の扱い方は、日本人とは大きく異なっていた。

まだ高校生くらいに見える若い男が、鞍も何もつけない裸馬に跨り、手綱のかわりにたてがみをつかみ、腰の動きで前に進ませ、そのまま馬房に入ってから飛び下りた。

高橋が目を丸くした。

「彼らにとっては、馬に乗ることは、何て言うか、特別なことじゃないんスね。まったく構えていない。だから、馬もリラックスしている」

「コンニチハ！」

ひとりのスタッフが小林と高橋に気づいて挨拶すると、ほかのスタッフもつづいて頭を下げた。なかには、日本人のように、キャップを取って挨拶するスタッフもいる。

洗い場から厩舎へと馬を曳くスタッフが、

「ヨーシ、ヨシ。コッチ」

と声をかける。

別の男が、噛みつこうとした馬の曳き手綱をぐっと下に引き、

「コラッ、ダメ！」

と叱りつけた。

「スタッフは、みんな日本語で馬に話しかけるようにしています。ここにいる馬のほとんどはほかの牧場の生産馬ですから、日本語を話す人間に育てられてきました。今後、トレーニングセンターの厩舎に行っても日本語を聞くことになるので、ここだけが特殊な環境にならないようにしているのです」

洗い場がすべて埋まっているところに馬を曳いてきたスタッフが、曳き手綱を持った

まま立っていると、別のスタッフがバケツを持ってきて、スポンジで馬体を洗いはじめた。洗い場につながれていなくても馬はじっとしている。

「もしよければ、従業員の住まいも見せてもらえますか」

「いいですよ。そこのアパートメントです」

事務所前の車寄せから門へとつながる道から、少し奥に引っ込んだところに二階建てのアパートのような寮がある。

「部屋のなかも見せてもらいたいんですけど、鍵は？」

「掛かっていません。好きな部屋を覗いてください」

「それで大丈夫なんスか」

高橋が訊くと、シンは笑った。

「誰ひとりとして、盗まれて困るようなものは持っていませんし、盗んだものを隠す場所もありません」

ここも前の牧場所有者が建てたものらしく、正面玄関で靴を脱いで、スリッパに履き替えて入り、建物を貫く廊下の両側に部屋が並ぶという、日本人向けのつくりだ。

シンが入ってすぐ左側の部屋のドアを開けた。

広さは六畳ほどで、古いベッドとテーブルと、ヨレヨレのボストンバッグが置いてあるだけだ。元は白かったと思われる黄ばんだ壁と、煮染めたような焦げ茶色の柱には、汗と手垢《てあか》が染みついているかのようだった。

その隣の部屋も、同じようなものが置いてあり、同じような匂いがした。

「シンさん、ずっと思っていたことを訊いてもいいですか」

壁に背を預けた高橋が言った。

「何でしょう」

「どうしてそんなに日本語が上手いんですか。外国語を話しているようには思えません」

シンは、カーテンを開けて光を入れてから答えた。

「それは、私の母が日本人だからです。家ではずっと母と日本語で話していました」

顔だちが日本人のように見えるのは、そのためか。

「では、お父さんがインドの方なんですね」

「半分イエスで、半分ノーです。ルーツはインドですが、国籍はアメリカなのです」

そう言って、困ったような目を小林に向けた。

「なるほど、シンさんが三沢で運転していたのは、お父さんの車だったのか」

少し間を置いて、シンが答えた。

「そうです。父は一度米軍を退役して、今は顧問という立場になっています」

「でも、自分の父親の車を運転している写真なら、撮られても構わなかったのではないですか。それをあそこまでして奪い取ろうとした理由が、おれにはわからない」

シンが首を小さく何度も横に振った。

「最初から、あなた方が新聞記者だとわかっていたら、あんなことはしなかった。わかったのは、ＳＤカードに残っていた写真を見てからです」

「じゃあ、おれたちを何者だと思っていたのですか」

「東京から来た興信所か、調査会社のスタッフではないかと見ていました。株式会社斗南の吸収合併のさいに関わってきた組織とつながっているのではないか、と」

シンの口から突然「株式会社斗南」という単語が出てきたので、急に目が覚めたような気分になった。

「今、斗南を吸収合併した、と言いましたよね」

「ええ。小林さんはお気づきだと思いますが、株式会社斗南は、実質的にはデリーファームと一体になっています。吸収合併したのは昨年の春です。そのとき、ペーパーカンパニーとして使える会社を集めていた反社会的勢力と争う形になり、結局、私たちが勝ったのですが、意趣返しをしてくる可能性があると用心していました。斗南の元の経営陣や株主にアプローチするにあたって、米軍の人脈を使ってずいぶん強引なこともしたので、私と米軍関係者が三沢で関わりがあったという証拠を握られるとまずいと思ったのです」

シンがそこまで話したとき、部屋の入口に人の気配がした。

この部屋に住むスタッフが、汗で汚れた服を着替えに来たのだ。自分の部屋に他人がいても、不快そうな顔ひとつせず、着替えを終えるとまたすぐに出て行った。自国のカースト制度の名残なのか、シンとの上下関係は、小林の常識では量れないほど強固であるように感じられた。

最初に案内された事務所の応接室に戻った。さっきはいなかった女性事務員が冷たいお茶と菓子を出してくれた。三人は話をつづけた。

「反社会的勢力と争ってまで、株式会社斗南を吸収合併しようとしたのはどうしてなんですか」

小林が訊くと、シンはズボンのポケットから二つ折りの財布を出して、一葉の古びた写真を取り出した。

三十歳前後とおぼしき、細身で優しそうな顔をした日本人女性が写っている。

「小林さんの質問に対する答えですが、ひとつは、株式会社斗南が、ＪＲＡの法人馬主の資格を持っていたからです。もうひとつの理由は、この写真です」

写真を見た高橋が言った。

「シンさんのお母さんですね。目元がそっくりだ」

シンが嬉しそうに微笑んだ。笑うと、確かに写真の母に目元がよく似ている。

小林は訊いた。

「お母さんが、株式会社斗南を吸収合併する理由になったというのは、どういうことでしょう」

シンが、母親の写真をそっと財布に仕舞ってから答えた。

「母の旧姓は『廣澤』なのです」

小林は、いきなり横っ面を張られたような衝撃を受けた。

隣に座る高橋も、ぽかんと口を開けている。

シンがつづけた。

「母は、私が二十歳のときに亡くなったのですが、あなた方が調べている、旧会津藩士の廣澤安任と同じ廣澤家の人間でした。私は、小さいときから、安任がいかに立派な人物で、どれほど大変な苦労をして斗南藩と廣澤牧場をつくったか、という話を聞かされてきました。廣澤牧場にいたローザというサラブレッドが素晴らしい跳躍力で人々を驚かせたというエピソードをご存知かと思いますが、あれは、廣澤家では代々語り継がれてきた話だそうです」

「なるほど。シンさんは、廣澤家の血を継ぐ人間のひとりだったのか」

そう言いながら、小林は、自分の声が少し震えているのを感じた。

「はい。母は安任の直系ではなく、分家の娘でした。三沢の街中で生まれ育ち、子供のころから、よく廣澤牧場に遊びに行っていました。桜の美しい季節や、開牧記念日などに、谷地頭の屋敷に住む安任直系の親族と過ごした時間が、少女時代の母にとって最良の時間でした。廣澤牧場の厩舎や放牧地の様子、馬の世話をしていた大人たちの動き、牧場事務所の白い壁や、広い室内の窓側に置かれた場長と獣医師のデスク、ディスプレイされた中山大障害の賞状やトロフィー、事務所脇の、馬をつなぐ枠場や馬糧《ばりょう》小屋の匂いや埃《ほこり》っぽさまで、私はもちろん一度も行ったことはありませんが、母から何度も聞かされているうちに、まるで自分自身の記憶であるかのように、鮮明に思い浮かぶようになったのです」

「お母さんの記憶は、シンさんの記憶でもあるのか」

小林の言葉にシンが頷いた。

「廣澤安任を敬う気持ちも、廣澤家の人間であるという誇りも、私は母から受け継いでいます。馬への愛情もそうです。母は、『谷地頭のお嬢様』と呼んでいた安任直系の親戚と一緒に放牧地に行き、繁殖牝馬の競走馬時代の成績を聞いて驚いたり、死んでしまった馬の話を聞いて涙を流したり、お嬢様と一緒にすり下ろしたリンゴを馬にあげて笑ったりしていたのです。週末には、お嬢様や馬を世話する従業員たちと一緒に短波ラジオで競馬中継を聴いて、廣澤牧場が生産した馬たちを応援していました。お嬢様はしばしば三沢駅までタクシーで行き、列車の議員席に座って東京まで行っていました。母にとっては、そうしたことより、お嬢様が谷地頭でいつも馬と一緒にいられることが羨ましくて仕方がなかった、と話していました。ですが、その廣澤牧場は、母が三沢の高校を卒業するころ、経営が厳しくなり、閉場してしまいました。母は、三沢の米軍基地にいた父と出会い、結ばれました。その後、父がインドに配属されて一家がデリーに移り住んだとき、私が生まれたのです。廣澤家が大切にしてきたローザの血を、三沢を拠点に育み、斗南藩にちなんだ名を付け、インドのマンパワーを用いて強くしていきたい──私がそう考える理由を、わかっていただけたでしょうか」

応接室を沈黙が支配した。

シンが、自分の首元からネックレスを引き上げて、小林と高橋に見せた。トップの部分は細長い鉄の塊のように見える。ネックレスというより、ペンダントというべきものなのかもしれない。

「母の形見です。谷地頭のお嬢様が可愛がっていた牝馬の蹄鉄を溶かしてつくったものです。お嬢様からもらった、母の宝物です」

小林は訊いた。

「ひょっとして、その牝馬はローザの？」

「はい。ローザの血を引き、それをトナミローザにつなげた馬です」

そう言ってシンがペンダントトップを撫でた。

「シンさんにとっても宝物だ」

「はい。これに触れると母のぬくもりを思い出し、トナミローザを見ると、斗南藩士の意地と誇りを感じるのです。ペンダントも、トナミローザも、私の宝物です。私は、アメリカとインド両方の国籍を持っていますが、アイデンティティーは、故郷のインドにあります。そのアイデンティティーを支えているのは、斗南藩士の誇りなのです。故郷を出て、移り住んだ先で意地を見せて踏ん張るのは、インド人も、元は会津藩士だった斗南藩士も同じなのです」

高橋が顔を上げた。

「なるほど、斗南藩士とインド人は、逆境のなかでも強くあろうとする心と、グローバルな視点を持っているところなど、共通していますね」

「インド系アメリカ人の父は、インドに配属されたとき、競走馬と繁殖牝馬を所有していました。その一頭に、日本から種牡馬として輸入されたハクチカラを配合したこともありました。母の心の拠《よ》り所《どころ》であった廣澤牧場の生産馬で最も活躍したのは、七十年ほど前に中山大障害を勝ったギンザクラです。ご承知のように、ギンザクラは、ハクチカラと同じ牝系の出身で、従兄弟同士の関係になります。つまり、私は、生まれる前から、斗南藩士の誇りを持った、インドのホースマンだったのです」

嚙みしめるように言ったシンに、小林は訊いた。

「去年の春、三沢の先人記念館で廣澤牧場生産馬の血統を調べた廣澤家の縁戚というのは、シンさんですね」

「そうです。トナミローザの牝系のほかにも廣澤牧場が生産したり、繋養したりした馬でつながれている血脈があるかどうかを調べるためです」

「成果は？」

「残念ながら、ありませんでした。馬の売買記録から取り引きのあった牧場やオーナーをリストアップし、血統登録されていない馬を含めて、どこかにゆかりの血統の馬がいないかも調べたのですが、やはり、トナミローザの牝系以外にはないようです」

「なるほど。で、株式会社斗南について教えてほしいのですが、シンさんが吸収合併する前から、あの会社は廣澤家と関係があったのですか」

「はい。創設メンバーのひとりが、母の兄、つまり、私の伯父だったと聞いています。伯父はすぐに経営から手を引き、私が吸収合併を考えたころには、廣澤家ゆかりの人間はいなくなっていました」

　高橋がメモを取っていた手を止めて言った。

「シンさんは、いろいろなものを取り戻そうとしているのですね」

　シンが頷いた。

「確かに、新たなものをつくり出すというより、再建しようという気持ちに近いのかもしれません」

シンは、ここデリーファームの施設と人材を進化させ、日高の馬産地の状況を変えて行った先に、どんな未来像を見据えているのだろうか。

トナミローザが、なぜそう命名されたのか、よくわかった。また、中山大障害を最終目標とするのも、廣澤家で語り継がれてきたというローザの跳躍力に関するエピソードと、廣澤牧場の代表的生産馬であるギンザクラが制したレースが中山大障害だったことから理解できるような気がする。

さまざまな謎や疑問が消えていったなか、ひとつだけ、わからないままなのは、あの背の高い女、エイミー・カーンの素性だ。彼女は何者で、シンや、調教師の原と、どんな関係があるのだろうか。

どう切り出そうかと考えていると、シンが、タブレットに英語のウェブサイトを表示させ、小林と高橋に見せた。

「これはインドの求人サイトです。日本の牧場で乗り手として働くことを勧めています」

「日高に、もっとインド人が多くなるんですね」

「特に、未婚の若い男女に好条件を提示して、移住を呼びかけています」

「移住、ですか」

「はい。私の目標は、日高にインド人街をつくることです。横浜に中国人街の中華街があり、ロサンゼルスにリトルトーキョーがあるように」

「浦河が『リトルデリー』になるかもしれないのか」

「そうです。若いインド人の働き手と、日高で生まれ育った日本人の若者たちをどんどん結婚させます。その子供たち、つまり、インド人と日本人との間に生まれた子が、数千人になれば、街は変貌します。食文化も変われば、ほかの土地にはないファッションや音楽の流行の発信地になるかもしれない」

「でも、そんなに上手くいきますかね」

高橋が首をひねると、シンは、タブレットに履歴書のような画面を表示させた。

彫りの深い、はっきりとした二重瞼の、女優のように美しい女のプロフィールが記されている。

「男女とも、採用する条件は、整った容姿を重要事項のひとつにしています。高橋さん、独身ですよね」

「え、まあ、そうです」

「この女性を見てどう思います」

「びっくりするくらい綺麗な人ですね」

「じゃあ、ちょっと待ってください」

と、応接室のドアを開け、受付のほうに何やら声をかけた。

少し経つと、さっきお茶を持ってきた女性と、もうひとり、はにかんだような微笑を浮かべる二十代前半とおぼしき褐色の肌の女性が応接室に入ってきた。

シンが高橋に言った。

「彼女たちも、日本人男性と結婚したがっています。もしよかったら、取材のあと、どちらかと食事を兼ねたデートでもしてみますか」

「ん、いや、それは……」

高橋は、顔を真っ赤にしてしどろもどろになった。

「シンさんのやろうとしていることの意義はわからなくもないし、面白いと思うけど、移住を恒常的に推し進めるには、それなりの手間隙《てまひま》と金がかかる。簡単にできることではないと思うけどな」

小林が言うと、シンは小さく笑った。

「実は、人材確保と費用の拠出に関する新たな方法を、小林さんの記事をヒントに考え出したのです」

「おれの記事？　インド人と日本人のマッチングについて書いた覚えはないけど、どういうことかな」

「ＧＩで上位を独占するノースファームについて、ダービーのあとに書いた記事です。

覚えていますか」

「そりゃあ、もちろん。ここまで巨大化したノースファームを超えるには、民間の力では不可能だ。あそこを上回るには、国家が動くしかない、と」

「それです。国家です。私がインド政府に働きかけたところ、大量移住によるインド人街の構築に向け、国家が動く可能性が出てきたのです」

「おいおい、冗談だろう」

そう言った小林の空になったグラスに、女性スタッフのひとりが冷たいお茶を注《つ》いだ。

エメラルドグリーンの瞳で見つめられるうちに、自分はすでに、「リトルデリー」に足を踏み入れているかのように感じられてきた。

十一　遺伝学者

小林真吾は、インド人の女性スタッフが注いだアイスティーを口に含んだ。ガラスポットを手にしたその女性が、微笑みながら身を引いた。沈丁花《じんちょうげ》のようでもあり、クチナシのようでもある甘い香りが流れてきた。それは、あの背の高い女、エイミー・カーンを思い出させる香りだった。

向き合って座るデイビッド・シンが口元に笑みを浮かべている。彼がインド系アメリカ人の父と、日本人の母との間に生まれたのだと聞き、日本的な顔だちの理由がわかった。肩書こそマネージャーだが、実質的には、ここデリーファームの全権を握っているようだ。

こうしてシンと対面したことにより、トナミローザを巡るいくつもの謎が解き明かされた。シンの母は、廣澤安任と同じ廣澤家の人間だった。斗南藩と、安任が導入した種牡馬ローザを想起させるトナミローザという馬名は、亡くなった母の思いをつなぐ意味でシンがつけたのだろう。

トナミローザの馬主である三沢市の株式会社斗南は、デリーファームと実質的に一体化している。シンが三沢にこだわるのは、かつて廣澤牧場があった地であり、そこで生まれ育った母が、米軍基地にいた父と出会った地でもあるからだ。

生まれる前から斗南藩士の誇りを持ったインドのホースマンだったと話すシンが、インドのマンパワーを利用して、母のルーツとなる牧場にいた種牡馬ローザの血を引くトナミローザを、かつて廣澤牧場に栄光をもたらしたギンザクラが制した中山大障害に出走させようと考えるのも頷ける。

シンは、浦河に「リトルデリー」とでも言うべきインド人街をつくりながら、基幹産業として、競走馬の生産と育成をさらに強化するつもりなのだろう。

小林はシンに言った。

「『馬づくりは人づくりから』と言われていますが、あなた方はすでに『人づくり』を相当高いレベルで終えている。今はひとり勝ちのノースファームも、うかうかしていられなくなるかもしれないな」

現在も堅調な預託馬の育成を軸にしながら生産馬を売却し、さらにクラブ法人をつくって一口馬主を集めるなどして所属馬をＪＲＡのレースに出走させれば、かなりの収益が見込めそうだ。シンはこう応じた。

「インドでは、一九九〇年代の経済自由化から時間が経ったこともあり、外貨獲得を出稼ぎに頼る時代は終わったという声もあります。しかし、私はそうは思わない。日本をはじめとする先進諸国の企業を我が国に誘致する動きも、外国人がインド人をマネジメントする難しさのせいか、いささか鈍くなっています。インドの商人が、『世界三大商人』として、華僑《かきょう》、ユダヤ商人と並び称されるようになったのは、カースト制度から脱しようと世界に出て行ったからです。我々は、海を越えてこそ羽ばたけるのです」

脇に立つ二人の女性スタッフが頷いている。普段から繰り返し聞かせて、強く意識づけしているのだろう。

「確かに、馬券の年間売上が三兆円ほどもある日本のサラブレッドビジネスへの参入は、さらなる外貨獲得の柱になり得るでしょうね」

小林の言葉にシンが頷いた。

「競馬には、我々が得意とするＩＴコマースとしての側面があります。その一方で、ＩＴとは対照的な、アナログの物語が必ずついて回る。ヒーロー、ヒロインのサクセスストーリー、あるいは、悲劇のストーリーが」

「そのヒロインがトナミローザというわけか」

小林が言うと、シンはゆっくりと首を横に振った。

「いや、正しくは、トナミローザの血です。トナミローザ自身は今年の中山大障害を最後に引退します。しかし、私が理想とするインド人街が日高にできるまで、早くても十年、いや、二十年はかかるでしょう。それまでに、私たちは、でき得る限りの労力と時間とお金をかけて、トナミローザの牝系をさらに繁栄させなければならない。サラブレッドの血脈というのは、花がひらいて初めて、そこにこめられたホースマンの夢と努力が、時代を遡って注目されるわけですから」

それまで黙っていた高橋が口をひらいた。

「トナミローザの牝系を発展させるのは、そんなに簡単じゃないと思いますよ。あの牝系で生き残っているのはトナミローザだけなんですから、もし、トナミローザが牝馬を生まなかったら、その時点で牝系は途絶えてしまいます。いずれにしても、トナミローザが出産可能な年数は十数年で、そのすべてで受胎するとは限らないから、牝の後継馬を得られるチャンスはそう多くない」

「それをわかっているからこそ、三歳限りで現役を引退させるのです。あなたが言うように、牡《おす》しか生まれなかったら、そのどれかを種牡馬にして、ローザの血の入った牝系を、また一からつくり直します。もちろんこのまま牝系として血をつないでいくことがベストですが、血統表のボトムラインからローザの血にたどり着くことができて、ローザを巡る血統の記憶を、私たちがいつでも掘り起こすことができるのなら、それでいいと思っています」

楽観できる状況ではないはずだが、口調と表情からは余裕すら感じられる。

それが小林には不思議だった。

「ずいぶん自信があるようですね。血統評論家など、配合のエキスパートをアドバイザーにつけているとか、何か、牝系を栄えさせる手を打ってあるんですか」

「まさか。遺伝の基本であるメンデルの法則すら理解していない、この国の血統評論家に、私が知恵を借りることなどあり得ません」

シンが憎々しげに言い、スマホを手にした。どうやらLINEのトークリストで誰かを探しているらしい。

「しかしながら、本物の遺伝学者のアドバイスは受けています。ヴェットでもあるのですが、えええっと、veterinarian、獣医師ですね。その人にも取材しますか」

「ええ、できるなら、ぜひ」

小林が答えると、シンがまたしばらくスマホを操作し、

「明日の午後一時、都内のラボに来てもらえるならいいと言っていますが、小林さんの都合は？」

と顔を上げた。

「大丈夫です」

「では、これがその方のラボの住所と電話番号です」

シンが右上がりの癖のある字で東京都大田《おおた》区の住所と電話番号を書き、その横に「ド

クター菅」と記したメモを小林に渡した。

「スガさん、ですか」

「そうです。ちょっと気難しい人なので、メンデルの法則のほか、遺伝学の基礎ぐらいは勉強してから会いに行ったほうがいいと思います」

「それはご親切に、どうも」

「小林さん、軽く考えてはいけません。あの先生を怒らせてしまい、毎週のように会っていながら、半年以上口を利いてもらえなくなった人を私は知っています」

シンがそう言って、クックックと笑った。


翌日の昼過ぎ、小林は高橋とJR京浜《けいひん》東北線の大森《おおもり》駅西口を出て、池上通《いけがみどお》りを北へ歩いた。

「ジャーマン通りの信号を突っ切って、左手にそば屋のある四つ角を左折ですね」

スマホでグーグルマップを見ながら高橋が言った。

「十分もかからずに着くと思います。この住所からして一軒家みたいですけど、遺伝学者のラボって、何があるんでしょうね」

環七通りへとつながるジャーマン通りの信号の先には、大森貝塚遺跡庭園がある。明治時代の初めにアメリカの動物学者、エドワード・シルベスター・モースが発見した縄文時代の貝塚として知られる大森貝塚のあったところだ。

「日本考古学発祥の地と言われている大森に遺伝学者のラボがあるわけか。考古学と遺伝学って、関係があるような、ないような、妙な感じだな」

「そうっスね。『考古遺伝学』というのがあると聞いたことはありますけど、サラブレッドの血統と縄文時代の貝塚って、ちょっと結びつかないっスよね」

小林は、高橋がそう言うのを聞きながら、昨日のシンとのやり取りを思い出していた。シンは、ドクター菅を怒らせて口を利いてもらえなくなった人間がいるということを、どこか意味ありげに話していた。考古学発祥の地に遺伝学者のラボがあるという芝居がかった状況も、シンによる「仕掛け」のような気がしてくるのだった。

そば屋の角を左に曲がり、小型車がすれ違うのも難しい細い道をすぐ右に行き、しばらく歩いて左に入ったところにドクター菅のラボはあった。

玄関の脇に車を二台停められるガレージがある、白い壁の一軒家だ。表札に「菅」と出ているので間違いないだろう。しかし、どう見ても普通の民家で、高度な研究が行われているラボとは思えなかった。

「少し早いけど、いいか」

小林が呼び鈴を押そうとすると、高橋が、

「いや、ちょっと待ってください」

と、リュックから一眼レフを取り出し、周辺と、ラボの外観を撮影しはじめた。

「どこかに雰囲気が似てると思っていたら、わかりました。三沢ですよ。三沢市役所の近くにある株式会社斗南の本社。あそこも一見、生活感があるようなないような、微妙な感じの一軒家でしたよね」

三沢を取材したときにも感じたのだが、こういうときの高橋は頼もしい。ガレージには赤と黒のメルセデス・ベンツが停められ、ラブホテルのようにボードでナンバーを隠しているのだが、そのボードをずらし、ナンバーまで撮影している。

「おいおい、ほどほどにしておけよ」

高橋がファインダーを覗いていた顔をこちらに向け、ニッと笑った。

シンに勉強しておくよう言われた遺伝学の基礎も、高橋が、昨夜、次のようにまとめた文書ファイルを送ってくれた。


メンデルの法則には「優性の法則」「分離の法則」「独立の法則」があります。それぞれの詳細はさておき、まず言葉だけでも覚えてください。

サラブレッドの血統研究において、メンデルの法則がわかりやすく生かされるのは、毛色とインブリード（近親交配）の効果の出方です。

その特質が優先して現れる遺伝子を「優性（顕性）」、それに隠されてしまう遺伝子を

「劣性（潜性）」と言います。子では現れなかった「劣性」の特質が、孫や曽孫、その先の世代で現れることがあります。インブリードは、それを引き出すために行われるとも言えます。なお、「劣性」というのは、劣っているという意味ではありません。

インブリードの効果は、父と母から同一の遺伝子をもらうことによって発現します。あくまでも、父と母から均等にもらうので、例えば、父の血のなかで完結しているインブリードは、その子に関して効果を考慮する必要はありません。というより、効果を考慮してはいけないのです。

さて、メンデルの法則は遺伝子を授かるうえでの大原則なのですが、例外もあります。そのひとつがミトコンドリアの遺伝子です。これは母親からのみ授かるものです。血統表に、母の母、その母……と記していくとき一番下に連なる「ボトムライン」を「母系」「牝系」と呼んで「一族」として評価するサラブレッドにおいては、これが非常に重要になります。

簡単に言うと、同じ母系の馬は、同じミトコンドリアの遺伝子を持っているはずなのです。なぜ「はず」と記したかというと、そうではない馬もいるからです。現代科学で遺伝子を解析するのは容易なのですが、それを断る牧場関係者が多いのが実情です。というのは、昔は、血統表に載っているのとは別の馬が配合された例が珍しくなかったから、と推察されます。現在の五代血統表に載っているくらいの新しい馬では「すり替え」は行われていないと思われますが、それも断言することはできません。

生物学を専攻した友人に確認したところ、取材者として理解しておくのはこのくらいで充分で、あとは、聞いたことがある言葉が出てきても知らないふりをして、相手に気持ちよくしゃべらせたほうがいいとのことでした（笑）。

なお、ドクター菅の論文をいくつか有料講読してみたのですが、難解なものばかりで、ぼくの頭では理解不能でした。ひとつ確かなのは、遺伝学者のなかでも本流ではなく、相当な異端児であるらしい、ということです。

では、明日、ＪＲ大森駅の中央改札でお会いしましょう。


「じゃあ、取材開始といくか」

小林の言葉に高橋が頷き、呼び鈴を押した。

何も応答はなかったが、高橋が鉄製の門扉をあけて敷地に入り、ドアノブに手をかけた。

「鍵はかかってないっスね」

と、ドアを引いた。

「こんにちはー。東都日報から取材に来た小林と高橋でーす。失礼しまーす」

そう言って先に入り、小林を手招きする。

「お前、今日はやけに積極的だな。大丈夫なのか」

と言った小林は、奥のドアを開けて玄関ホールに出てきた男を見て言葉を失った。

「よく来たな。上がってくれ」

そう言って、小林たちを迎えた男——トナミローザを管理する調教師の原宏行が、スリッパを差し出した。

「ど、どうしてここに？」

小林がうろたえているのがよほど嬉しいのか、原はまた両頬にえくぼをこしらえて笑っている。

「いたら悪いのか。私は君たちと違って、ここには何回も来ているんだ。おや、高橋君はあまり驚いていないようだね」

「はい、昨日、データベースでドクター菅のことを調べたとき、原先生とつながりがあるのではないかと思いました。で、ここにあるベンツの一台は土浦《つちうら》ナンバーだったので、原先生がいることを確信しました」

「昨日のうちにテキとのつながりが読めたって、どういうことだよ」

小林が訊くと、高橋はリビングを指し示した。

「なかに入ればわかると思います。さあ、先輩からどうぞ」

背中を押されてリビングに入った小林は、奥のソファに座って長い脚を組んだ白衣姿の女を見て、動けなくなった。

「お待ちしていました、小林さん」

歌うような声で、エイミー・カーンが言った。

「何だ、これは。どういうことなんだ」

小林が呟くと、高橋が含みのある笑みを浮かべた。

「いやあ、業界切っての切れ者として知られる先輩が、こんなに動揺しているのを見るのは初めてです」

小林は深呼吸をして、頭を整理した。

「つまり、ミズ・エイミー・カーン。貴女《あなた》がドクター菅、ということなのか」

それに答えたのは高橋だった。

「そうです。獣医師であり、遺伝学者でもあるこの方の本名は菅絵美《えみ》さん。絵美をエイミー、菅をカーンと読ませて音楽活動をしているんですね」

エイミーが頷き、

「ええ。ただ、今は獣医師として診療はしていない。遺伝学者としての収入だけでは食べていけないから、ジャズを歌っているの」

と微笑んだ。

小林は高橋を睨みつけた。

「どうしてもっと早く教えてくれなかったんだ」

「いや、先輩の驚く顔が見たかったので」

と笑った高橋のあとを原が継いだ。

「デリーファームのデイビッドも楽しそうだったなあ。『あのクールなスナイパーが口をあけて呆然《ぼうぜん》とする写真を送ってほしい』って言ってたよ」

今になって、シンが妙な笑い方をしていたことの意味がわかった。

「そうか。ドクター菅を怒らせて、口を利いてもらえなくなった人っていうのは、原先生のことか」

小林の言葉に原が頷いた。

「正解だ」

「でも、トナミローザを今年の中山大障害に出走させることにゴーサインを出してくれたから、和解したわ」

三沢警察署の保科という警察官は、エイミーは日本語をあまり話せないのではないかと言っていた。確かに、英語圏の人間が話す日本語のような、独特のイントネーションがあり、舌足らずなしゃべり方ではある。

「ということは、トナミローザを障害に出走させるよう進言したのは、菅さんなのか」

「その呼び方はやめて。エイミーでいい。それに、いつまでも立っていないで、そこに座って」

エイミーが自分の向かいのソファに顎をしゃくった。

「ありがとう、エイミー。ぼくはてっきり、廣澤牧場の代表的な生産馬のギンザクラにつづくという意味で、デイビッドが障害レースにこだわっているものだと思い込んでいたんだけど、違ったのかな」

「ううん、違ってはいない。デイビッドはこの母系の馬で中山大障害を勝ちたいと前から言っていた。けれども、トナミローザではなく、その仔か孫で勝てばいいと思っていたの。でも、私には時間がなかった」

エイミーが言うと、原が頷いた。

「エイミーは、すぐに答えを出して、インセンティブを受け取る必要があったんだ」

「インセンティブ？」

「そう、トナミローザの母ハイローゼスにどの種牡馬を配合するかアドバイスを求められ、彼女は、クロフネをつけるべきだと言った。そうして生まれた仔馬が牝だったらプラスいくら、賞金を稼いだら、平地ならその一パーセント、障害なら二パーセントを受け取れるという、インセンティブ契約をデイビッドと交わしたのさ」

原が言うと、エイミーはタブレットにトナミローザの五代血統表を表示させた。

「クロフネは優秀な牝馬を出す傾向があるから、高齢で、出産のチャンスがそう多くなかったハイローゼスにはベストだと思ったの。あまり大きな声では言えないけど、獣医学的見地から、牝馬が生まれやすくなる手段も講じたわ。ダートと芝の両方を走る日本の障害レースでは、どちらのサーフェスでも結果を出しているクロフネの仔は絶対にい い。それに、インブリードはノーザンダンサーの五×五になるだけで、繁殖牝馬になってから配合の自由度が大きくなる。トナミローザが生まれて、強くなってくれたおかげで、私は両親が残してくれたこの家と土地にかかるバカげた相続税と固定資産税を払うことができそうなの」

五×五とは、父方と母方それぞれの五代前に同一馬がいることを意味する。

考古学発祥の地に遺伝学者のラボというのは、それらしく見せる効果を狙ったのではなく、もともと、ここが彼女の生家だったということなのか。壁全面を使った書棚にぎっしり並んでいる学術書や、背表紙に英文のタイトルがつけられた大量のファイル、別の壁面に掛かった、生物の進化の過程をデフォルメしたタッチで描いたパネルなどは、いかにも遺伝学者のラボという感じではあるが、キッチンの古い食器棚や電子レンジ、電気ポットなどが、長年、腰を据えて生活していた人間がいたことを示している。

原が言った。

「私としては、ダートのＧＩにも出走させてみたかったのだが、その必要はない、とエイミーに押し切られてね」

「ダートのレースは、新馬戦と伏竜ステークスの二戦を使っているから、エピジェネティクスの検証データとしては充分だわ」

エイミーが「エピジェネティクス」と言ったとき、小林は高橋と目を合わせた。高橋がエイミーに訊いた。

「あのう、すいません。エピジェネティクスって、何のことっスか」

エイミーがすぐには答えなかったので、一瞬、気分を害したかと思ったが、そうではなかったようだ。

「第二次世界大戦中、ドイツ占領下のオランダに住んでいた、ある女性がいたの。一九四四（昭和十九）年から四五年は、記録的な寒さによる飢饉《ききん》もあって、オランダにいた彼女たちは雑草やチューリップの球根を食べてどうにか生き延びたんだけど、栄養不良のせいで異常をきたした体質に生涯苦しめられることになった。彼女が産んだ子供にも、孫の世代にも、同じような体質異常のある例がいくつも見られたんだけど、これがどういうことかわかる？」

「遺伝した、っていうことっスよね」

「おそらく、イエスね。彼女の遺伝子自体は変化していなくても、飢饉という『外的因子』によって遺伝子のスイッチがオンになったりオフになったりして、そのまま後世に伝えられてしまった。そんなふうに、生物の形質発現をつかさどるのは遺伝子自体の情報がすべてではなく、外的要因も関わってくるという遺伝学の概念をエピジェネティクスと言うの」

「な、なるほど」

「まあ、平たく言えば、後天的に得たものも子孫に伝わるのかどうか、ということだ」

原が言い、つづけた。

「実は、私も調教師になる前からそれについて考えていてね。例えば、ディープインパクトは、故郷の牧場で馴致・育成されて、二歳の秋に栗東トレセンの厩舎に入厩し、本格的な調教をスタートした。そして、その年の十二月の新馬戦から二年後の有馬記念まで十四戦して十二勝という成績をおさめた。フランスの凱旋門賞に出走するため、シャンティイの厩舎という異なる環境で過ごしたこともあった。その後引退して種牡馬となり、産駒は数々のGIレースを勝ち、十年以上リーディングサイアーでありつづけたわけだ。そのディープインパクトが、もし、馴致も調教もされず、のほほんと牧場で過ごし、五歳になったら種牡馬になって種付けをしたとして、はたして同じように優れた産駒をごっそり送り出すことができたのか。どう思う？」

小林は唸った。

「何となくですけど、できなかったような気がします。仮に同じ牝馬に種付けしたとしても、ちょっとの差ではなく、実際のディープインパクトとは比べ物にならないくらい、たいした産駒を送り出すことはできなかったと思います」

「私もそう思う。というより、そう信じたい。レースで全力疾走するという後天的な刺激、すなわち外的要因によって、その個体の能力がフルに引き出される。そうすることによって、遺伝子の働きのスイッチがオンになったりオフになったりして、のちの世代に伝わるのだ、と」

「ホースマンとしてはそう考えないと、日々の努力が虚《むな》しいですよね」

ほかの動物も同じではないか。テナガザルは木の上を移動しているうちに腕が長くなったのであって、腕が長いから樹上で暮らすようになったわけではないだろう。人間だってそうで、学業や仕事、スポーツなどの外的要因による変化や成長が、子孫に伝わるものに影響しているような気がする。

「それに、遺伝とは関係ないのかもしれないが、牝馬の場合は、母馬として体力がないと、当歳の仔馬と一緒に遊んだり、草を食べながら長い距離を一緒に歩いたりすることができなくなり、それが仔馬の将来の競走能力の高低に大きく影響してくる」

「なるほど。だから、オーナーブリーダーは、繁殖牝馬にするために海外の一歳馬セールで購入してきた牝馬をそのまま牧場に置いておくのではなく、一度は競走馬としてデビューさせるのですね」

「ああ。競走馬にしたほうがいい繁殖牝馬になることを、ホースマンは経験則と直感の両方で理解している。そこで終わればいいのに、それを生物学的、統計学的に解析しようとする人がいるから困るんだよ」

　原が苦笑してエイミーを見やった。

　エイミーは原の皮肉を何とも思っていないようだ。

「トナミローザが出たのはファミリーナンバーで言うと二号族なんだけど、これまであまり繁栄していなかった地味な母系だけに、嘘や不正のない、ピュアな一族である可能性が高いような気がするの。エピジェネティクスで競走馬としての能力を高めながら、ドイツで見られるような、先を見据えたアウトブリードを繰り返していけば、息の長い一族になっていくと思うわ」

　言いたいことはだいたい言い終えたのか、エイミーは席を立って、人数分のコーヒーを淹《い》れてくれた。

　小林は、深煎りのコクのある苦みを楽しみながら、エイミーに訊いた。

「貴女はたびたび三沢に出かけているようですが、それはクラブで歌うためですか」

「デイビッドから聞いてないの」

「はい、何も。だって、ぼくは貴女が何者なのか、誰にも教えてもらえなかったわけだから」

「そうだったわね。少し前から、株式会社斗南の本社を、ここと同じように、ラボとしても、スタジオとしても使わせてもらっているの。普段は誰もいないし、ああ見えて防音はちゃんとしているから、すごく助かってる」

なるほど、高橋がこの家を「斗南の本社に似ている」と言ったのも頷ける。

「もうひとつ。ぼくに貴女の名前と、ジャズシンガーであることを教えてくれたのは三沢警察署の若いエリート警察官なんだけど、心当たりは」

エイミーが、原と頷き合ってから答えた。

「米軍の有力な関係者の息子で、外国人労働者を大勢入国させているデイビッドと接点を持ち、ほかの米軍関係者の間を泳ぎ回っているように見える人間がいたら、公安がマークしたとしても不思議ではないでしょう」

その言葉を原が引き取った。

「三沢警察署の保科君と私とのコネクションは、君が想像しているとおりだ。これだけ言えばわかるだろう」

「はい」

何らかの理由で公安がデイビッド・シンに目をつけたものの、米軍との関係から手を出すことができず、公安キャリアの河原あたりの依頼で原がシンにアプローチし、その流れでトナミローザを預かることになった——といったところか。

それがこうして何事もなかったように顔を合わせているということは、エイミーもシンもシロと判定されたか、クロだったとしても不問に付されたのだろう。

　高橋が、学生のように手を挙げてから言った。

「今、ぼくたちがここで知ったことは、どこまで書いていいのでしょうか。小林がシンさんに初めてコンタクトしたとき、シンさんがあまり日本語を話せないふりをしたのは、メディアを遠ざけるためだったと思うんです。でも、今は、金銭的にデリケートな部分を除いては、特に何かを隠そうとはしていません。原先生と公安に関して、小林がどう見ているかは、先日、ぼくが自動車事故を起こしたあと、初めて聞きました。さすがにそれを出すと大騒ぎになるでしょうから墓場まで持っていくつもりですが、エイミーさんの存在や、エピ……あれ、何だっけ」

「エピジェネティクス」

　エイミーが笑って加えた。

「そのエピジェネティクスに関することなどは、紙面に出しても構わないのでしょうか」

「別にいいだろう」

　原が言うと、エイミーが頷いた。

　高橋がパッと表情を明るくした。

「本当ですか、ありがとうございます！　いやあ、これはすごいシリーズになるぞ。ねえ先輩」

「そうだな。ぼくも追加でひとついいですか」

小林は、原とエイミーの返事を待たずに訊いた。

「そもそも、今日、原先生がここに来た目的は何なのですか。まさか、エイミーとぼくらのやり取りを冷やかしに来たわけじゃないでしょう」

原がコーヒーカップを手にしたまま答えた。

「トナミローザのローテーションを決めに来たんだ」

それを聞いた小林は身を乗り出した。

「そうなんですか。で、決まったんですね」

「ああ。このあと常総ステーブルに放牧に出して夏場は休ませ、復帰戦はローズステークス、次はエリザベス女王杯、そして、ラストランは予定どおり中山大障害だ」

ローズステークスは九月中旬に阪神競馬場で行われる秋華賞トライアルで、エリザベス女王杯は十一月中旬、古馬牝馬が相手となる京都のGI、そして中山大障害は暮れに行われる障害レースの最高峰である。

高橋が、メモを取る手を止めた。

「三歳牝馬同士の秋華賞を使わないのはどうしてですか。女王杯よりもずいぶん相手が楽になると思いますけど」

「一番の理由は、使う必要がないからだ」

　原がメガネを外し、ティッシュで拭きはじめた。メガネを外すと眼光の鋭さがいっそう際立つ。

「確かに、デリーファームのようなマーケットブリーダーは、商品の価値を高めるため、GIの勲章をひとつでも多く獲《と》らせようとするのが普通だ。GIを勝った牝馬の子供と、そうでない牝馬の子供とでは、価格に大きな差がつくからな。しかし、デイビッドは、トナミローザの子供を売るつもりはない。だから、他人から見た評価を気にせず、能力を引き出す遺伝子を覚醒させることを最優先にしてローテーションを決めたのさ」

「覚醒って、どういうことっスか」

「強い相手と能力の限界に近いところで争うことによって、眠っていた力が目覚めることがしばしばあるのは、君もわかるだろう」

　高橋が天井を見上げて「ウーン」と唸ってから、言った。

「そうか。ジャパンカップを世界レコードで鼻差の二着になったハーツクライが次走の有馬記念でディープインパクトを負かしたりとか、確かにそういう馬っていますよね」

「その伝で言うと、トナミローザが中山大障害でダークカイザーとやり合うのは、エイミーとしては大歓迎というわけだ。勝ち負けは彼女が受け取るインセンティブに響くからもちろん大切だが、それ以上に、強い相手と極限の戦いをすることによって、遺伝子が覚醒することのほうが重要なわけだからな」

エイミーが、ほかの三人のカップにコーヒーを注ぎながら言った。

「これもエピジェネティクスのひとつよ。必要なのは、強い刺激と環境の変化。秋華賞ではなくローズステークスを選んだのは、少しでも早く関西への輸送を経験させて、阪神の芝外回りという、彼女にとっては初めてとなる、右回りで直線の長いコースを走らせたいから。エリザベス女王杯は、三コーナーの坂を上って下るという特殊な形態の京都芝外回りコースを走らせるために選んだの」

原が加えた。

「ローズステークスは、賞金を稼いで女王杯の出走権を確実にしたい、という意味もあって選んだんだが、もうひとつ、後ろを大きく離して圧勝してほしいと思っている」

確かに、他馬がガチンコ勝負で臨んでくる秋華賞よりは、離して勝てる可能性が高くなる。小林は笑った。

「父クロフネ譲りの、圧勝の遺伝子を目覚めさせるためですか」

「そうだ。障害の未勝利戦では大差勝ちしたが、ああいうひとり旅ではなく、最後に突き放して圧勝してほしいんだ」

「末脚だけで後ろを離して勝てと指示されたら、今宮ジョッキーはどんな顔をするかな。他馬陣営の反応も見ものだ」

クロフネはラストランとなったジャパンカップダートで、二着を七馬身突き放す圧勝劇を演じて世界中を驚かせた。

「これも書いていいんスよね」

「好きなようにしろ」

原はそう言って、またメガネをかけた――。


小林は高橋と芝浦の東都日報本社に移動した。それぞれの作業を終わらせたときには、もう陽が沈んでいた。小林が一服しようと立ち上がると、高橋がついてきたので、二人分の缶コーヒーを買ってバルコニーに出た。

レインボーブリッジを行き交う車を眺めながら、高橋が口をひらいた。

「ここに来て、一気に謎が解き明かされましたね。すべての始まりは、『敗軍の将』だった知られざる偉人・廣澤安任が、近代競馬の黎明期に抱いた夢だった。いや、夢というより、何があっても種牡馬ローザの血をつないでいくんだという強い思いですね。それを養嗣子の廣澤弁二や、あとにつづいた廣澤牧場の人間が受け継いだ。そして、中山大障害を制するギンザクラなどを世に送り出した。明治から大正、昭和と時代が変わり、廣澤家の末裔《まつえい》のデイビッド・シンが、平成に入ってから浦河でサラブレッドの生産を始めた。シンは、浦河をリトルデリーにするという壮大な構想を描きながら、令和になってトナミローザという素晴らしい牝馬を生産した。廣澤安任とローザから始まった血脈の旅が、百五十年以上の時を経て、ここまで行き着いたんですね」

高橋の言うとおり、まさにこれは旅なのだ、と小林は思った。ローザの血脈にとっても、廣澤家にとっても、小林と高橋にとっても。

東都日報紙上で展開したトナミローザの特集は話題になり、例年なら販売が苦しくなる夏場も好調だった要因とされ、小林と高橋は社長賞をもらった。

そして秋。

トナミローザは、ローズステークスを七馬身差で圧勝した。父のクロフネがジャパンカップダートを勝ったときと同じ着差として注目された。原が望んだ「圧勝の遺伝子」も覚醒したようだ。

次なる戦いは、十一月十×日の第四十×回エリザベス女王杯だ。

ラストランまで、あと三カ月。

十二　エリザベス女王杯

晴れ渡った空の下、エリザベス女王杯に出走する十八頭の牝馬が枠入りを始めた。

唯一の三歳馬であるトナミローザは、日本ダービーで三着と好走し、前走のローズステークスを七馬身差で圧勝した実力が評価され、単勝二倍台の一番人気に支持されている。ただでさえ厳しいマークに遭うことが予想されるなか、包まれやすい最内の一番枠を引いてしまった。

小林真吾は、京都競馬場の厩舎関係者席に近いカメラマン席にいた。

平地と障害の「二刀流」で脚光を浴びているトナミローザに対する声は、相変わらず、反対派と賛成派の真っ二つに分かれていた。当初から反対派の声のほうが大きかったこともそのままだ。SNSなどでの批判的な投稿に、「いいね」のボタンを押した競馬関係者も少なからずいたはずだ。

それが証拠に、トナミローザの担当厩務員と調教助手に、他馬の関係者は誰ひとりとして話しかけようとしない。

管理調教師の原宏行は、いつもと同じようにほかの調教師から離れて立ち、機嫌がいいのか悪いのかわからない、薄ら笑いを浮かべている。

正面スタンド前の四コーナー寄りに置かれたゲートが開いた。

拍手と歓声につづいて、実況アナウンスが響く。

〈スタートしました。十八頭の出走馬が、正面スタンド前を駆け抜けて行きます。最内枠から出た一番人気のトナミローザは三番手の内を進んでおります〉

ハナを切るのはスマイルピクシス。「レジェンド」と呼ばれるトップジョッキーの武《たけ》田豊治《だとよはる》が鞍上だ。直後の二番手に、ラフプレーが多い木田正平《きだしょうへい》の馬がつけている。今宮勇也を背にしたトナミローザは、その後ろの三番手だ。

これら三頭が内埒沿いを進んでいる。

それだけならいいのだが、トナミローザのすぐ外には、リーディングのトップをひた走るクリス・プラティニのオシトヤカがいる。ダービーを制したイノセントストームに乗っていたのもプラティニだった。トナミローザの強さを知っているプラティニは、あえてこの位置を確保し、外から蓋をしてトナミローザを内に閉じ込めているのだ。相手と見たトナミローザの力を封じることが、自分の馬の勝利に直結すると考えているのだろう。ミリ単位で馬を御す技術を持つプラティニは、ピタッと馬体を寄せたままコーナーを回り、プレッシャーをかけつづける。トナミローザにとっての「天敵」は、馬ではなく、プラティニかもしれない。

東京に残って、ここに来られなかった高橋は、中継映像を見ながら「アチャー」と声を上げているだろう。

〈武田騎手のスマイルピクシスが先頭のまま向正面に入りました。今宮騎手のトナミローザは三番手。その外にはプラティニ騎手のオシトヤカがぴったりと馬体を併せております〉

世界一正確な体内時計を持つと言われている武田は、自分の馬にとって有利な遅めのラップを刻み、先行馬が順位を保ったままゴールする「前残り」のレースをつくろうとするだろう。

二番手を行く木田の馬は、内にささったり、外にモタれたりと、フラフラしながら走っている。手綱を握る木田が、この位置にとどまるべきか、前を走るスマイルピクシスに並びかけて行くべきか、迷っているからだ。そのため、手綱から、馬が噛む馬銜へと伝わる指令が不明瞭になり、馬の走りも不安定になっている。

トナミローザにしてみると、目の前にいる馬がフラフラし、外から年長の馬に体を寄せられているこの状況は、心身両面で相当に苦しいはずだ。

馬群が三コーナーに差しかかった。京都の芝外回りコースでは、向正面の半ば過ぎから高低差四メートルほどの坂を上って三コーナーに入り、坂の頂上から一気に下りなが四コーナーを回る。そうして勢いがついたまま直線に入り、ゴールまでの約四〇〇メートルはほぼ平坦《へいたん》になっている。

　こうした特殊な形状ゆえ、京都の芝外回りコースになると急にいい走りをする馬がときどき現れる。

　今、先頭を走っているスマイルピクシスも、そうした一頭だ。馬体重が四百キロに満たない非力な馬なので、ゴール前に上り坂のあるコースより、四コーナーから水が流れるように走ってゴールできるこのコースを得意としているのだ。

〈先頭のスマイルピクシスが三コーナーの坂を下り、四コーナーに入りました。二馬身ほど後ろの三番手につけたトナミローザは、外をオシトヤカに塞がれたままです。さあ、どこから動き出すのか⁉〉

　後続も一気に押し上げ、トナミローザとオシトヤカを外から呑み込もうとしている。

　単騎先頭のスマイルピクシスが下り坂を利用して加速しながら四コーナーの出口に差しかかった。二番手につけた木田の馬と、直後のトナミローザ、その外に併せたオシトヤカの三頭がつづく。

　京都芝外回りコースの直線入口では、遠心力で外に振られる馬が多くなり、馬群がバラける傾向があるのだが、プラティニが乗るオシトヤカは外に膨れることなく、トナミローザを内に押し込めたまま四コーナーを回り切ろうとしている。

万事休すかと思われた、そのときだった。

直線入口で、トナミローザの目の前にいた木田の馬が外にヨレはじめた。遠心力で膨らむのを木田が制御し切れなくなったのだ。木田は激しく手綱を引き、左鞭を入れて騎乗馬を右側、すなわち内側に戻そうとしているのだが、そうすることによって馬が手前をワンテンポ早く左に替え、さらに外へと膨らんで行く。

それにより、トナミローザの前方が綺麗にひらけた。トナミローザは、用意されたグリーンベルトのような進路を突き進む。

一方、木田の馬はさらに外へと斜行し、トナミローザの外に並んでいたオシトヤカの進路をカットした。オシトヤカのプラティニは立ち上がるほどの勢いで手綱を引いて衝突をまぬがれたが、その間に、トナミローザより二馬身ほど後ろに押し込まれる形になってしまった。

実況アナウンスのボリュームが一気に上がった。

〈トナミローザが一気に内から抜け出しました。前のスマイルピクシスを猛然と追いかけて行きます〉

今宮がトナミローザを馬場の真ん中に持ち出し、ゴーサインの右ステッキを入れた。

トナミローザがぐっと全身を沈めて加速する。

二馬身ほど前の内埒沿いを走るスマイルピクシスの武田が、左手に持っていた鞭を顔の横でクルリと回して右手に持ち替え、逆鞭《さかむち》を入れた。武田がこういう仕草をするときは、勝てる手応えを感じているときだ。そして、右鞭を入れたということは、外から伸びてくるトナミローザに馬体を併せる意思を示したことになる。馬は叩かれた側と反対側に進もうとする。なので、右側、すなわち内側を叩かれたスマイルピクシスは、外側に行こうとする。武田は、場数を踏んだ古馬をぴっしり併せることで、トナミローザを消耗させるつもりなのだろう。

今宮は、スマイルピクシスから馬体を離す方向、つまり外に行くよう右鞭を入れていたのだが、武田に対抗するように顔の横でクルリと回して左に持ち替えた。

「おい、何をする気だ」

思わず小林は声を上げていた。

今宮が左の逆鞭を叩き込んだ。トナミローザの馬体を、内のスマイルピクシスに、自分から併せに行ったのだ。

〈トナミローザがすごい脚で差を詰めてきた。その差を一馬身、半馬身とし、そして並んだ！　内のスマイルピクシスと外のトナミローザが、馬体を併せて激しく叩き合う。二頭ともに譲らない。これはすごいレースになった！〉

双眼鏡でレースを見つめる小林は、馬上の武田が微笑んでいることに気がついた。史上最多のエリザベス女王杯四勝を挙げている武田は、五勝目を手中にしたことを確信したのか。武田は関西をベースにし、これも史上最多の通算四千勝以上をマークしており、京都競馬場だけで千勝以上している。

対する今宮は、京都の平地コースで乗る機会はほとんどなく、勝利数はゼロだ。それに、どうして古馬に馬体を併せに行ったのか。古馬より二キロ軽い五十四キロの斤量を生かすなら、馬体を離して、一気にかわしてしまう戦術を取るべきではないか。

今宮が武田を上回るものを持っているとしたら、騎乗馬に対する思いの強さだけだ。

——いや、ほかにもある。

ことトナミローザに関しては、誰よりも深いところで人馬一体となる力を、今宮は持っている。

——そうか。この叩き合いを望んだのは、トナミローザだったのか。

今宮がトナミローザのその気持ちを感じ取り、あえて馬体を併せに行ったのかもしれない。

だとしたら、最後のつばぜり合いで、鼻差だけ前に出るのは——。

今宮とトナミローザであるはずだ。

武田のスマイルピクシスと今宮のトナミローザがびっしり馬体を併せ、首の上げ下げでゴールした。

双眼鏡を持つ小林の手が震えた。

ゴールした瞬間、武田の笑みが消えていた。

〈勝ったのはスマイルピクシスか、トナミローザか、まったくわかりません〉

実況はそう告げたが、馬上の二人にはわかっていた。ひとりは顔を上げ、ひとりはうつむいていた。ターフビジョンにリプレイが映し出されると、競馬場にいる誰もが勝者を知った。

トナミローザが、わずかに前に出ていた。

京都競馬場は大歓声に揺れた。

電光掲示板に着順が表示された。一着は今宮のトナミローザ、頭差の二着は武田のスマイルピクシス、さらに一馬身遅れた三着はプラティニのオシトヤカだった。

トナミローザが、ついにGⅠホースになったのだ。

──やったな、ローザ。本当に、たいした馬だ。

小林は、ネット速報用の短い原稿をスマホで送ってから、検量室前へと向かった。

検量室前に着くと、ちょうど、三着のオシトヤカからプラティニが下馬したところだった。プラティニが、オシトヤカから外した鞍を左手で抱えたまま、脱鞍所の後方で曳き運動をしているトナミローザに歩み寄り、鼻面を撫でた。

「プレッシャーをかけて悪かった。おめでとう」

心のなかでそう声をかけたのだろうか。

トナミローザの曳き手綱を持つ担当厩務員と、その横にいる、いつも稽古をつけている調教助手は泣いていた。

気温が低いせいもあるのか、トナミローザはまったく汗をかいていないし、息もすっかり戻っている。

小林は、トナミローザの生産者であり、実質的なオーナーでもある、浦河・デリーファームのデイビッド・シンの姿を探した。

しかし、今日も来ていない。シンに代わって、馬主の株式会社斗南の人間として表彰台に立ったのは、トナミローザのレース後にいつも姿を見せる背の高い女——ジャズシンガーのエイミー・カーンこと、遺伝学者の菅絵美だった。

「今日のレースを見て、今後配合すべき種牡馬のリストを半分に絞り込めたわ」

表彰式のあと、トロフィーを手にしたエイミーが、小林の耳元でそう言った。今の彼女はトナミローザが繁殖牝馬になってからのことで頭が一杯のようだ。産駒の成績次第で、彼女へのアドバイザー料が変わってくるのだろう。

最終レース終了後、勝利騎手と調教師の共同会見が行われた。

先に現れた今宮が、淡々と話した。

「自分が平地のGIを勝つなんて、去年、この馬に出会うまで考えもしなかったので、まだ信じられないというか、あまり現実感がありません」

レース直後もこのときも、涙はなかった。

「オシトヤカに外をブロックされたおかげで、直線に向くまで脚を溜めることができたので、むしろよかったかもしれません。ただ、ゴール前で二着馬と併せ馬になったとき、相手と同じ脚色になりかけたので、焦りました。どうにか競り落とすことができて、よかったです」

つづいて原が報道陣の前に現れた。

「直線で二着馬を一気にかわせなかったのは、前走で後続を離して勝つよう今宮騎手に指示を出した私のミスです。その前の障害初戦でも、能力の違いで大きな差をつけて勝ってしまいました。今回、久しぶりにトップスピードでほかの馬と一緒に走ったトナミローザは、そうすることが楽しくなってしまったようです。それですぐには抜かそうとせず、相手と同じ脚色になりかけてしまった。併せたら最後は前に出なければいけないということを、次走までに教え込むつもりです」

必死にスマイルピクシスに競り勝ったように見えたが、そうではなかったようだ。次走、中山大障害に向けてのさらなる課題についてはこう話した。

「この時期の三歳牝馬は、何かに執着したかと思えば、すぐに飽きてしまったりと難しい。ですから、障害に対する気持ちの持っていかせ方に工夫が必要だと思っています」

GⅠ初制覇を遂げたトナミローザの通算成績は九戦七勝になった。敗れたのは、今年一月の京成杯（二着）と五月のダービー（三着）だけだ。パーフェクトに近い戦績を引っさげ、最大目標の中山大障害に臨むことになる。

東都日報に掲載しているトナミローザのシリーズ企画のメインテーマは、「平地と障害の二刀流」になった。

一九八四（昭和五十九）年のグレード制導入以降、平地のＧＩを勝ってから障害レースに出走した馬は四頭いる。が、四頭とも、障害では未勝利戦を勝っただけにとどまり、障害ＧＩには出走すらしていない。

現時点では、トナミローザが五頭目、ということになる。

逆のパターン、つまり、障害レースに出たあとに平地のＧＩを制した馬は一頭だけいる。しかし、その馬は障害では未勝利戦しか勝っておらず、障害ＧＩには出走すらしたことがない。

トナミローザがもし中山大障害を勝てば、日本の競馬史上初の「平地ＧＩと障害ＧＩのダブル制覇」の偉業となる。

中山大障害に出走せず、このまま引退したとしても、確実にＪＲＡ賞最優秀三歳牝馬に選出されるだろう。それでも、あえて、日本の競馬で最もタフなレースと言える中山大障害で、史上最強と言われるダークカイザーをはじめとする古馬の強豪ジャンパーたちと戦おうとしているのだ。

翌週の火曜日、東都日報レース部の自席で、小林は、高橋が表にまとめた平地のＧⅠ級レース優勝馬の障害での成績を眺めていた。

トナミローザが中山大障害を勝てば、ＪＲＡのレコードブックに「平地・障害双方ＧⅠ制覇　トナミローザ　二〇二×年エリザベス女王杯／二〇二×年中山大障害」という項目が加わることになる。

日本の、いや、世界の競馬史が書き換えられる。

素晴らしいことだと、もちろん、小林も思う。

しかし、どこかすっきりしない。

――トナミローザのゴールは、平地と障害のダブルＧⅠ制覇ということで、本当にいいのだろうか。

トナミローザを追いかけはじめてから、このように、何かが喉につかえているのは確かなのに、その正体がなかなかわからず、気持ち悪くなることがたびたびある。

――すっきりしないのは、ここまで事が上手く運びすぎているからか？

いや、そうではないような気がする。

トナミローザのレース後の今宮の様子とエイミー・カーンの存在が気になりはじめたのは去年の秋。廣澤牧場とトナミローザがつながったのは今年の春先だ。今宮と初めてじっくり話したのは四月のフローラステークス翌週の水曜日。翌週、外厩の常総ステーブルで川瀬由衣と初めて話した。その後、ダービーでトナミローザが三着となり、翌週、三沢で高橋が事故を起こした。六月下旬、トナミローザが障害でデビューし、浦河のデリーファームと、大森のエイミーのラボを訪ねた。九月中旬にローズステークスが行われ、そして先週、トナミローザがエリザベス女王杯でGⅠ初制覇を遂げた。

これまでの流れを振り返り、頭のなかを整理した。

デリーファームの事務所の応接室で向き合ったときの、デイビッド・シンの姿が脳裏に蘇ってきた。

すべて、あの男が采配を振ってきたようなものだ。

トナミローザという馬名には、自身の母をはじめとする廣澤家の人々の思いがこめられている。馬主となっている株式会社斗南の本社のある三沢は、廣澤家と両親にとって大切な場所だ。浦河をリトルデリーにするという野望は、自身のアイデンティティーがインドにあることから生まれたのだろう。ダート戦や牡馬相手のレースを組み込んだ特異なローテーションは、大目標の中山大障害を制するためだ。勝てば、廣澤牧場が生産したギンザクラにつづくことになる。いや、つづくどころか、トナミローザはエリザベス女王杯を勝っているのだから、平地・障害のダブルGⅠ制覇を達成して、超えることになる。それによって、トナミローザと、同馬に流れる血が未来の「浦河リトルデリー」の基幹産業のひとつであるサラブレッドビジネスのシンボル的存在となる。

すべてシンのプランどおりに進められている。ただ、原がトナミローザを管理するようになったことだけは、シンの一存ではなかったかもしれない。原はたまたまデリーファームに行ったかのような口ぶりだったが、公安の河原とともに動いていたなかで、人質ではないが、まだ公安の管理下に置いておくために、トナミローザが原厩舎に行くようにした可能性がある。だとしても、トップトレーナーに愛馬を調教してもらうことになったのだから、シンにとっては結果オーライだ。

そして、配合やローテーションなどのアドバイザーとして、遺伝学者のエイミー・カーンがいる。彼女が遺伝学者だと知っても、あの派手な外観のせいか、「飾り物」という印象がどうしても拭えないが。

――待てよ、本当に「飾り物」の可能性もあるんじゃないか。

彼女がいかに優れた遺伝学の知識を有していようが、シンにとってはどうでもよく、学者をアドバイザーにしていることでデリーファームのブランド価値を高めることができればそれでいいと考えているのかもしれない。あるいは、実はエイミーはシンの女で、アドバイザー料という名目で生活費を渡している、ということもあり得る。

あの男が他人のアドバイスを素直に受け入れるとは思えないのだ。

原は、トナミローザの障害デビュー戦の直後、「オーナーサイド」から中山大障害まで全部障害を使うよう言われたと話していた。結局、原が、「平地の大きなレースでも走らせたほうが中山大障害を勝てる可能性が大きくなる」と説得したという。「オーナーサイド」というのは、シンのことだろう。もし、中山大障害の登録馬がフルゲートの十六頭を上回るようなら、障害での収得賞金を加算しておかないと除外される可能性が出てくる。しかし、今年は、ダークカイザーに恐れをなして、勝ち目のない戦いを避ける陣営が多く、フルゲートになりそうにはない。だから、無理に障害を使う必要はなかったのだが、それでも障害だけを使うよう求めたほど、シンは障害にこだわっていた。エイミーは、大森のラボで会ったとき、京都の外回りコースを走らせることの遺伝学的効果などについて話していた。彼女も原同様、平地を走らせたほうがいいと考えていたと思われる。

確かに、中山大障害だけを勝つためなら、障害で経験を積ませ、J・GⅡなどをひと叩きしてから本番に臨むほうがいい。原は、おそらく、その馬が持っているものがあるなら引き出してやりたいという、ホースマンとしての本能とも言うべき思いから、平地でのタイトル獲りにこだわったのだろう。そうすることが中山大障害勝利への近道になるというのは方便ではないか。

あれだけ頭のいいシンが、それに気づかないわけがない。
なぜ、シンは考えを変えたのか。

ローズステークスとエリザベス女王杯を走らせたのは、エイミーや原の意見に納得したからではなく、ほかに理由があるからではないか。

そもそもシンが、トナミローザにさまざまな経験をさせているのはなぜかというと、トナミローザ自身に変化を期待していること以上に、子孫に伝えていくものの変化を求めているからだ。エイミーの言う「エピジェネティクス」である。

トナミローザの仔や孫に、エピジェネティクスによって変化し、強化された能力が伝えられたとして、次は、どんなタイトルを狙うのだろう。

日本ダービーか。それとも、次もまた中山大障害なのか。

ダービーや大障害は、もちろん、充分以上に大きな目標ではあるが、あのシンが、本当にそれで満足するだろうか。

撮影データに車を運転する彼が写っていたことを伝えたときの、背筋が寒くなるような鋭い目を思い出すと、そうして簡単に思いの及ぶ枠のなかにおさまる考え方をする男ではないような気がしてくるのだ。

風になびいて大海原の波のように見えた、デリーファームの天然芝の調教場の眺めが脳裏に蘇ってきた。

ひょっとしたら、シンは、もっと大きなところを——。

その可能性は充分ある。いや、そうとしか考えられない。

小林は、隣の席の高橋に声をかけた。

「高橋、ちょっといいか」

「は、はい。先輩こそ、いいんスか」

「どういう意味だ」

「いや、そうやって腕を組んで三十分以上目を閉じていたから、てっきり寝ているもんだと思って」

「ちょっと考え事をしていてな。悪いが、デリーファームのデイビッド・シンに連絡して、ズームでインタビューさせてもらえるかどうか、訊いてくれないか。できれば今日中に取材できると助かる」

「わかりました」

高橋がスマホを手に取った。

三沢での事故の件があるので、高橋からの依頼だと断りにくいだろうし、ズームミーティングのセッティングなどは、自分でやるより、高橋のほうが何倍も速いのだ。

トイレから戻ったら、高橋が自分のタブレットとノートを手に立っていた。

「シンさん、オッケーですって。三時から三十分時間をもらいました。二階の会議室を押さえてあります」

「サンキュー。ズームのセッティングは？」

「済んでいます。ぼくも参加していいんスよね」

「もちろんだ」

小林も自分のタブレットを持ち、高橋と一緒に会議室に移動した。

机にタブレットを置き、映像や音声をチェックしながら高橋が言った。

「三十分で足りますか。オーバーしても大丈夫ですけど」

「訊きたいことはひとつだけだから、充分だ」

「そうっスか」

小林はいったん会議室を出て、自販機で高橋のぶんも缶コーヒーを買って戻った。

「どうも」と高橋がタブレットを指さした。

牧場事務所の応接室にいるシンが映し出されている。

小林も椅子に座った。画面のなかのシンに飲み物を持ってきた女性は、前にも会議室で会った美女だ。女が微笑んで手を振った。高橋が「ハーイ」と手を振り返してから、すぐ真顔に戻った。

「まずは、リモートですが、再会を祝して」

とシンがグラスを手にした。

小林と高橋は缶コーヒーを持ち上げ「乾杯」と声を揃えた。

「シンさん、お忙しいところ、突然取材のお願いをしてすみませんでした」

小林が言うと、シンは首を横に振った。

「いえ、私は、いつ小林さんから連絡が来るかな、と待っていました」

「それはどうも」

「高橋さんもお元気そうで何よりです。いつでも遊びに来てください。彼女たちが待っています。何なら、うちの広報スタッフのトップとしてお迎えしてもいい。浦河はいいところですよ」

「いや、優秀な記者をヘッドハンティングされては、東都が困ってしまう」

小林が言うと、シンはわざとらしく体をのけ反らせて笑った。

「では、始めてください」

「はい、まず、今回のうちのトナミローザと廣澤牧場の特集に、シンさんのお母さんに関するエピソードも紹介して構わないでしょうか」

「もちろん構いません」

「で、トナミローザのローテーションに関して、障害デビュー戦の直後、原調教師は、オーナーサイドからラストランの中山大障害まで障害だけを使うよう言われたと話していたのですが、そう言ったのはシンさんですか」

「そうです。それが何か」

「なのに、実際は、ローズステークスとエリザベス女王杯を使うことになった。それは、エイミーと原調教師の意見を採り入れたからということのほかに、何か理由があるような気がするのですが、違いますか」

小林の言葉にシンはニヤリとした。

「さすが〝スナイパー〟だ。あなたの言うとおりです。フランゼルのシンジケートから条件を出されたのです」

メモを取っていた高橋の手が止まった。

「フランゼルって、ヨーロッパで『怪物』と言われた、あのフランゼルっスか」

「そうです。トナミローザが中山大障害と平地のGⅠの両方を勝たなければ、フランゼルを種付けさせることはできないと、シンジケートのエージェントに言われたのです」

フランゼルはイギリスとフランスで十五戦十五勝というパーフェクトな戦績を残したのち、種牡馬となったサラブレッドだ。産駒は凱旋門賞のほか、イギリスのキングジョージⅥ世&クイーンエリザベスステークス、アメリカのブリーダーズカップターフなど、世界中のGⅠで活躍している。種付料は日本円に換算すると約四千万円と高額だが、能力の低い産駒が出て種牡馬としての価値が落ちないよう、交配相手となる牝馬を、質の高い百頭ほどに絞って種付けしている。相手を選びながら四千万円も取っているわけだが、欧米ではよくあるやり方だ。

「シンさん、あんたがトナミローザの仔か孫で狙うとしたら、二つのレースだろうと思っていたんだが、これでひとつに絞られましたね」

小林は画面のシンを指さし、つづけた。

「あんたの後ろに飾ってある絵が答えなんじゃないですか。前に訪ねたときは、イギリスのウォーレンヒルの絵だったはずだ。けど、今飾ってあるのは、パリロンシャン競馬場の絵ですよね」

ウォーレンヒルは、ニューマーケットにある天然の丘を利用した坂路調教コースだ。今、シンの後ろに飾られているパリロンシャン競馬場の油彩は、凱旋門賞ウィークのスポンサーであるカタールのイメージカラーの臙脂《えんじ》の装飾でそれとわかる。

「小林さんの言うとおりです。私がローザの血を継いだ馬で狙う最大のターゲットは、凱旋門賞です」

少しの間、沈黙がつづいた。

それを破ったのは高橋だった。

「あのう、凱旋門賞が目標なのはわかったんですけど、仔や孫じゃなく、トナミローザで狙おうとしないのはなぜでしょう。前にシンさんが言っていたように、ローザの血を後世につなぐ繁殖牝馬としての役割を優先させるためですか」

「そうです。障害へのチャレンジだけでも危険なのに、これ以上のリスクは負わせられません。もうひとつ、同じくらい大きな理由は、トナミローザには、凱旋門賞を勝っための充分なトレーニングをさせることができなかったからです。私はこの馬に中山大障害だけを勝ってほしいと思っていましたし、先日お見せした天然芝の調教場も、この馬がここにいたころは完成していませんでした。あのときお話ししたように、育成段階から、重い芝と軽い芝でのストライドを使い分けるなど、きちんとメソッドに従っていかないと、これまでの日本馬と同じことを繰り返すだけです」

「なるほど。で、トナミローザにダートや障害を経験させて、そこで力を引き出し、エピジェネティクスの作用によって変化した力を子孫に伝えることが、凱旋門賞制覇につながると考えているわけですね」

「そのとおり。日本のダートや障害での鍛練が、パリロンシャン競馬場の重い馬場でのパフォーマンスを高めるためにどれだけ有用なのかは検証が必要ですが、つづける価値はあると考えています。逆に、日本の超高速馬場での経験は、トナミローザに関してはダービーが最後でいいと思っていました。それで、あとは障害だけにしてほしいと原調教師に言ったのです」

「つまり、シンさんのゴールは、廣澤牧場で大切にされてきたローザの血を引く馬で、まずは中山大障害、そして最終的には凱旋門賞を勝って、浦河を活気づかせながら『リトルデリー』とすること――という解釈でいいでしょうか」

「はい、日本のサラブレッドビジネスにおいて、『凱旋門賞を制した血』は非常に強い訴求力を持つブランドになるはずですから」

「で、これは先輩への質問なんスけど、シンさんが狙っているのではないかと思っていたという二つのレースのうち、もうひとつって何ですか」

小林は、画面のシンを見て答えた。

「本人に訊けばわかることだが、おれは、グランドナショナルの可能性もあると思っていたんだ」

自分は生まれたときからインドのホースマンだったと言うシンが、旧宗主国のビッグタイトルに特別な価値を見出すのは当然ではないかと考えたのだ。

「シンさん、小林の考えについてはどう思われますか」

「なかなか素晴らしいですね。しかし、現実的ではない」

「どうしてですか」

「グランドナショナルに出走できるサラブレッドは七歳以上でなければならないというルールがあるからです。我々は、七歳以上のサラブレッドを強化するというメソッドを確立できていません」

「シンさんから、主催者にルール変更を要求するつもりはないんですか」

そう訊いたのは小林だった。

「そうしたいのは山々なのですが、もともと馬齢の制限がなかったのに、レース中の事故をきっかけに、こうしたルールに変更されたわけですから、逆戻りさせるのは難しいでしょう」

「なるほど。最後に、うちの特集に、トナミローザにとって、中山大障害がフランゼルの種付け権を得るための『選抜試験』になることと、シンさんが、トナミローザの仔や孫で凱旋門賞を狙うつもりである、という話を出してもいいですか」

「お好きなように。口先だけにならないよう、頑張ります」

「私たちもそう願っています。今日はお忙しいところ、ありがとうございました」

「こちらこそ。では、中山競馬場で会いましょう」

「大障害を見に来るんですか」

「もちろん。何しろ、私たちの最初のゴールですから」

ズームでのインタビューが終わった。

ふうっと息をついて、高橋が言った。

「凱旋門賞が本当のゴールってすごいことなんスけど、トナミローザの取材をしているうちに、ちょっとやそっとのことじゃ驚かなくなっちゃいました」

「まったくだ。シンと話していると、やつの言う『ゴール』は『プラン』ぐらいに聞こえてくるから不思議だよな。それがあのカリスマにつながってるんだろうけど、詐欺師になったとしたら、犯罪史に残る大物になりそうだ」

「ハハハ。ほんとですね。それはそうと、先輩、訊きたいことはひとつだけ、って言ってたのに、長くなりましたね」

「これだから新聞記者は嫌われるのか」

「ともかく、すごい企画になりそうで、ワクワクします」

「つくづく思うんだが、トナミローザって馬は、いつもおれたちの想像の一歩先の世界を見せてくれるよな」

芝もダートも走る特異なローテーションを歩み、オークストライアルを制したのに、ダービーに出走した。ダービーでは絶望的な位置から追い込み、人々の心を打った。それからほどなく障害レースに出走し、感動的な跳躍力を見せた。大目標が中山大障害ということで物議を醸しながらエリザベス女王杯を制し、名牝の仲間入りを果たした。あとはラストランの中山大障害で「冷血皇帝」ダークカイザーを倒すのみだと思っていたら、実は、その先にこの血脈での凱旋門賞制覇という、もっと大きなゴールがあることがわかった——。

そんなトナミローザを追いかけてきた小林の、取材者としてのゴールも、自分で定めなければならない。

「先輩は、シンさんが言った『最初のゴール』って表現、どうとらえました？」

「あの男らしい、気取った言い方だな。先頭で駆け抜けないとフランゼルを種付けできないわけだから、余裕をかましている場合じゃないのにさ」

「それだけ自信があるっていうことでしょうか」

「だろうな」

「でも、ぼくらはいろいろな結果に備えておかなきゃならないですね」

「ああ。シリーズの最終回は、トナミローザが勝った場合と負けた場合の両方を準備しておくつもりだ」

「ぼくも、あんまり気乗りしないけど、自分に鞭打って、ダークカイザーが勝った場合の達成記録などのデータなどをまとめておきます」

高橋は言い、缶コーヒーを飲み干した。

トナミローザは、いつも中間を過ごす常総ステーブルに放牧に出された。

ラストランまで、あとひと月半。

十三　中山大障害

小林真吾は、エリザベス女王杯の翌々週、常総ステーブルを訪ねた。そろそろトナミローザが乗り込みを再開する時期だからだ。エリザベス女王杯から中山大障害までは中五週の間隔がある。常総ステーブルで疲れを取ってから乗り込みを再開し、ある程度仕上げてから美浦トレセンの原厩舎に帰厩させ、一週前追い切りで臨戦態勢を整え、レース週の本追い切りを軽めにして微調整をする——という、理想的な流れで「本番」に向かうことができる。

常総ステーブル代表の川瀬由衣には、取材に行くとLINEを入れておいた。すぐ既読になったのに、三日ほど経ってから「どうぞ」と素っ気ない返信が来た。

常総ステーブルのゲートをくぐった小林は、事務所には寄らず、真っ直ぐ牝馬用の厩舎に向かった。

ここに来るのは久しぶりだ。厩舎周りの芝生は綺麗に刈られている。春に来たときに感じた、むせるような草いきれが立ち上ってくることはないが、清潔感のある緑の匂い

「エイミーねえ。ハイハイ、コバちゃん、あのおばさんの話をするとき、目がハートマークになってるから、気をつけなよ」

由衣がまた小林を睨んだとき、トナミローザがブルッと鼻を鳴らした。

「そんなにカリカリするなって、ローザが言ってるよ」

「違う。ローザはもっと言えって応援してくれてるの。ねえ」

そう言って振り向き、トナミローザの顔に抱きついた。

隣の馬房の馬も、その隣の馬も、首を突き出して由衣を見ている。

「ローザばかり可愛がったら、ほかの馬がヤキモチを焼くんじゃないか」

「かもしれないけど、今私がほかの馬に同じように抱きつこうとしたら、どの馬もパニくって暴れちゃうよ」

「そうなのか」

「うん。そうならないようにするには、まず、私が近づいても大丈夫だと認識させることから始めるの。それはもうできているから、その馬の前で私が両腕を伸ばしてひろげて見せても大丈夫だと覚えさせる。それからゆっくり抱きつく、ということを、ひとつひとつ経験させて、これらの動作が連続しても危険はないということを理解させなきゃダメ。コツは、腕をひろげて見せるとき、何度も体の向きを変えることかな」

しゃべっているうちに機嫌がよくなってきたのか、糸のようだった由衣の目が少しひらき、黒目が見えるようになってきた。由衣がつづけた。

「馬の脳って、同じものでも、角度を変えて置かれていると、別のものとして認識するの。人間は、例えば、ドアがちょっとだけ開いていても、大きく開いていても、それは同じドアだとわかるでしょう。でも、馬はそうじゃない。二つの異なるものとして認識する。だから、私がローザに対して両腕をひろげていることと、これから抱きつこうとする馬に対して両腕をひろげていることが同じことだと認識してもらわなきゃならない。ほら、馬って、厩舎の出入口に置かれているホースの巻かれ方が昨日と変わっているだけで、立ち止まったり、横に跳んだりするでしょう」

「うん、よくあるよな」

「昨日と同じ巻かれ方をしていたら、馬にとって、それは害のないホース。だけど、違っていたら、蛇の可能性もあるわけでしょう。で、馬の脳には前頭前野がないから、すぐに体が反応してしまうの。前頭前野は、それが何かを見極めたり、評価したり、次にすべき目標を定めたりするところ。対象物が何かを認識する前に、瞬時に逃げることができるよう進化してきた動物なの。そうしないと捕食動物に捕まっちゃうからね。馬の脳の構造を知らないと、必要以上に臆病で、バカじゃないかと思っちゃうだろうけど、馬って、そんなふうに周囲にあるものを、形状も含めて何百、何千と記憶していて、何かがちょっと動いているだけでも気がつくの。だから、ある意味人間より頭がいいんだよ」

「由衣さん、脳科学も研究しているのか」

「こう見えて、獣医師の免許を持っています」

「え？」

「一応、原先生の大学の後輩です」

「何だよ、じゃあ、北大の獣医学部か」

小林より学業の偏差値はずっと高い。

「話を戻すけど、馬って、前頭前野はなくても、いくつかの経験を組み合わせて理解する能力はあるんだよ」

それを聞いて、小林は、以前ＧⅠを勝った直後に取材した厩務員が、担当馬をブラッシングしながらこう話したのを思い出した。

「こいつ、一眼レフで撮影されるときはジッとしてるんですけど、携帯電話で写真を撮られると怒るんです。私を撮るなら、いいカメラで撮りなさいって」

誰かがカメラを構えると、動きを止めてカメラに顔を向ける馬もいる。そうすれば、すぐ馬房に戻れると理解しているのだ。そういう馬は、カメラで画像を確認して喜ぶ人間たちの様子も観察している。要は、カメラがどういうものかを理解しているのだ。

馬は、その字があてられるような「馬鹿」ではない。どんなに成績の冴えない未勝利馬でも、自分の担当厩務員の足音や車のエンジン音などを覚えていて、聞こえてくると嬉しそうにするほどの知能はある。

「いつも思うんだけど、馬はどうして命を削ってまで走るのかな。これだけ頭がいいんだから、楽をする方法だってわかっているはずなのに、賢い馬ほど頑張るじゃないか」

「私は、馬は走るのが好きだから頑張る、と考えるようにしている。そうしないと、つらくなるときもあるから」

そう言った由衣の後ろで、トナミローザがカイバ桶を突ついて音を立てた。

由衣が振り向いて鼻筋を撫でている。

こうしていると、今ここで自分と由衣が話していることをトナミローザが理解していたとしても不思議ではないような気がしてくる。

小林は以前、管理馬で国内外のＧＩを三十勝以上している調教師に、馬と犬とではどちらの頭がいいと思うか訊いたことがあった。厩務員から調教助手を経て調教師になった彼は、眉根に皺《しわ》を寄せて「ウーン」と唸ってから、次のように答えた。

「私は犬については馬ほど詳しくないので簡単には答えられませんが、馬のほうが賢いと思いたいですね。本当に、こちらの気持ちや思いを、すべて見透かされているのではないかと思うこともあります」

同じ質問を、海外のＧＩを何勝もしている騎手や、かつてリーディングジョッキーだった調教師にもしたことがあった。彼らは「犬」と即答した。それも、「何バカなことを訊いているんだ」といった表情で。

一流騎手はトップレーサーと同じく、操作の名手だ。レース中にエンジンパワーが増すことはないし、給油しない限りガソリンは増えない。同様に、百の力を持つ馬のエネルギーは百以上にならない。だから、その百の力をどこでどれだけ使って、使い切った瞬間ゴールするようにするか——という「引き算」の巧みな騎手がリーディングで上位となる。

「名選手は名監督ならず」と同じく「名騎手は名調教師ならず」と言われているのは、彼らが競馬を引き算だと考えているからではないか。

しかし、犬より馬のほうが賢いと言った調教師は、おそらく競馬を「足し算」だと考えている。自分たちのやり方次第で、馬が持っている百の力を百二十にも百五十にもできると信じている。

どちらが正しいか小林にはわからないが、間違いないのは、競馬は足し算だと信じて馬と接する調教師のほうが、引き算だと考えている調教師よりも圧倒的に成績がいい、という現実があることだ。

「こいつ、本当に、前頭前野がないのかな」

小林が独りごちるようにトナミローザを顎で指すと、トナミローザと由衣が同時にこちらを見た。

「私もこの子には前頭前野があるような気がして仕方ないの」

「論文を書いてみたらどうだ。馬の脳に前頭前野が形成される可能性。それだとやりすぎなら、馬の脳が前頭前野に代わる働きをするメカニズムとかさ」

「で、コバちゃんはそれを記事にするんだよね」

由衣の言うとおり、シリーズと単発のどちらに向いているか、頭のなかでイメージがフラッシュしかけていた。

「面白そうじゃないか」

由衣は、黒目が半分ほど見えるようになった目を弓なりにした。

「美紗の言ったとおりだ」

「な、何がだよ」

由衣は、小林が調教助手の山野美紗と付き合っていたと思い込んでいるようだ。実際は、そうなりそうでならなかった、微妙な間柄だった。

「コバちゃんは何でも仕事にしちゃうって」

「それのどこが悪い」

「コバちゃんにとって、出会う人間で大切なのは、中身じゃなくて、どれだけ出力があるかなんだよね」

何を言っているのか、よくわからなかった。

由衣がつづけた。

「女と一緒にいるとき、この人の優しいところがいいとか、子供っぽいところが可愛いとか、そんなふうに思ったことある？」

「あるよ。当たり前じゃないか」

「どうだか。どうせコバちゃんは、料理が上手かどうかとか、お金のやり繰りがきちんとできるかできないかとか、そっちばっか見てるんでしょ」

由衣が「出力」と表現した意味がようやくわかった。

女とこの手の話を始めると終わらなくなる。早く切り上げたいと思っていたら、由衣の下で働く、場長の工藤良二が脂ぎった顔を入口から見せた。

「社長、向こうの厩舎の歩様チェックが終わりました。こちらもこれから始めていいですか」

「そうして。歩様チェックの動画は？」

「パソコンに送ってあります」

「オッケー。じゃあ、ローザからお願い」

若い男のスタッフが入ってきて、「こんにちは！」と元気よく小林に挨拶して帽子を取った。そして、つばを後ろに帽子を被り直し、トナミローザを馬房から出した。

由衣と工藤につづき、小林も外に出た。

もうひとつの厩舎との間のスペースを、スタッフに曳かれたトナミローザが歩く。屈み込んだ工藤がスマホで動画の撮影を始めた。

由衣が胸の前で腕を組み、トナミローザの脚の運びをじっと見つめる。

まずは真後ろから。つづいて、こちらに戻ってくるところを正面からチェックする。

「もう一回」

由衣が厳しい口調で言った。

何か異状が見つかったのか。小林の胸が小さく疼《うず》いた。

由衣の表情を読み取ろうにも、まだ腫れぼったさが残る瞼のせいで、何を考えているのかわからない。

トナミローザが奥でターンし、こちらに戻ってくる。

小林は、トナミローザの首の上下動にブレがないか、四肢の運びに不自然なところはないかと目を凝らし、蹄鉄が地面を叩く音に変化はないかと耳を澄ました。

そのときだった。

由衣が息を漏らすように「ああ」と声を出した。

小林は訊いた。

「何か問題が？」

由衣が首を横に振った。

「何も。今日も大丈夫。何かあった場合、調教が終わってこのくらい時間の経ったときに症状の出ることが多いから、いつもドキドキなの」

「よかった」

「この緊張感のせいで眠れない日もあるんだけど、それがもうすぐ終わっちゃうのかと思うと、また……」

由衣の目尻から涙がこぼれた。

スタッフがトナミローザを馬房に戻し、別の馬を曳いてきた。ほかの馬のチェックは工藤に任せるようだ。

小林は、由衣と一緒に、またトナミローザの馬房の前に戻った。

「いよいよラストランだな」

「そうだね」

水桶の水を替えながら、由衣が答えた。

「帰厩の予定日は」

「十二月五日」

「あと十日くらいか」

来月五日に美浦の原厩舎に戻るのなら、十二月下旬に行われる中山大障害までに五本の時計を出すことができる。トラブルさえなければ、充分仕上がるだろう。

「緊張の日々もあと十日かあ」

「寂しくなるな」

小林が言うと、由衣がトナミローザの脚元に屈み込み、球節《きゅうせつ》と繋《つなぎ》を両手で包むようにしてから立ち上がり、頷いた。

「うん。でも、実際、自分の手元を離れたらホッとすると思う」

「そこまでが由衣さんの中山大障害、というわけか」

「ホースマンとしてはね。そこから先は、ひとりのファンとして応援する。ただ祈るだけ、っていうのもつらいんだけど」

トナミローザは、去年九月の新馬戦の前からここに来ていたはずだ。

「こいつと由衣さんとの付き合いは一年半ほどになるのか。人間にとっての一年半も長いけど、馬にとってはもっとだよな。中学から高校にかけての四、五年ってところかな」

サラブレッドのなかでも特に頭のいいトナミローザのことだから、由衣の表情や周りの雰囲気などから、レースなり、移動なり、別れなり、何か大きなことが近々起きることを察しているだろう。

「私にとってはあっと言う間だったたな」

由衣の瞼の腫れがさらに引いてきた。今さっきも涙を流していたのに、ひと山越えれば、泣きつづけても元の顔に戻っていくのか。

小林が不思議そうに見ていると、由衣が笑った。

「顔、治ってきたでしょう。スマホの顔認証機能が使えないくらい瞼が腫れても、馬たちはわかってくれるんだよ。馬は、知っている人間の怒っている顔の写真を見せたら目を逸《そ》らすくらい、人の表情が読めるの。だから、私の顔が戻ってきたら、みんな安心してくれるんだ。お騒がせしました」

由衣が、まず振り向いて馬たちに、次に小林に頭を下げた。

今は黒目がはっきりと見える。

こんなに美人だったのかとドギマギするほど、顔が変わった。

そう感じたからというわけではないが、もっとゆっくり由衣と話がしたいと思った。

「中山大障害が終わったら、飯でも食いに行かないか」

由衣が背中を向けたので、無視されたのかと思ったが、そのまま「うん」と頷いた。

外でカラスが騒ぎ出した。おかげで時間を思い出した。〆切は毎日ある。

小林は常総ステーブルをあとにした。

十二月のトレセン取材は寒さとの戦いである。

靴下もウォームタイツも二枚重ねにした。動きづらいが、一枚だけだと寒さで体がこわばって、もっと動けなくなる。

街も競馬場もクリスマスのイルミネーションできらびやかな雰囲気なのに、トレセンの空気はピンと張り詰めている。有馬記念に出走する馬には年度代表馬などのタイトルが懸かってくる。今年はそれに加えて、有馬記念前日の中山大障害でトナミローザとダークカイザーが激突するとあって、さらに緊張感が高まっているのだ。

予定どおり十二月五日に原厩舎に帰厩したトナミローザは、少しずつ調教の強度を上げながら、水曜日と日曜日に追い切りをこなしている。

原は、帰厩後もトナミローザに障害飛越をさせていない。それはなぜなのか。確かに、障害ばかりを使われている馬も、レースのある週は、平地のレースに出る馬と同じコースで追い切りをすることが多い。が、それに加えて、障害コースでも飛越の練習をするのが普通だ。文字どおり練習のために障害を跳ぶこともあれば、騎手との呼吸が合っているか確かめるために跳ぶこともある。そのように、平地調教と障害練習を別々に行うパターンだけではなく、障害コースで障害を跳んでから、そのまま外側のダートコースに出て追い切られる馬もいる。

トナミローザは天才的に飛越が上手いとはいえ、障害レースでのキャリアは一戦しかない。だから、当然、本番前に飛越の練習をさせるものだと小林は思い込んでいた。しかし、一向に障害コースに入る気配はない。これも原が言った、障害に対する気持ちの持っていかせ方の工夫のひとつなのだろうか。

十二月中旬の水曜日、中山大障害の一週前追い切りが行われた。

美浦トレセンの調教コースは、一番内側のAコースが二〇二一（令和三）年に新設された障害コースで、その外側のBコースがダート、さらに外のCコースは内が芝で外がニューポリトラック、一番外側のDコースがウッドチップになっている。

中山大障害連覇を狙う「障害界の独裁者」ダークカイザーは、同じ厩舎の調教パートナーとともに障害コースに入った。鞍上は、騎手デビュー七年目で、二十五歳になったばかりの星匠馬《ほししょうま》だ。障害GⅠの勝ち鞍はダークカイザーによる二勝のみと、障害での実績では今宮に及ばないが、平地では、この若さですでにGⅠを三勝している。障害専門ではなく、平地でも毎年四、五十勝をマークし、リーディングの中位より上につけている。JRAの騎手の年収は、年間一勝を百万円で計算すると目安になる。つまり、星は毎年、四、五千万円は稼いでいるわけだ。

中性的なタレントのように整った小顔の星は、女性ファンに人気がある。そのルックスと名字から「星の王子様」と呼ばれ、SNSで競馬ファンが「王子」と言えば、星のことを意味する。

「王子がもしトナミローザの主戦になっていたら、もっと騒がれたでしょうね」

双眼鏡を覗く高橋が言った。

「そうだな。でも、ダービーの直線で不利を食らったとき、王子ならとっとと諦めて、流してゴールしたんじゃないか」

小林の言葉に高橋が頷いた。

「そうっスね。確かに、上手いけど、レース運びが淡白ですものね」

「で、ダークカイザーとトナミローザの二頭に乗って、どちらを選ぶかとなったら、迷わずこっちにしただろう」

そう話す小林の視線の先で、ダークカイザーは障害を軽く跳び越え、四コーナーを回ってから外側のダートコースに出てきた。何発も鞭を入れられている併せ馬のパートナーが並びかけてくるのを待ってから追い出すと、瞬時に五馬身ほど突き放し、悠然とスタンド前を駆け抜けて行く。

「完璧な仕上がり具合っスね」

「ああ。一週前にこうして障害コースで追い切り、レースの週は火曜日に障害を軽く跳んでから、水曜日にウッドチップコースの追い切りで負荷をかけるという、いつものパターンだな」

「死角なし、か。じゃ、調教師のコメントを取りに行きますか。国松《くにまつ》調教師はリップサービスしてくれるから、記者としては楽ですよね」

ダークカイザーを管理する国松は、ロマンスグレーのベテランで、原とリーディングを争うトップトレーナーのひとりである。東京農工大学獣医学部の出身で、北大出身の原への対抗心を隠さず口にする。普段から取材には非常に協力的で、ウィットの利いた毒舌で笑いを取るなど、マスコミ関係者からもファンからも人気がある。その意味では原と対極的と言える。

スタンド前で記者に囲まれた国松が、ダークカイザーの動きに対する評価と、星とのやり取りなどに関する質問にひととおり答えると、独特のかすれた声で、自分から切り出した。

「君たちが本当に訊きたいのは、トナミローザのことなんだろう。だって、管理している調教師がなーんも言ってくれないんだから」

記者たちが笑った。その笑い声に驚いて立ち上がる馬もいたが、国松はまったく気にしていない。それどころか、「お前ら、笑うなよ」と記者たちを見回してから、立ち上がった馬と鞍上を指さし、「これぐらいのことで騒ぐんじゃねえ！」と大声で言い、また周囲を笑わせている。馬は白い色を嫌がると言われており、白い服を着て取材に行くと怒る厩舎関係者もいるのだが、国松厩舎のステーブルカラーは白で、この日も国松は真っ白なブルゾンを着ていた。それでもGⅠを二十勝ほどしているのだから、「競馬の常識」というのは、あてにならないものだ。国松がつづけた。

「まあ、よその馬をどうこう言うのは失礼だからほどほどにしておくけど、おれの感覚では、中山大障害のタフなコースを三歳牝馬が完走したら、それだけで大きな敬意を表したいね。どっちが勝つかは、やってみればわかることであって、そのためにレースをするわけだろう、なあ。向こうは女王杯を勝つぐらいだから、平地の脚はかなりのものだろうね。うちの馬だって、平地に戻しても、GⅡやGⅢくらいなら今すぐ勝ち負けになると思うよ。コメントは、こんなもんでいいか」

そう言ってニヤニヤする国松は、翌週、中山大障害の本追い切りの日に、いかにも彼らしい「仕掛け」を用意していた。

中山大障害を三日後に控えた水曜日。この日は、四日後の有馬記念の追い切りも同時に行われるので、美浦トレセンには多くの報道陣が集まっていた。「一年の総決算」と言われる有馬記念はファン投票で選ばれた馬だけが出走できるグランプリレースで、馬券の売上げは五百億円を超える。「世界一馬券が売れるレース」の座を、イギリスのグランドナショナルと争っている。

星が跨ったダークカイザーがスタンド前に現れた。その横には、有馬記念に出走する、同じ国松厩舎のサンデーストームがいる。乗っているのは、主戦騎手のクリス・プラテイニだ。サンデーストームは今年の宝塚《たからづか》記念の勝ち馬で、有馬記念でも上位人気が予想されている。

「ウッドチップコースで、サンデーストームが内、ダークカイザーが外の併せ馬をやるから、見とけよー」

スタンド前で国松が言うと、マスコミ関係者から驚きの声が上がった。中山大障害と有馬記念の有力馬が本追い切りで併せ馬をするなんて、前代未聞のことだ。ほかの調教師や騎手、調教助手、厩務員たちもスタンドを指さしている。これは見なきゃ損だ、ということだろう。

「さすが国松先生、盛り上げてくれますね」

高橋も興奮している。

「まったくだ。ちょっとした競馬より面白いんじゃないか」

スタンドの上階へと階段を上りながら小林は答えた。

「ダークカイザー、障害飛越の呼吸合わせは、昨日、軽くやってますものね」

「ああ。本番まで、もう障害は跳ばせないだろう。それにしても、ダークカイザーを外にして併せるってところがまた、国松先生らしいな」

併せ馬では、力が上の馬に外を走らせることが多い。

「宝塚記念を勝ったサンデーストームより、ダークカイザーのほうが上だ、ということを見せつけたいんでしょうか」

「いや、違うだろう。本当は、口で言う以上にトナミローザを警戒してるから、この並びにしたんじゃないか」

「どういうことっスか」

「併せ馬の内と外のどっちが格上なのかはどうでもよくて、国松先生は、ダークカイザーに、より負荷のかかるほうを走らせようとしているのさ。いつもと同じ調整じゃ、トナミローザと戦うには仕上げ不足だと思っているんじゃないか。だから、ただでさえ一緒に走ると負荷のかかるサンデーストームをパートナーにして、しかも、走る距離の長くなる外を回らせようとしている。そのくらいハードな追い切りをしないと、トナミローザとは互角にやり合えないと見ているんだろう」

「なるほど。あれだけの伯楽が、トナミローザの力を見誤るわけがないっスよね」

「先週、ああやってブラフをかけたのは、自分たちの陣営が弱気にならないようにするためだろうな」

調教スタンドは、この超豪華併せ馬を見るために集まったマスコミ関係者と他馬の関係者で、コロナ禍以降としては間違いなく最も「密」な状態になっていた。

「お、動き出したぞ」

調教タイムは自動で計測されるのに、各社の手動計測だった数年前までの癖なのか、自分のストップウオッチで時計を採っている記者もいる。

二頭が馬体を併せたまま三、四コーナーを右へ曲がりながら加速する。星の手も、プラティニの手もまったく動いていない。両馬とも抜群の手応えのまま直線に向いた。カメラのシャッター音が高まるなか、プラティニが左手に持っていた鞭を右手に持ち替えた。それを合図にサンデーストームがぐっと馬体を沈めてさらに加速した。

遅れまいと、星が手綱を短く持ち直し、左の見せ鞭を、ダークカイザーの顔の横で、二度、三度と振ってゴーサインとする。去年の中山大障害でも、今年の中山グランドジャンプでも、星はダークカイザーにステッキを入れていない。持ったままで圧勝してしまったのだ。見せ鞭をされたのもずいぶん久しぶりのはずだが、やはり、学習能力の高い一流馬らしく、その意味を覚えていて鋭く反応した。

内のサンデーストームと外のダークカイザーがぴっしり馬体を併せ、スタンド前を駆け抜けて行く。星もプラティニも、鞭を入れてはいないが、手の動きはかなり激しくなっている。二頭の超一流馬の力強い蹄音が響く。ゴールを過ぎても鞍上の二人は追うのをやめず、一コーナー手前でようやく腰を浮かし、速度を緩めた。

「す、すげえ」

高橋が声を震わせた。

ほかの記者たちもそれぞれに感嘆の声を上げ、スタンドはにわかに騒がしくなった。

「いいものを見せてもらったな」

小林は高橋に言ったつもりだったが、ほかの記者たちも頷いた。

時計は五ハロン（千メートル）六十四秒六―五十秒二―三十六秒五―十一秒二。数字のうえでも素晴らしかった。

小林は、突如催された「サンデー・ダーク劇場」、いや、「国松劇場」の余韻に浸ったまま階段を降りた。二頭がスタンド前に戻ってきて、国松がそれぞれの鞍上と軽く言葉を交わしてから、囲み取材が行われた。

「ディス・イズ・アワセウマ」

国松がそう言うと、一部のベテラン記者が笑った。一九八〇年代の終わりに、激しい叩き合いを制した当時のトップジョッキーが、レース後「ディス・イズ・ケイバ」と言って話題になったのをもじったものだ。国松がつづけた。

「道中は走りやすいリズムで行き、直線は手綱をおっ放して、終いだけサーっと、という指示だったんだけど、すごかっただろう。あれは、トップホースとトップジョッキーの意地のぶつかり合いだね。どちらも極限まで力を溜めて、それでいて思いっきり爆発させることなく、フィジカル面の負荷をかけたうえで、本番に向けてのエネルギーを充塡させた。完璧な追い切りだった。上がってきてからプラさんは、ダークカイザーがフラットレースを走ることがあれば、自分に乗せてくれって言ってたよ。嘘だと思ったら、あとで訊いてごらん」

国松は上機嫌だった。「プラさん」というのはプラティニのこと、「フラットレース」とは平地のレースのことだ。

東都日報でプラティニを担当する清水さりな記者が裏を取りに行くと、「ムッシュ・クニマツがダークカイザーを中山大障害の次に使おうとしているのは、来年のアメリカジョッキークラブカップなのか、それとも日経《にっけい》新春杯なのか」と、プラティニに「逆取材」されたという。

翌日の見出しは決まったようなものだった。

一時間ほど経ってから、トナミローザの追い切りが、同じウッドチップコースで今宮を背に単走で行われた。五ハロン六十七秒二、ラスト一ハロン十一秒五と、こちらも全体にいい時計で、末脚もしっかりしてはいたが、国松勢のスペシャルな併せ馬に比べると、やはり見劣りした。

トナミローザから下馬した今宮と、その脇に立つ原が、厩舎前の馬道で、何やら言葉を交わしている。表情からしてアクシデントがあったわけではなさそうだ。

調教スタンドへと歩いてきた今宮を、記者とカメラマンが囲んだ。

「順調です。出来としては前走と同じか、ちょっといいくらいかな。馬は、レースが近いことをわかっていています。こんなもんでいいですか」

そう言って、今宮が人の輪から出て行った。しどろもどろの「まあ君」を演じるのはやめたようだ。いや、そうではなく、こういう大きな勝負に臨むときのために、これまで「まあ君」を演じていた、と言うべきなのか。

もうひとつ、今宮の右肩を回す癖は馬上では出ず、馬を下りたときだけ出るということに、小林は気がついた。歩きながら後ろ姿が小さくなった今も、二度、三度と肩を回している。

その後、原に代わって、調教助手の吉川が囲み取材に応じた。

「この秋は、あえて障害を跳ばせないようにしています。トナミローザは障害飛越が大好きなので、そうしたほうが、中山大障害の障害を喜んで跳ぶはずだと調教師は話しています。状態はすこぶるよく、若干のプラス体重で本番に臨むことができそうです」

吉川は、それだけ言って去って行った。質問は受け付けなかった。というか、原から言われたことを伝えているだけなので、答えることができないのだ。

「王者が入念に飛越のチェックをしてるのに、こっちはずいぶん余裕だな」

「舐《な》めてるんだよ。競馬も、マスコミも」

「これで負けたらどうする気だ」

記者たちがぶつぶつと言う。

「コバちゃんはどう思う。原のシンパとしてよ」

他社のベテラン記者に訊かれ、苦笑した。

「別にシンパじゃないですよ。あれが原先生なりの、障害に向けてのメンタルの整え方なんでしょう。頭のいい馬だから、返し馬で障害を見たら、久しぶりに障害を跳べることを理解するはずです。喜びすぎて、入れ込まないか心配ですけど」

そう答えても鼻で笑われた。

国松と原に対する好感度の差が、そのままダークカイザーとトナミローザに対する評価の差になりそうな雰囲気だった。

翌日のスポーツ新聞各紙は、どこも一面と終面で有馬記念と中山大障害に関するニュースを報じていた。

ほとんどの新聞が有馬記念の有力馬サンデーストームと、中山大障害の本命馬ダークカイザーを大きく扱っていたのに対し、東都日報だけは、これまでどおり、トナミローザの動向を一面トップで報じた。シリーズで関係者——デリーファームのデイビッド・シン、エイミー・カーンこと菅絵美らのインタビューを掲載してきたのだが、この日はビジュアル優先で、常総ステーブル代表の川瀬由衣のインタビューを、彼女がトナミローザの首に腕を絡めて微笑む写真とともに掲載した。

東都日報では、先週、今週ともに、中山大障害関連の情報を、有馬記念以上のスペースを割いて報じている。

トナミローザが参戦したことで障害レースへの注目度が高まり、障害界の頂点に立つダークカイザーの動向も前にも増して注目されるようになっていた。

ダークカイザーは、平地で能力が足りなかったから障害に活路を見出した、というわけではなかった。平地での戦績は十五戦三勝。重賞でも二着三回、三着四回、四着一回、着外はゼロと、安定した走りを見せていた。クラシック三冠すべてに出走し、皐月賞三着、日本ダービー四着、菊花賞二着と、世代トップクラスの実績を残している。当初は、一生懸命頑張るのに、少しだけ力が足りない「善戦マン」というイメージだった。が、次第に、実際はそうではない、ということが明らかになってきた。勝ち切れないのは、気性が悪いからだった。走りながらつねに内にモタれる機会をうかがい、背中の人間を振り落とそうとするのだ。内にモタれて減速したり、乗り手を落としたりすれば楽ができるとわかっていたのだろう。レースでも全力を出そうとせず、他馬に噛みつきに行ったり、自分から走るのをやめようとするのだから、勝てるわけがない。それでも能力の絶対値が高いので、いつも上位に来ていたのだ。気性難が邪魔をしなければ三冠馬になっていた可能性もある、とまで言われていた。

平地でこれほどの成績を挙げながら、まだ四歳だった昨年、早くも障害に転身したのは、調教に飽きさせないために取り入れた障害練習がきっかけだった。そのとき騎乗した星が、この馬の飛越の上手さに惚れ込み、障害に専念することを管理調教師の国松に進言したのだ。平地では悪さばかりしていたダークカイザーも、障害コースではまったく悪癖を見せなくなった。障害を跳ぶことに集中するためか、それとも障害を跳ぶと機嫌がよくなるのか、理由は定かではなかったが、厩舎にいるときも、それまでのように人を嚙んだり蹴ったりしなくなったという。

かくしてダークカイザーは障害では七戦全勝、うち障害GI二勝という「障害界の独裁者」となった。

ダークカイザーもトナミローザ同様、障害と平地の二刀流の道を歩むのではないかと噂されていた。そうした「二刀流説」がささやかれるのはなぜかというと、管理する国松がたびたび「平地も走らせようかなあ」と、冗談とも本気ともつかない調子で発言するからだった。もしそうなれば、トナミローザが平地GIを制してからJ・GIを狙うのに対し、J・GIを勝っているダークカイザーは、トナミローザとは逆の順序で平地GIに再チャレンジすることになる。

ダークカイザーとトナミローザは、地位も人気も低かった障害レースに多くのファンの目を向けさせた。少し前なら考えられなかったのだが、この二頭の横断幕だけではなく、今宮や星を応援する横断幕がパドックにかかることもあるほど、障害に対する注目度が上がった。かつて、中山大障害のほうがダービーより馬券の売れた時代があったように、このクラスのスターホースが次々と現れ、こうして直接対決するようになれば、また「障害の時代」が到来する可能性もあるのではないか。

性別も馬齢もタイプもキャリアもまったく異なる二頭の駿馬が、これまでなかった形で競馬界全体の底上げに力を尽くしているのだ。

障害重賞を史上最多の十五勝、うちJ・GⅠが九勝というとてつもない強さを発揮し「障害界の絶対王者」と呼ばれたオジュウチョウサンが引退してほどなく、これほどの逸材が二頭同時に障害界に現れたのは、競馬の神様の気まぐれなのか。

いずれにしても、最初で最後の対決で、ダークカイザーとトナミローザは、文字どおり雌雄を決する。つねに「勝者」を決めなければならない競馬というスポーツにおいては、一強であれ、二強、三強であれ、群雄割拠の状態であれ、力こそが正義だ。正義はダークカイザーか、それともトナミローザか。

アイドル的な三歳牝馬と、その前に立ち塞がる古馬王者。普通ならダークカイザーがヒールになるところだが、気性難で自らの首を絞めていたという「黒歴史」を抱えていた過去がある。それを克服して現在の地位を築いた「人間的」な部分が、多くのファンに愛されていた。

ネットに転載された記事のアクセスを比較すると、時間帯によっては、トナミローザ関連の記事を、ダークカイザーのそれが上回ることもあった。

「天才ジャンパー、有馬記念の有力馬と互角以上の動き」

「名手プラティニが障害王者にラブコール」

といった見出しに惹かれてクリックする読者が多いようだ。

元騎手や元調教師などの評論家、競馬好きの芸能人やスポーツ選手などの予想では、圧倒的にダークカイザーが優勢だった。

「中山大障害では、ほかの障害レースとは比較にならないほどのスタミナと跳躍力が求められる。牝馬では厳しい」

「先行するトナミローザは、ダークカイザーの格好の目標にされる」

「障害は星の数よりメンコの数。ダークカイザーの経験がモノを言う」

そうした論調がほとんどだった。

一時は、「二強」による一騎討ちムードが高まっていたのだが、次第に、「一強と挑戦者」と見る空気が濃くなってきたのである。

それでも、今年の競馬のフィナーレは、トナミローザという異色のチャレンジャーがいるがために、例年以上にスペシャルなものになることを、誰もが理解していた。

トナミローザにとって、この中山大障害は、繁殖牝馬となってからフランゼルを種付けする権利を得るための「選抜試験」でもある。

パスすれば、日本のGⅠを制した牝馬として初めて、世界に名を馳せる「怪物」と交配することになる。

そうして牡の仔が生まれたら凱旋門賞を目指せばいいし、牝の仔が生まれたら、日本で主流となっているサンデーサイレンス系の種牡馬を付けて、さらにローザの血の価値を高めていけばいい。いや、牝の仔でも、トナミローザ同様競走能力が高ければ、凱旋門賞に送り込んでもいいだろう。

東都日報のシリーズ企画にそう記したところ、ものすごい反響があった。

緊張感がさらに高まる。

いよいよ明後日が決戦だ。

最強の王者が待ち受ける中山大障害——トナミローザのラストランが、近づいてきた。

抜けるような青空がひろがり、冬の陽が、スタンドの濃い影をこしらえている。昨夜から今朝にかけて、放射冷却で気温が下がり、吸い込むと鼻の奥がツンとするほど風が冷たい。

二〇二×（令和×）年十二月二十×日、土曜日。千葉県船橋《ふなばし》市の中山競馬場には前夜からファンが列をつくり、朝の開門時刻が予定の九時より二時間も早められた。土曜日とは思えない混雑で、昼休みの時点で五万人を超える観客が入っていた。確実に中山大障害の入場人員レコードを更新するだろう。

中山大障害は、当日の全十二レースのうち、第十レースとして行われる。年に二回、このレースと春の中山グランドジャンプでしか使用されない「X形」の襷《たすき》コース、通称

「大障害コース」を舞台に争われる。

距離は四一〇〇メートル。第三コーナーからスタートし、最初は右回りで四分の三周ほどしてから襷コースに入り、スタンド側に近づいたら逆の左回りで第四コーナー、第三コーナーの順で回り、また襷コースへ。スタンド側まで来たらまた右回りに戻り、最後は第四コーナーでダートコースを横切って芝コースに入って、ゴールを目指す。

このコースでは、高さ一・六メートル、幅二・〇五メートルの大竹柵と、高さ一・六メートル、幅二・四メートルの大生垣という、中山大障害ならではの大型障害が待ち受ける。中山グランドジャンプでも使用されるこれらは、ほかの障害より二〇センチから四〇センチも高くなっている。

小林は、スタンド上階の記者席ではなく、検量室や調教師席のある建物の前の外埒沿いにいた。中山でビッグレースの取材をするときの「定位置」だ。

「トナミローザ、勝ってくれますかね」

横に立つ高橋が言った。

「もちろん、と、言いたいところだが、二頭のどちらかが勝ってくれれば、それでいいと思ってる」

何があるかわからないのが競馬というスポーツだ。トナミローザとダークカイザー以外の馬が勝つことだってあり得るのだ。

「嫌なこと言わないでくださいよ。急に心配になってきたじゃないっスか」

「普通に考えればダークカイザーのほうが強いよな」

「何言ってるんスか。先輩までそんなこと言わないでください」

「だから、普通に考えれば、って言っただろう。おれもお前も、トナミローザに関しては普通じゃないんだから」

「あ、そっか」

「こういうときは、信じるしかないんだよ」

「信じる……」

「そう、トナミローザを信じるんだ。あの馬の競走馬としての強さと、今宮とのつながりの強さを信じるしかない」

口に出すと、小林の気持ちのざわめきもおさまってきた。

「そっか。確かに、信じて負けたら仕方がないっスよね。こっちが勝手に信じたんだから、馬にも騎手にも責任はないって、納得できますものね」

「今宮も同じように考えているはずだ。戦術や勝算がどうこうじゃなく、信じるしかない、とな」

高橋が黙って頷いた。

「ついに、というか、本当にラストランなんだな」

「はい、何だか夢みたいです」

「この馬を追いかけて、いろんなとこに行って、いろんな人間に会ったよな。お前も、廣澤牧場の血統を何十年も遡って調べたり、三沢で運転中にひっくり返ったりと、大変な思いをしてさ」

「原先生と初めて話すこともできましたしね。この馬が、ぼくを競馬記者として成長させてくれたと思っています」

「おれもだよ」

トナミローザのおかげで、忘れかけていた大切なことを思い出すことができた。

「どんな馬でも確率はゼロではない」

高橋に言って「なんスかそれ」と驚かれたこともあるこの言葉は、十年以上前、ノースファームの若手スタッフから聞いた言葉だった。人間が決めつけた時点で馬の成長は止まる。サラブレッドというのは、人間に見えているもの――いや、人間が見たつもりになっているものよりも、ずっと多くのものを持っている生き物なのだ。そういう意識を末端のスタッフにまで徹底させているノースファームの底力に衝撃を受けた。

確率はゼロではない。

トナミローザは、あらゆることをやってのける可能性がある。

そう信じて見守るだけだ。

第百四十×回中山大障害の出走馬が馬場入りを始めた。

誘導馬に先導された十二頭が、小林と高橋の目の前の「グランプリロード」と名づけられた馬道から次々と芝コースに入って行く。

入場曲が流れ、各馬を紹介する実況アナウンスが始まった。

五枠六番のダークカイザーが馬場入りすると、馬名と騎手名などを紹介するアナウンスが聞こえなくなるほど場内の拍手が大きくなった。

この馬が、単勝二倍前後を行ったり来たりの一番人気に支持されている。

七枠十番のトナミローザも馬場入りした。

単勝三倍前後の二番人気だ。三番人気以下はすべて単勝が二桁で、馬券のうえでは完全な「二強」の図式になっている。

ファンから向けられる拍手の大きさも、ダークカイザーに遜色ない。

ほんの一瞬、鞍上の今宮と目が合った。静かな目をしていた。

トナミローザは、前の馬につづいて、埒の切れ目からダートコースを横切り、障害コースへと入って行く。

各馬の騎手が騎乗馬に障害を見せ、馬が納得したら脇を抜けて、また次の障害を見せる、という作業を繰り返す。

今宮に促されて障害に近づいたトナミローザは、首を弓なりにするツル首になって、四肢で軽やかなステップを踏みはじめた。

「ローザが喜んでるね」

声に振り向くと、常総ステーブル代表の川瀬由衣が立っていた。瞼が腫れている。

「何だよ、また泣いたのか」

「だって、無事にここまで来られたと思うだけでジンと来ちゃって」

「勝つといいな」

「うん」と頷いた由衣が、細くなった目に意地悪そうな光を浮かべた。

「そうだ、コバちゃんのお気に入りのおばさん、あそこにいるよ。でも、男と一緒で、残念だね」

由衣が指さした先の関係者エリアに、エイミー・カーンがいた。

そのエイミーの横に、ブラックのコートを着た体格のいい男が立っている。軽くカールした髪はやや茶色く、サングラスをかけている。まるでマフィアのような男――デイビッド・シンが、敬礼するように小林に手を振った。そして自分の胸元にそっと手を当て、何かを握りしめ、頷いた。母の形見のペンダントか。シンは、母にこのレースを見せるために、今日ここに来たのかもしれない。

小林はコースに目を戻した。

トナミローザが大生垣の横で、由衣の言うとおり、喜んでいるかのように飛び跳ねている。

「調教師が馬を仕上げる」というのは、想定したとおりの調教タイムを出すことでもなければ、理想とされる馬体重にすることでもない。馬が「走りたい」と思うよう、心身をコントロールすることだ。

原はまさに、トナミローザをそういう状態に仕上げたようだ。

一方のダークカイザーは、本当に気性難を抱えていた時期があったのかと思うほどドッシリと落ちついている。大地を踏みしめる一歩一歩に迫力があり、まさに「王者の風格」を漂わせている。

トナミローザの三倍前後のオッズは、至極妥当であるように思われた。平地での走力だけなら、条件次第ではダークカイザーさえも凌駕《りょうが》するだけのものを確かに持ってはいる。が、五十九キロという酷量を初めて背負い、これも初めてとなる巨大な障害を跳び越えながら、未経験の長距離を走らなければならないのだから、やはり厳しい。

斤量は、基本的には相対的に検討すべきものだ。サラブレッドは背負う重さに敏感で、斤量が一キロ違うと、ゴールするときには一馬身の差になると言われている。今回トナミローザは、古馬の牡馬が背負う六十三キロより四キロ軽い斤量で出走する。単純計算では四馬身有利になるわけだ。なお、ダービーでは牡馬より二キロ軽い五十五キロ、障害未勝利戦では古馬の牡馬より四キロ軽い五十六キロ、ローズステークスと前走のエリザベス女王杯で背負ったのは五十四キロで、女王杯では古馬より二キロ軽かった。

しかし、五十キロ台後半の重さになってくると、絶対的な負担も考慮しなければならない。同じ一キロの差でも、五十四キロから五十五キロに増えるより、五十八キロから五十九キロに増えるほうが、馬の感じる負担はずっと大きくなる。その五十九キロが、トナミローザの走力を他馬以上に削《そ》ぐ恐れがある。

三番人気は昨年のこのレースと今春の中山グランドジャンプで、ともにダークカイザーの二着となったハイフレイム。平地のダートで重賞を勝った実績もあるパワー型で、重馬場や不良馬場に強く、飛越が安定している。ただ、ダークカイザーの二着とはいっても、十馬身以上離された大差の二着なので、実力には大きなひらきがある。

この馬もダークカイザーも六十三キロというとてつもない酷量を背負っているのだが、トナミローザと違い、何度もこの斤量で走り切っている強みがある。

楽隊の生演奏によるファンファーレが鳴った。

十万人を超える観客が手拍子をし、口笛を吹く。

それを聴く小林の脳裏に、襷コースに入って、楽しそうに飛び跳ねていたトナミローザの姿が蘇ってきた。

あの様子を見る限り、五十九キロを重く感じているとは思えない。原のことだ。中間の調教で、マスコミや他馬陣営にはわからないよう、五十九キロや、もっと重い斤量を背負わせて、慣れさせていたのではないか。

いや、それでも、五十九キロという絶対的な負荷の大きさが、三歳牝馬の走りに何の影響も及ぼさないわけがない。その負荷は、距離が長くなればなるほど大きくなるはずだ。ゴールまで四一〇〇メートルというのは、あまりにタフすぎる。しかし、トナミローザは普通の牝馬ではない。今さっき自分で口にしたように、信じるしかない。

緊張感の高まる大舞台ではいつも、頭のなかが「いや」と「しかし」のオンパレードになる。まあ、それもビッグレースの醍醐味《だいごみ》のひとつだ。こうなったら、すべてまとめて楽しもうではないか。

ゲートが開いた。

十二頭の出走馬が芝コースの三コーナーからスタートした。最初は全馬ほぼ横並びだった馬群が、ダートコースを横切って障害コースへと入って行くころにはやや縦長になった。そこから二頭が馬体を併せ、じわじわと前に出て行く。

トナミローザとダークカイザーだ。

場内に実況アナウンスが響く。

〈全馬、綺麗なスタートを切りました。馬群からダークカイザーとトナミローザが早く

も一馬身半ほど抜け出し、馬体を併せたまま、最初の生垣障害を、今、飛越しました〉

ダークカイザーがトナミローザをマークしているのか。それとも、逆にトナミローザがマークして横並びの形になったのか。

いや、単に能力の違いで、この二頭だけが抜け出す形になったのかもしれない。

トナミローザは、並走するダークカイザーと完歩を揃え、まったく同じリズムで走っている。四肢を投げ出す動きも、首を大きく上げ下げする動きも、いつも以上に軽やかでやわらかい。まるで、高い飛越能力を持つ古馬と一緒に障害に向かって走って行くのが嬉しくて仕方がないように見える。

エリザベス女王杯のあと、原は、トナミローザがゴール前の併せ馬を楽しんでいた、と話した。それですぐには追い抜こうとはしなかった、と。今はゴールより遥か手前だからこのまま楽しんでいてもいいのかもしれないが、最後の直線で前走と同じようにならないかと心配になってくる。

十二頭すべてが最初の障害を無事に飛越した。

スタンドから拍手が沸き起こった。

ダークカイザーとトナミローザは、空中でのスピードもほかの十頭を大きく上回っている。ひとつの障害を跳び越え、着地するたびに、自然と二馬身ほど前に出てしまうのだ。その都度、他馬は必死になって追ってきて差を詰める。が、またジャンプすると離される、ということを繰り返している。

二頭の鞍上――星の手も、今宮の手もまったく動いていない。それでも、徐々に後続との差はひろがり、四コーナーを回ってホームストレッチに入ったときには、三番手集団に四馬身ほどの差をつけていた。

内に進路を変えたダークカイザーと、その外を走るトナミローザは、スタンド前の水濠障害を、軽く跨《また》ぐように跳び越えた。小林たちの前を右から左へと進みながら、二号の生垣も、一、二コーナー中間の生垣も、スキップするかのように飛越した。

二頭は相変わらず鼻先を揃え、リズミカルに完歩を進めている。

〈先頭は内のダークカイザー、外のトナミローザが並んでおります。谷を下って向正面に入りました。五馬身ほど離れた三番手にハイフレイム。今日は先行しております〉

向正面なかほどから谷を下って大障害コースに入る。

高低差五・三メートルの坂を下って、すぐに上り、芝コースとダートコースを横切って、スタンドのほうへと駆けてくる。

〈さあ、待ち構える大竹柵障害を、今、ダークカイザーとトナミローザが、踏み切って、ジャンプしました。着地も安定しております。七馬身ほど遅れてハイフレイムが、今、飛越しました〉

このときも、全馬が飛越すると拍手が沸き起こった。

実況を担当するのは、トナミローザの障害デビュー戦と同じく、ベテランの山上アナウンサーだ。障害を跳ぶときの踏み切り方も、空中でのスピードも、着地してからまた走り出す速さもすべてが他馬とは異なるはずのトナミローザの走りを、遅れることなくフォローしている。

——ということは、ダークカイザーもトナミローザと同じテンポで踏み切って、ジャンプしているのか。

首を高くする準備動作を省いて、高く、遠くに跳んでしまうのは、トナミローザだけに与えられた特殊な能力だと思っていたのだが、そうではないのか。わずかにダークカイザーのほうが首を高くしているが、トナミローザと同じポイントで踏み切り、同じところに着地しているように見える。

——いや、案外、トナミローザがダークカイザーの飛越に合わせているのかもしれないぞ。

サラブレッドは、自分より序列が上の馬の歩き方や走り方を見て、それを真似て自身のパフォーマンスを高めていく。トナミローザがダークカイザーを生きた教本とすること自体は悪いことではないが、相手を上位だと認めてしまったとしたら、それが最後のつばぜり合いでマイナスの結果につながることになりはしないか。

そう考えながら、またトナミローザの走りを凝視したが、やはり、強い相手と一緒に走ることを楽しんでいるようにしか見えない。

ふと思った。だから、自分たちはトナミローザの走りに惹きつけられ、勇気づけられるのではないか、と。トナミローザは、相手をねじ伏せるために走っているのではなく、ただ速く走ることを楽しんでいる。走りながら、痛みや苦しみを感じることもあるに違いないが、それらもより速く走るためのプロセスなのだから、トナミローザにとっては「走る喜び」のうちなのだろう。

〈出走馬が再びホームストレッチに入り、ここからは逆回りで四コーナーを回って行きます。六番のダークカイザーと十番のトナミローザが並んで先頭を走っています。八馬身か九馬身ほど離れた三番手はハイフレイム。四番手グループは、そこから三、四馬身後ろにおります〉
三、四コーナー中間の生垣を先刻とは逆方向に跳び、ダートコースと芝コースを横切って、谷を下ってまた上る。
「ローザ、やっと障害を跳べるようになったね」

由衣が小林の袖を引いた。

「ああ。六月の障害デビュー戦以来だから、半年ぶりだな」

「うちに放牧に来ていたときも跳びたかったのに、ずっと我慢してたんだもの」

「そうだったな」

「馬房から出るといつも、内馬場の障害練習コースを見つめていたんだよ」

由衣が大粒の涙を流す。瞼がさらに腫れていく。

「今は、ダークカイザーと一緒に走ることを楽しんでいるんじゃないか」

「うん。でも、ローザとしては、遊んであげてる感覚だと思う」

「それは頼もしいな」

出走馬が襷コースの坂を下って上ると、今度は大生垣が目の前に聳《そび》えている。

大生垣は「赤レンガ」とも呼ばれる巨大な障害で、有力馬の落馬も多い。人間ならよじ登ることとすら難しく、よしんば登れたとしても、怪我をせずに降りるのは難しいだろう。視覚的な圧迫感もあり、スタート前から小林が不安に感じていた最大の難関だ。が、ここまでのトナミローザの飛越と走りからすると無事にクリアしてくれる――と、信じるしかない。

白く縁取られた赤レンガと、その上の植え込みの緑に、二頭の姿が重なった。

〈大障害名物の大生垣も、先頭を行くダークカイザーとトナミローザは――楽々と飛越しました。二番手のハイフレイムとの差は十馬身ほどにひろがりました。今、ハイフレイムが踏み切ってー、ジャンプしました〉

襷コースを抜けてホームストレッチに出てきてまた右回りに戻ると、残りは一周だ。

二頭は、二号の生垣と、一、二コーナー中間の生垣を並んで飛越し、向正面へと入って行く。

まもなく、今年の中山大障害はクライマックスを迎える。今のところ一頭も脱落した馬はいない。全馬が障害を飛越し、無事に着地すると響く拍手が、少しずつボリュームを増してきた。

ダークカイザーとトナミローザの二頭が引っ張る縦長の馬群を目で追っていると、鼻孔に甘い匂いが入り込んできた。

エイミー・カーンが、由衣とは逆の、小林の右側に立って腕を絡めてきた。そして耳元に唇を寄せ、英語でささやいた。

「エピジェネティクス」という単語が、はっきりと聞き取れた。

こうして、古馬の強豪ジャンパーとともに大障害コースを走り、経験したことのない、高くて大きな障害を飛越することによって、トナミローザの遺伝子が刺激され――すなわち、エピジェネティクスの作用を受けて、眠っていた能力が覚醒し、後世に伝えられる準備をしているのだろうか。

並んで先頭を走る二頭が、向正面の竹柵障害へと近づいて行く。

〈竹柵障害を、ダークカイザーとトナミローザが、ともに舞うように飛越しました。十二、三馬身遅れて、ハイフレイムが、ジャンプしました。おっと、着地でバランスを崩しかけたが、大丈夫か。四番手集団が先ほどよりも差を詰めてきています〉

大観衆のどよめきと拍手が繰り返される。

ラスト八〇〇メートルを切った。ダークカイザーとトナミローザが三番手以下を大きく引き離し、三コーナーの谷を下って、上る。

それにしても、二頭の動きは見事なまでにシンクロしている。もともと走法も飛越のし方も違ったのだから、どちらかが相手に合わせているはずだ。相手に合わせる側と、合わせられる側の、どちらが楽なのだろう。マークする側とされる側なら、間違いなく、する側のほうが楽だ。しかし、走るフォームや飛越の着地まで相手に合わせるとなると、事情が変わってくるのではないか。今、相手に合わせて走り、跳んでいるのはダークカイザーとトナミローザのどちらなのか。

いや、ひょっとしたら、どちらでもないのかもしれない。

単に、あの二頭は、サラブレッドが発揮し得る、大きな障害を跳びながら長距離を走り抜く能力の限界付近まで到達しており、それで、走りも飛越もシンクロしている――ということだけではないか。

だから、どちらも前に出ることもなく、下がることもない。

――だとしたら、同着でもいい。とにかく、無事に戻ってきてくれ、ローザよ。

胸のなかでそう呟いたとき、二頭の動きにわずかなズレが生じたように見えた。

――ん、どうした？

気のせいか。

何事もなかったように、二頭は芝コースとダートコースを横切り、三、四コーナー中間の最後の障害へと向かって行く。

あと六〇〇メートル。

二頭が同時に踏み切り、同時に着地した。

ここから見ても、ダークカイザーもトナミローザもほとんど音を立てずに着地したことがわかった。それほど綺麗なジャンプだった。

二頭と三番手との差は二十馬身以上にひろがっている。未勝利戦や、J・GⅢ、J・GⅡならこのくらいの大差がつくこともあるが、これは、障害レースの最高峰、J・GⅠの中山大障害である。強い馬しか出てこないこのレースで、どちらも手綱を抑えたままの二頭が、必死に追われる三番手以下をこれほど大きく引き離してしまうのは、異常事態と言っていい。

それぞれの鞍上、星と今宮の動きがほとんどないので見た目にはわかりづらいが、びっしり馬体を併せたダークカイザーとトナミローザは、凄まじい勢いで加速し、さらに後ろを引き離して行く。

——す、すげえ。

今、自分たちは、日本の競馬史上、一度たりとも演じられることのなかった、壮絶なマッチレースの目撃者となっている。

ゴールまで残り四〇〇メートル。

あと二十数秒で、この対決が決着する。

それと同時に、トナミローザの競走生活が終わる。

ここまで来ても、星も今宮も、まだ鞍上で動かずにいる。手綱を短く持ち直すこともなく、首を押すこともなく、鞭も入れずにいるので「馬なり」ということになるのだが、ダークカイザーもトナミローザも最大限に全身を収縮させ、前脚で激しく地面をかき込み、後肢で力一杯芝を蹴り上げ、疾走している。

先に動いたほうが前に出るのか。それとも、仕掛けを遅らせたほうが勝つのか。

ダートコースを横切り、右にカーブしながら芝コースの直線に合流する瞬間、内のダークカイザーに乗る星が、左手に持っていた鞭を右手に持ち替え、逆鞭を入れた。

先に動いたのは、ダークカイザーだった。

星の右ステッキによるゴーサインは、外に張り出せという指令でもあった。すなわち、外のトナミローザを弾《はじ》き飛ばそうとしているのだ。

――くそっ、星の野郎!

フェアプレーで知られる星が、まさか、ここで牝牡《ひんぼ》の馬力の差を使って肉弾戦に持ち込んでくるとは。

「今宮、早く逃げるんだ！」

小林は思わず叫んでいた。

トナミローザは、内からダークカイザーに押圧《おうあつ》されながら最後の直線に入った。

中山芝コースの直線はただでさえ三一〇メートルと短いのに、障害レースの場合、ダートコースを横切って途中から合流するので、直線は二五〇メートルほどしかない。つまり、不利を受けた場合、リカバーする時間も距離もひどく短いのだ。

二頭の馬体が完全に前を向いた、そのときだった。

今宮が手綱を短く持ち直した。トナミローザが手前を左にスイッチした。

その瞬間、今宮は左の見せ鞭を前に突き出した。

それを合図にトナミローザは重心をぐっと沈め、獲物を捕らえる獣のような迫力でストライドを伸ばす。

フォームが変わった。

これがトナミローザ本来のフォームだ。

相手に合わせていたのは、トナミローザだった。由衣が言ったように、これまでは本当に「遊んであげてる感覚」だったのか。

外に張り出してきたダークカイザーと、何度も馬体をぶつけ合っている。鐙《あぶみ》と鐙が激突して火花を散らしているのが見えるかのようだった。

「危ない」

小さく声が出た。ダークカイザーがバランスを崩しかけたからだ。

トナミローザの走りはまったくブレていない。

今宮がトナミローザの顔の横で振っていた鞭を、左トモに叩き込んだ。

最後のゴーサインだ。

ラスト二〇〇メートルを切った。

トナミローザは後肢で芝を大きく蹴り上げ、内のダークカイザーとの差を、首、半馬身、一馬身とひろげて行く。

勝負は決した。

目を真っ赤にした高橋が、ポケットティッシュで洟をかみはじめた。

〈先頭はトナミローザ。これは強い。ダークカイザーとの差を見る見るひろげ、二馬身、三馬身と突き放して行きます。日本の競馬の歴史が、今、変わろうとしています〉

実況アナウンサーの口調は落ちついているのに、急にボリュームが上がったように感じられた。

トナミローザの蹄音もはっきりと聞こえる。

場内が静かだからだ。

みな、声を出すことも、拍手をすることも忘れて、トナミローザの走りに見入っているのだ。

ダカダン、ダカダン、ダカダン――。

リズミカルな蹄音が響く。

これまで聴いたどんな音楽より綺麗な音だと、小林は思った。

ダカダン、ダカダン、ダカダン――。

トナミローザが大きなストライドを伸ばす。澄んだ瞳でしっかり前を見据え、首を大きく上下させ、たてがみと尾を風になびかせる。

大地をしっかりつかむように前肢と後肢を交差させ、蹄《ひづめ》が接地した次の瞬間には力強く芝を蹴り上げる。

全身を伸縮させながら、滑るように走り、飛ぶように加速する姿からは、しなやかな鋼のような強靭さ、無限に湧き出すエネルギーの奔流が感じられる。

鞍上の今宮の背中は水平に保たれ、まったく動かない。スムーズな肘の屈伸と、下半身のバネで、トナミローザのエネルギーを外に逃がさぬよう、前への推進力に転化させている。

まさに人馬一体。今宮がトナミローザのパワーを我が物とし、トナミローザが今宮の脳を使ってペース配分をし、飛越をコントロールして、ここまで来た。

今宮を背にしたトナミローザが、先頭でゴールを駆け抜けた。

その瞬間、場内に爆弾が落ちたような歓声が上がった。

小林は足の裏に振動を感じた。場内の空気も震えている。

今宮が手綱をゆるめた。そして、まるで敗者のようにうなだれた。極限の集中力と緊張を強いられる時間が終わった。心身ともに疲弊して、ガッツポーズなどする気にはなれないのだろう。

五馬身ほど遅れてダークカイザーが二位で入線した。三位以下は五〇メートル以上離れた後方で叩き合っている。

電光掲示板には、「レコード」という文字とともに、四分三十一秒二というタイムが表示されていた。昨年のダークカイザーの記録を五秒ほども更新する、驚異的なレコードタイムである。

他馬が遅れて入線するたびに拍手が沸き起こる。

ざわめきに支配されていた場内が、また大きな拍手と歓声で揺れた。

今宮を背にしたトナミローザが、スタンド前に戻ってきたのだ。

トナミローザは首を高くして、耳をピンと立てている。自分が讃えられていることをわかっているのか。いや、そうではなく、強い相手と楽しく走り、大好きな障害を思う存分跳ぶことができて、機嫌がいいだけなのかもしれない。

検量室前の脱鞍所に入ってもまだ拍手がつづいていた。

中山競馬場の脱鞍所はメインスタンドから馬道を挟んだ屋外にある。馬道の脇にも多くのファンが集まっている。

他馬の関係者と、このレースには乗っていなかった騎手たちが検量室から出てきて、トナミローザと今宮に拍手を送った。その様子がターフビジョンに映し出されると、場内に響く拍手のボリュームがさらに高まった。

これほど大きな拍手に満たされた中山大障害を見たのは初めてだった。

「明日の有馬記念で何が勝っても、年度代表馬はこいつだな」

小林にそう話しかけてきたのは、前走のエリザベス女王杯で、トナミローザの前を塞いだ木田正平だった。

「選ばれるといいですね」

小林は戸惑いながら答えた。

「何を人ごとみたいに言ってるんだ。お前ら記者が投票して決めるんだろう。違う馬に入れたら恥をかくぞ」

そう言って検量室に戻った木田と話したのはいつ以来だろう。数年前、ラフプレーでほかの騎手を落馬させた木田を批判する記事を書いてから、小林は木田から取材を拒否されていた。小林が近くにいるだけで他社の記者にもしゃべらなくなる徹底ぶりだったのだが、トナミローザの走りは、偏屈なあの男の心まで動かしたのか。

スタンド前のウイナーズサークルで表彰式と勝利騎手インタビューが行われた。

インタビューの最後に、アナウンサーがファンへのメッセージをリクエストした。今宮は、少しの間空を見上げてから、答えた。

「トナミローザは今日で引退します。牝馬なのに、一年のうちにダービーと中山大障害の両方に出て、どちらのレースでも、心が震える走りを見せてくれました。ぼくは絶対ローザのことを忘れません。ローザのおかげで、今日、ぼくに新たな目標と……夢ができました。まず目標は、ローザの血を引く馬に乗ることです。そして夢は、その馬でまた大きなレースを勝って、今日のことを、みなさんに思い出してもらうことです。夢を実現させるチャンスをもらえる限り、ぼくは騎手をやめません」

今日も、今宮の目に涙はなかった。

大きな拍手を受け、検量室へと歩いてくる。

脱鞍所の前で、誰かに呼び止められたように立ち止まった。

彼の見つめる先で、赤い優勝レイを首にかけたトナミローザが、紅白の曳き手綱で曳かれ、競馬場内の厩舎地区へとつながる馬道を歩いて行く。

その後ろ姿を、原と、シン、エイミー、そして由衣が見送っている。

「おめでとうございます」

小林は今宮に右手を差し出した。

「ありがとう。あんたに目をつけられたフローラステークスから八カ月か。あっと言う間だったな」

今宮が右肩を回し、強い力で握り返してきた。

「ぼくは長く感じました」

小林の横に立つ高橋が言った。

「高橋君もひどい目に遭ったんだってな。原のテキが心配してたよ」

今宮が笑った。

「原先生が心配を？」

「ああ。鉄仮面のように見せながら、普通に温かいところもあるんだぜ。じゃなきゃ、従業員がついて行かないし、馬がこんなに走るわけがない」

その声が聞こえたかのように、原がこちらに背を向け、検量室へと入って行った。このあと、検量室前で共同会見が行われる。

小林は今宮に訊いた。

「ひとつ、いいですか」

「何だ」

「中山大障害を走る前とあとで、トナミローザは変わりましたか」

「あの派手な女にも同じことを訊かれたよ」

今宮がエイミーを顎で指し、つづけた。

「あんたの記事を読んで知ったんだが、彼女、学者先生なんだってな」

「どう答えたんですか」

「変わったに決まってる、って言ってやったよ。どんなレースでも、走り切った馬は変わる。特に今回は、障害をひとつ越えるたびにローザは変わった。ゴールするときには、平地を走るフォームまで変わっていたぜ」

大障害コースで難易度の高い障害を飛越しながら、強い馬とともに走ったことにより、もっと力強く、そして速く走ることのできるフォームを会得したのだろうか。

今宮は、トナミローザの引退会見を兼ねた共同会見でも淡々としていた。

インタビュアーは泣かせようと思ったのか、

「大きな不利を受けて三着に敗れたダービーのあとは、どんな気持ちでしたか」

と質問したのだが、今宮は、

「下ろされなくてよかった、と思いました」

と、笑いを取っていた。

原は、会見の終わりぎわ、質問されたわけではないのに、珍しく自分からこう話した。

「私からオーナーに、トナミローザの仔も、うちの厩舎で預からせてくださいとお願いしました。オーナーは頷きました。みなさん、ぜひ覚えておいてください」

このときも笑いが起きた。

「今宮さんと原先生が周りを笑わせたというだけでも、今日がいかに特別な日だったか、わかりますね」

高橋の言葉に、小林は頷いた。

「そしてまた日本の競馬が、一段、階段を上ったな」

「その目撃者になることができて、よかったです」

これからも小林は、トナミローザとその血脈を追いかけていく。

明治時代の初めに廣澤安任が創設した日本初の民間洋式牧場「廣澤牧場」。そこにいた種牡馬のローザ。そこからつながれた血とホースマンの思いを、何度でも蘇らせる。

帰り支度をして検量室を出てきた今宮に小林は言った。

「ローザの物語はつづきますね」

「おれも登場人物のままでいられるかな。何だっけ、あんたらが東都でやってるシリーズのタイトル」

「ブリーダーズ・ロマン。サブタイトルは『血統の記憶』です」

「そうだったな」

「トナミローザは自らの『血統の記憶』を呼び起こす、素晴らしいレースを見せてくれました。それを引き出した今宮さんには感謝しています」

今宮は小さく笑って頷き、馬道へと歩いて行った。

第十一レースの出走馬が馬道から馬場入りを始めた。

入場行進曲につづき、実況アナウンスが流れる。

高橋がため息をついた
「大きなレースのあとはいつも思うんスけど、競馬はつづくんだよなあ。すごく寂しいんだけど、それを吹き飛ばすくらい、気持ちに区切りがついちゃうんですよね」

小林も同じように感じていた。

「何かの終わりは、必ず何かの始まりになっているからな」

「ぼくらには、原稿の始まりが待っている」

「そういうことだ」

「これで明日、有馬記念があるなんて、嘘みたいですね」

返し馬に入る馬たちを横目に、小林と高橋は記者席へと歩き出した。

シンとエイミーと由衣が手を振っている。

「競走馬・トナミローザ」の物語は終わった。

しかし、ローザの血統の記憶は人々の胸に残り、朽ちることはない。

小林はシリーズ企画「ブリーダーズ・ロマン〈血統の記憶〉」の最終回を書いた。

トナミローザが中山大障害のゴールを先頭で駆け抜けるシーンでは、キーボードを打つ指が震えた。

エピローグ――二〇三×年、北海道浦河町にて

ここは本当に浦河なのか。

案内状に従ってレンタカーを走らせ、馬運車でも通れそうな背の高いアーチを潜《くぐ》ると、左右にインド料理店とアクセサリーショップ、ブティック、カルチャースクールなどが並び、突き当たりがホテルになっている。

ホテル・デリー・ウラカワ。

東京のシティホテルのような外観で、南側が地形に合わせて階段状になっている、瀟洒《しょうしゃ》なホテルだ。

ここで、浦河のデリーファームがオーナーブリーダーとして所有する競走馬、トナミプリンセスの桜花賞祝勝パーティーが行われる。

エスカレーターを上った二階にフロントとロビーがあり、ワンフロア上の三階のホールがパーティー会場になっている。

ホールに足を踏み入れると、両脇から深いスリットの入ったドレスを来たインド人と

おぼしき女がトレーに乗せたドリンクを差し出してきた。

小林真吾はウーロン茶を手にし、会場を見回した。

ビュッフェスタイルのパーティーで、料理が並ぶテーブルの奥の壁にあるスクリーンに、トナミプリンセスの桜花賞制覇までのプロセスを紹介する映像が流れている。

「ようこそ、トナミプリンセスの壮行パーティーへ」

よく通る声に振り向くと、デリージャパングループの総帥、デイビッド・シンがワイングラスを手に立っていた。

「壮行パーティー？　祝勝パーティーじゃないのか」

小林が言うと、シンは小さく首を横に振った。

「あとで、サプライズがあります」

と微笑み、ほかの招待客のほうへと歩いて行った。

場内に流れる映像は、桜花賞の勝利騎手インタビューに切り替わった。画面のなかで、騎手の今宮勇也がスタンド前のお立ち台に上がって話している。少し離れたところに、管理調教師の原宏行がいる。

画面はまた切り替わり、トナミプリンセスの成績表を映し出している。

つづいてトナミプリンセスの血統が表示された。

父　ダークカイザー

母　トナミローザ（母の父クロフネ）

ダークカイザーは、競走馬時代、トナミローザに次ぐ史上二頭目の「平地&障害GI制覇」を達成した種牡馬だ。

その二頭の間に初めて誕生した産駒がトナミプリンセスである。母のトナミローザにとっては、イギリスで交配したフランゼルとの間に生まれた二頭に次ぐ三番仔、ということになる。

シンが壇上に立って、スピーチを始めた。

「このたびは、お忙しいなか、トナミプリンセスのためにお集まりいただき、ありがとうございます。スピーチは短く、幸せは末永く、というのが日本の諺《ことわざ》だと教えられましたので、すぐに切り上げます」

笑いが起こるなか、シンがつづけた。

「トナミプリンセスを、今年十月に行われる凱旋門賞に出走させます。その前に、障害レースに使うプランもあります。ただし、トナミプリンセスが障害で負けたら、フランスには遠征しません。メディアのみなさん、このニュースを今すぐ世界中に発信してください。スピーチは短く、と言ったのに、長くなってしまいました」

今度は誰も笑わなかった。

小林は、新設された東都日報ヨーロッパ支局の支局長としてパリに滞在している後輩の高橋皓太にＬＩＮＥを送った。栄転とはいえ、せっかくできた新しい恋人と別れることになって泣いていた彼にとっても、このニュースは大歓迎だろう。

まだ参戦の意思を表明しただけで、無事に遠征できるかどうかもわからない。それでも、百五十年以上も前から廣澤牧場でつながれてきた種牡馬ローザの血がヨーロッパに凱旋することは、祝うべきことだ。

小林はウーロン茶を飲み干し、シャンパングラスを手に取った。

そして、こちらにワイングラスを向けたシンに、グラスを突き出した。

ローザの血に、乾杯。

■参考文献

『活人剱、活人農―会津・斗南人の精神に生きる』（廣澤安正著）
『犢を逐いて青山に入る―会津藩士・広沢安任』（松本健一著）
『会津藩燃ゆ 第三部 下北の大地―会津藩士広沢安任の生涯』（星亮一著）
『一外交官の見た明治維新』上下（アーネスト・サトウ著、坂田精一訳）
「廣澤辨二氏」『明治大正 馬政功労十一氏事蹟』（山田仁市編）
『新選組日誌』上下（菊地明、伊東成郎、山村竜也著）
「郷土史三沢」（三沢郷土史研究会）
「京都で公用方、洋式牧畜の祖 会津藩士 広沢安任」（白虎隊記念館）
『誰か故郷を想はざる』『競馬への望郷』『馬敗れて草原あり』（寺山修司著）

解説

細江純子

　作品の前に、筆者・島田明宏氏について、少し触れたい。

　私も含め、多くの競馬関係者が抱く島田氏の印象と言えば、「武豊《たけゆたか》を綴《つづ》る男」。競馬の歴史もイメージも変えた天才・武豊騎手が、自身のことについて書くことを認め、委ねた人物、それが島田氏だ。

私が初めて島田氏にお会いしたのも、武豊騎手を介してだった記憶がある。あれから二十年以上。その後、トレセンや競馬場でお見かけすることはあったが、その数は、両手に収まる程度の記憶でしかない。

体型は高身長の細身で色白。常に気配を消すような佇《たたず》まいな一方、冷静な眼差《まなざ》しで周囲を観察されているような鋭さが窺える。

その感覚が間違いでなかったと確信するのが、島田氏の文章だ。

私は競馬の世界に携わって早三十年が過ぎようとしている。

現場に身を置き、日々過ごしたからこそ体験によって分かることや、捉えていると思っていたことがサラリと描かれているばかりか、特殊な世界ゆえの表現しづらい事柄も、嫌味なく的確に説明される。

そんな島田氏が描く競馬小説だからこそ、今回においても登場する人物である調教師や騎手、競馬記者の人柄が、現役の方々と被《かぶ》って見えてしまうほどリアルなのだ。

また十日競馬が主流となりつつあるトレセン社会と牧場とのパワーバランスや、馬産地における現状を背景としたストーリーの組み立ても把握でき、現実との隔たりが極めて少ない。

と同時に、競馬を彩ってきた寺山修司や大川慶次郎といった方々の名や、過去の名馬、そしてついこの間まで現役として活躍した二刀流・オジュウチョウサンも登場し、読んでいるうちに、これはフィクションなのか？　ノンフィクションなのか？　分からなくなってしまう面白さに包まれる。

そしてそこに待ち受けるミステリー。

この展開もまた、脈々と受け継がれる血の歴史あるサラブレッドだからこそ紐解《ひもと》ける部分と、そこに携わってきた人々の思いが絡み合い、深みが増していく。

さてこの物語のメインである一頭の馬・トナミローザを通して、様々な人物が登場し、それぞれの立場で競馬や馬そのものに対する考えを説いているのだが、その視点にも魅了される。

例えば牧場での担当である川瀬由衣の、「馬の脳は同じものでも、角度を変えて置かれていると、それを別のものとして認識する」という説明や、主戦である今宮騎手の初障害時の、「これまでのレースとは違うことをするわけですから、その最初の飛越を、馬が楽しいと思うか、逆にストレスと感じるかで、そこからの三〇〇〇メートル弱の走りのすべてが変わってきます」という発言には、馬そのものの本質である脳の構造や、アウェイなことに弱く、メンタルが大事な生き物であることが細部に描かれており、その部分における人間と馬との対話によって、馬そのものの性格や成績が変わってきてしまうことも容易に想像ができ、いかにトナミローザを取り巻く人々が彼女を深い視点で理解していたかも伝わってくる。

そして何よりもこの物語は、今の競馬社会においていまだ成しえていない凱旋門《がいせんもん》賞制覇への構想が組み込まれており、一見、ファンタジーで流してしまいそうな反面、遺伝子的な見地に加え、私自身も感じていたことと重なる点もあり、興味が抱かれる。

それは大きく二つ。

一つは、エピジェネティクスの観点。

日本の競馬において、雨が降り、馬場状態が重《おも》となった際、よく爪の形で、こなすこなさないと判断されるが、それ以上に重要なのは、血統だと感じてきた。

それこそヨーロッパ血統の産駒《さんく》たちは、メンタル的にもキツイ状況下のグチャグチャ馬場を経験してきた先代たちのＤＮＡが組み込まれていることにより、芝の塊を全身で受けることやユルイ馬場を苦としないものとしてインプットされているように思う。

これは個人的なことなのだが、体調管理の一つとしてこの二年、フィシオエナジェティックという治療を定期的に受けている。

これは、人間にもたらされる病や痛みは、生まれてからの外的な要因、つまりストレスや外傷、トラウマといったものだけでなく、先代の記憶に刻まれたＤＮＡによるものもあり、その部分も紐解きながら今の自分に問いただし治療する手法である。

これはまさに、エピジェネティクスと重なると共に、以前、読んだ本に、「作れないものは解明されていない」との文言が記されてあったが、馬にしても人にしても、一からは作れない。

となると、今の常識が常識ではないことや、いまだ見えていないこと、気づけていないことばかりなのかもしれない。

だからこそ、中山大障害を経験する前と、経験した後でのトナミローザの違いに焦点を当てたところや、その経験を持ってのＤＮＡを引き継ぐ産駒たちへの可能性が広がる。

そしてもう一つは、スピードが要求される現代の日本競馬と凱旋門賞は、別物のレースと考えた方がいいという見方。

同じ二四〇〇メートルでも、ロンシャン競馬場はアップダウンがあり、馬群は密集。

騎手の鐙《あぶみ》があたるほど。正しい表現かどうかは分からないが、満員電車を経験していない人間が、はじめて満員電車に乗車した時のような感覚とでも言えよう。

そこで生まれるのが、「ではどのような馬？　もしくは、どのような臨戦過程ならば可能性としてありなのか？」という疑問だ。

本文でも書かれていた通り、過去、エルコンドルパサーが挑んだ長期滞在か、もしくはトナミローザのような芝・ダート・障害をこなすタイプ、二刀流ならぬ三刀流馬なのではないかと、私もかねがね思っていた。

と言うのも、凱旋門賞というレースは、ポテンシャルに加え、相当な持久力とタフさが必要なレース。現地でも凱旋門賞はレースではなく、格闘技とも表現されるほど。

だからこそ、島田氏が描いた『ブリーダーズ・ロマン』は、単なるロマンでは終わらず、一つの道標となっているようにも思えるのだ。

そしてトナミローザの仔《こ》・トナミプリンセスが、早くも、そのスタートを切っている。

本作を読み終えたばかりだが、既に、凱旋門賞への歩みとなりそうな次回作が待ち遠しくてならない。

（ほそえ・じゅんこ　元ＪＲＡ騎手／ホースコラボレーター）

本書はフィクションです。実在する馬名、レース名、団体名などが一部登場しますが、物語の構成上、実際とは異なる描き方がされている場合があります。

本文デザイン／高橋健二（テラエンジン）
挿絵／水口かよこ

本書は、「青春と読書」二〇二一年一月号～十二月号に連載された「ザ・ブラッドメモリー～血統の記憶～」を改題し、加筆・修正したオリジナル文庫です。

ノン・サラブレッド

明治期、非サラブレッドとされた悲運の名馬ミラ。小林記者のもとに、その血統書があるとの電話が。壮大なる競馬史ミステリー。（解説／柏木集保）

集英社文庫　目録（日本文学）

集英社文庫

ブリーダーズ・ロマン

2023年12月25日　第1刷　　定価はカバーに表示してあります。

著　者　島田明宏《しまだあきひろ》

発行者　樋口尚也

発行所　株式会社　集英社
東京都千代田区一ツ橋2-5-10　〒101-8050
電話　【編集部】03-3230-6095
【読者係】03-3230-6080
【販売部】03-3230-6393（書店専用）

印　刷　中央精版印刷株式会社　株式会社美松堂

製　本　中央精版印刷株式会社

フォーマットデザイン　アリヤマデザインストア　　マークデザイン　居山浩二

ISBN978-4-08-744600-5 C0193